谨以本书献给

中华人民共和国成立75周年

以及在为共和国工业奠基的路上砥砺前行的奋斗者们

沈阳市重点文艺精品创作生产扶持项目

商国华◎著

沈阳出版发行集团
沈阳出版社

图书在版编目（CIP）数据

奠基路上 / 商国华著 . -- 沈阳 : 沈阳出版社，
2024.5

ISBN 978-7-5716-3991-4

Ⅰ . ①奠… Ⅱ . ①商… Ⅲ . ①报告文学 – 中国 – 当代
Ⅳ . ① I25

中国国家版本馆 CIP 数据核字（2024）第 096817 号

出 品 人：张　闯
出版发行：沈阳出版发行集团|沈阳出版社
（地址：沈阳市沈河区南翰林路10号　邮编：110011）
网　　址：http://www.sycbs.com
印　　刷：辽宁泰阳广告彩色印刷有限公司
幅面尺寸：165mm × 235mm
印　　张：21.75
字　　数：240千字
出版时间：2024年5月第1版
印刷时间：2024年5月第1次印刷
责任编辑：萧大勇　张　晶　王　颖　黄　莹　李　巍
封面设计：杨　雪
版式设计：润泽文化
责任校对：高玉君
责任监印：杨　旭

书　　号：ISBN 978-7-5716-3991-4
定　　价：58.00元

联系电话：024-24112447
E - mail：sy24112447@163.com

序　言

“在路上”与东北工业相遇

——商国华长篇报告文学《奠基路上》的期待视野与渴望超越

吴玉杰

商国华老师是我尊敬的前辈。他几十年如一日，追随共和国工业的脚步，书写共和国工业辉煌的历史。他的作品，饱含着对大东北的深情厚谊，读起来令人荡气回肠。对读者来说，阅读他的作品，实际上是一种精神滋养与自我提升的过程。这一方面来源于他作品中含蕴的东北工业文明的力量,另一方面是他自身书写的力量。这两种力量熔铸成一种赫然而立的东北的奉献情怀与创造精神，在文本中涌动跃出。也许，是被这种力量驱使、受这种精神感染，明知道给前辈书写序之于我不合适、而写一篇评论相对适合之时，还是应承下来，想做第一批读者先睹为快，让这种力量和精神冲击精神的疲软，唤起内在的激情。

一直犹豫，不知道用什么样的标题为好，直到有一天“在路上”涌入脑海,“在路上”情境出现在眼前,好像豁然开朗。商老师有一种“在路上”情结，从获得辽宁省“五个一工程”奖的长篇小说《我们走在大路上》,到由其担任编剧、荣获中宣部“五个一工程”奖的电视剧《大路上》，再到这部长篇报告文学《奠基路上》，他在自己的人生之路上与东北工业相遇，东北工业成就了他“在路上”的书写。

《奠基路上》彰显出一种“在路上”的神韵。全书五部分依次是“站起来 点燃奠基的炉火”“保和平 锻造利剑的营盘”“困境下 迎难而上的脊梁”“风雨中 负重拉纤的热血”“振兴路 科技支撑的雄风”，以劳模故事自然串起与艺术展现从辽沈战役到新时代70余年沈阳工业的发展道路与总体风貌。跟随商老师的脚步，我们一同走在共和国工业的奠基路上。这是一部让读者翻开之后就心潮澎湃的好书，也是一部让我们看见了沈阳工业为共和国工业奠基路上树立一座座里程碑的精品之作。它犹如一个沈阳工业发展的万花筒，让读者翻开第一页就有一种一口气读下去的欲望。它深刻阐释了沈阳作为“共和国工业长子”无私奉献、勇于创新的使命与担当，生动描绘了英雄之城实现从制造到智造的历史飞跃和新中国工人的精神图谱。它不仅是一部劳模文化史，更是一部沈阳工业文明史。

新时代，从“共和国工业奠基地”到“国家重大战略支撑地、重大技术创新策源地、具有国际竞争力的先进制造业新高地”，奠基路上的东北——辽宁在振兴、再展雄风，在我们的期待视野之中。商老师以作家的超前意识敏锐把握时代脉搏，书写东北振兴在路上。而写作之于他也一直“在路上”，永不停歇。这种未完成式，源于他不断内生的渴望超越。

一、“在路上”相遇与守望：主体的情结创生与蕴含的深广情怀

商老师自称“老铁西”，他不但是沈重与沈鼓的荣誉员工，

还是沈鼓的文化顾问。东北—辽宁—沈阳—铁西，是他的生活地、工作地，是他的创作基地，也是他书写的目的地。他对这块土地一往情深。自从他在铁西与中国工业相遇，他的目光从未飘闪过，他的情思从未游离过，他的妙笔从未挪移过，他把自己的足迹图章般印遍工厂车间，他把生命印记熨烫在这块热土。

他说："我的铁西情结已渗入骨髓。"

他说："我愿为讴歌沈阳腾飞争分夺秒。"

他说："东方鲁尔，我用文学镌刻你的风骨。"

他说："沈阳工业题材文学创作，对我来说是一种责任，更是一种使命，我就是希望通过这样的方式把沈阳的工业真实、客观地展现在世人面前。"

他于不同场合，执着于表达自己对这块土地深沉而炽热的爱。

"情结是审美心理构成中最具生命创造力的非自觉的缘起，但又最后可以被纳入自觉创造范围的心理机能。"①"铁西情结"，"在路上"情结，书写铁西永远在路上，从非自觉的缘起到自觉的创造，情结已经成为他生命体验和审美心理最重要的构成，并外化显现为生活实践的一部分。

坚持深入生活，商老师与铁西、工业，相遇、相约、相知、相守，我们甚至可以说，他不是在工厂，就是在去工厂的路上，抑或在书写工业的路上。他创作一系列报告文学作品《钢铁作证》（2009）、《锻造"中国芯"——沈阳鼓风机集团振兴发展纪实》（2019）、《国

① 王向峰：《审美情结的创生意义》，《辽宁大学学报》（哲学社会科学版）2000年第2期。

家砝码》（2022）、《奠基路上》（2024）等，践行自己的文学使命。在接受记者采访时，他说：“通过《钢铁作证》的写作，我知道深入生活、体验生活对作家来说是多么的重要，作品的血肉就是来自活生生的生活。”[①]

2024年1月4日，中国作家协会“深入生活、扎根人民”创联工作会议暨主题实践活动在沈阳举行。商国华获评2023年度“深入生活、扎根人民”主题实践优秀作家。在接受媒体采访时，他说：

生活是创作的源泉，是一个永恒的话题，把人民作为创作导向。辽宁的作家，写了很多好的作品，这些作品在思想性、艺术性结合上，在接地气上，在全国产生很大影响。我作为辽宁的一个作家，主要的时间大概都是把我的笔墨写在了辽宁的工人阶级上。辽宁是共和国工业的长子，同时也是工业大省。我想，这次会上，我也呼吁我们中国作协，也呼吁这些作家有时间到辽宁来，到沈阳来，来到我的家乡铁西，来为我们辽宁——东北的振兴鼓与呼。

竭尽全力，商老师采访日夜兼程，他查档案反复核实，他写稿废寝忘食。2022年完成长篇报告文学《国家砝码》，透过他穿越时间隧道的目光，我们看到沈鼓作为“国家砝码”的立体形象。使命和责任驱使他全身心投入，“在路上”情结驱动他永不停歇，行走在书写东北—辽宁—沈阳—铁西之路上。2024年他又完

① 蓝恩发：《〈钢铁作证〉记录沈重创业史》，《沈阳日报》2009年10月5日。

成长篇报告文学《奠基路上》，作品中280多个“路”字，进一步留下沈阳工业的历史，留下他一路追踪的足迹，也彰显出他“在路上”情结。

他爱这片土地，在这片土地上，他充满自豪感。参观沈飞时，他说“自豪是我的总体感受”。写到沈阳既有中国科学院沈阳自动化研究所——机器人研发的国家队，又有机器人头部企业沈阳新松公司时，他说：“当我把这些话落到纸面上的时候，一种为家乡沈阳自豪的情愫油然而生。”《奠基路上》把他对这块土地的一片真情毫不保留地坦露给读者，但他不是希望读者看到他的真心，而是希望读者通过他真心的文字，知道、了解、懂得、理解东北—辽宁—沈阳—铁西的真实。他自豪地真实地充满激情地讲述奠基路上大沈阳的故事，同时又小心翼翼地、特别讲究地措辞，生怕一句话、一个词、一个字影响沈阳在读者心中的印象，甚至导致对沈阳—辽宁—东北形象的误读与曲解。

“在路上”是一种进行时态，它表明已经开始，并指向未完成。对于商老师来说，进行工业文学创作，永远“在路上”。这种未完成，不是单一文本的未完成，而是在自己的人生之路上，创作的未完成，生命不息，创作不止；同时，更是一种生命价值追求的未完成。他的“在路上”，饱含着对于沈阳—辽宁—东北大地的情怀，对于工业创作的不懈追求。

二、“在路上”期待与思考：比较的宽广视野与理性的精神升华

商老师对沈阳充满期待，他以历史与现实、国内与国际的比

较视野形塑“奠基路上”从“红色六地”向“新六地”攀升的沈阳形象，寄寓着新中国工业文明的历史。工业文明，在万千工厂机器中具象化呈现，更是在活生生的工人阶级身上承载。商老师“在路上”思考，着重发掘工业文明承载者“在路上”的精神力量与历史传承，使文本达成理性的升华、意义的增值。

《奠基路上》在历史与现实的时间链条中充分展现沈阳的奉献担当与新生创造。1948 年解放后为淮海战役、平津战役输送战略物资，作为抗美援朝大后方支援前线，20 世纪 60 年代苏联撤走专家后独立自主研发，为国家国防战略布局献了青春献子孙的三线建设……这些成为沈阳的标识被历史铭记。商国华更聚焦奠基路上的新故事。在他看来，辽宁“红色六地”是标识，“新六地”是目标。他把更多篇幅给了“新六地”中的沈阳（以三分之一篇幅书写），沈阳全新的“第一”在“奠基路上”：10909 米深海探索的“奋斗者”号潜水器大脑设计，韩国平昌冬奥会闭幕式上“北京 8 分钟”的新松机器人表演，沈变 ±800kV 特高压干式直流套管，沈阳中航发“太行 110”重型燃机，沈鼓的 150 万吨乙烯三机、十一万空分压缩机、大风洞压缩机（军用）、第一台核主泵、电能储存压缩机，沈飞的歼 11、歼 16 战斗机，歼 15 航载机，等等。从历史到现实，以事实和数据为证，一方面丰富与拓展了历史上沈阳的形象，另一方面打破了当下关于沈阳—辽宁—东北的刻板印象，沈阳的创新活力得以展现。

历史和现实“在奠基路上”有机成为一体，历史是现实的先导，现实是历史的延伸。写奠基的历史，商老师特别强调历史—现实的连续性，他有意识地跨越时空观照现实，以现实呼应历史，突出历史对现实的影响力，加强现实对历史的传承性。比如，作品凸显尉凤英从“毛主席的好工人”到“最美奋斗者”的足迹；一方面叙写当年马恒昌小组的实绩，一方面以微信形式传来当下沈阳机床厂和齐齐哈尔第二机床厂现在“马恒昌小组”的评选情况；他这样写陈富文锻造的大转子：“如今，那些安装在水电站的大转子，有的依然在中流击水，有的已成了城市工业文化的钢铁展示品，以一种凝固的语言向后人诉说着陈富文与大转子小组的故事。”历史照亮今天的模样，今天续写历史的荣光。1963 年王铮安成功设计 12500 吨卧式挤压液压机并通过设计鉴定，1980 年荣获国家银质奖，作品接着写道：“王铮安设计的 12500 吨卧式挤压液压机，今天依然在大西南轰鸣着生产的引擎。”从 20 世纪八九十年代葛洲坝水电站、三峡大坝的变压器到 21 世纪白鹤滩水电站的从交、直流变压器和大小不一的套管，皆由沈变生产，作品以三个历史时期、三项重大工程，突出沈变的历史性贡献，并预示着可期的未来：“沈变的发展没有尾声。东北振兴的路上，今天的沈变人依然一路啃着硬骨头，跋涉过深水区，续写着新的荣光与质量品牌璀璨的履历。”透过商老师铿锵有力的笔墨，我们似乎看到他期待的目光。

现实与历史在工业空间里有效链接，但商老师并不满足在一个封闭的工业空间里写工业。在他的意向之中，“奠基路上”中国工业文明的历史效应是全方位的。他尤其关注工业文明在教育中的重要作用。文中写到他任铁西区教育局局长时开展中小学暑假活动，组织铁西区 12 万名中小学生（大部分为工人子弟）回家请在工厂工作过的爷爷、奶奶、姥爷、姥姥、父母，讲一讲他们所在的工厂创造过的“共和国第一”的产品。全区孩子们的调查结果显示，在“一五”“二五”期间沈阳创造出来的“共和国第一”有517个（沈阳制造生产的“共和国第一”共计上千个）。别开生面的活动增强了中小学生对家乡的情感、对工业的认识，在日常生活氛围中加深对工匠精神的理解，从而使这种精神得以化用与传承。

当然，商老师也不满足于中国的“第一”，他以国内与国际的比较视野肯定中国工业的地位和影响力。王铮安设计12500吨卧式挤压液压机（当时只有美国和苏联各有一台），为中国航天事业立了大功，实现让中国飞起来的梦。1960年苏联政府单方面撕毁了与我们签订的600个合同，撤走了1390名专家，并带走了全部图纸。在此困境之下，中国工业挺起迎难而上的脊梁，自力更生。沈阳新松机器人向墨西哥等十几个国家输出了AGV技术，2018年2月25日冬奥会闭幕式在韩国平昌奥林匹克体育场举行，新松公司的机器人和24名舞蹈演员8分钟的曼妙表演，刮起中国智能技术发展的雄风，预示着“沈阳大工业的发展，已经走进了‘沈阳智造’的黄金期”。《奠基路上》这些让人难以忘怀的事件和场景彰显中国工业的创造精神，增强“我们能”“我们行”的自信。

从时空两个层面，商老师延伸和拓展奠基路上的奉献与创造精神。为了让这种精神更加具体化、形象化，更加彰显特质，商老师又从三个方面作出努力：一是讲述经典故事增加感人细节，比如不是单纯地讲述马恒昌捐献千分尺一事，而是有意识强调在此之前马恒昌为了给母亲治病要把自己的千分尺卖掉，母亲却拦住不让卖，而他最终把千分尺捐献给了工厂，从而突出他的爱国精神，更具撼人心魄的力量。二是开掘新故事，使其浮出历史地表。抗美援朝时期，沈阳桥梁厂曾派出“沈桥钢梁队”连续在朝鲜战场架桥三年，还有一些人牺牲在了架桥前线。七二四厂的白桂珍在碾片车间生产发射药，在一次爆炸中她喊出：“不要管我，救设备呀，救火呀！”她被炸成“残废一等”。新故事中的人，有很多我们不知道他们的名字，但他们在《奠基路上》中的形象生动感人，以这样一种形式被历史铭记。三是突出集体力量，锻造中国标识。18 位劳模不是个人英雄，集体环境培养这些劳模，同时这些劳模的精神不断辐射和渗透，形成更具凝聚力的集体精神力量。从马恒昌到“马恒昌小组”，作品写道：“历久弥新的吸引力，让我拉开了历史的抽屉。在《东北日报》《沈阳日报》和‘机械工业战线英雄集体’留下的文字中，寻找着‘马恒昌小组’闪烁的星光。”从尉凤英到“红专小组”“红专大队”，作品这样表述：“她悟出个道理：一个人的能力是有限的，要想造出新产品必须有集体的智慧。于是，尉凤英的车间成立了三人的‘红专小组’，这一新鲜事物当即得到了时任共青团沈阳市委书记张鸿钧的鼓励，三人‘红专小组’像滚雪球似的变成了全厂的‘红专大队’，这个‘红专大队’完成了全厂 707 项设备技术的改造。”他直言：“沈重就是团队的意志和力的聚积。”工人集体主义精神图谱在这些工厂技术小组和团队中被鲜明标示，而在新时代对核心技术的钻研中更需要瞄准世界一流产品、以劳模为代表的英雄群体，由此打上中国烙印、凸显中国特色。

对于奠基路上涌现的故事，商老师满怀豪情地讲述，我们能很容易感受到作品蕴含的情感的爆发力与冲击力。但实际上，这只是作品的一种面向。商老师“在路上”一直思考着。从这个角度上说，他是一个充满激情的诗性的思想者。他不是在简单地叙述奠基路上的故事，而是追寻精神的历史，阐释深层的内涵。他以“路”贯穿全篇，从具象的路，到抽象的路，再到意象的路，作品的内聚力不断增强，理性的精神不断升华。

工人劳模的成长之路、沈阳工厂的建设之路、中国工业的发展之路，商老师有意识地通过简约的文字勾画出相对完整的链条，从而塑造共和国工业奠基地的立体形象，表达未来之路的主题意旨。同时，他以“路”联结篇章结构，作品严谨整齐。比如，谈及沈变重组闯出一条新路，第四章结尾写道：“沈变的发展没有尾声。东北振兴的路上，今天的沈变人依然一路啃着硬骨头，跋涉过深水区，续写着新的荣光与质量品牌璀璨的履历。”接着第五章开头点明续接振兴之路，“在打造重大技术创新策源地发展目标的引领下，一个个以科技创新推动产业创新的企业，在振兴的大路上纷纷按下了发展的‘快捷键’，飞驰在东北振兴的‘快车道’”……“就是在这条道路上，一支支瞄准了世界高新技术峰峦的团队，以把核心技术握在自己手里为己任，一路栉风沐雨，迎来了沈阳振兴路上扬眉吐气的掌声和发自心头的礼赞。”而书的结尾强化了振兴的未来：“担当、发展的沈阳，迸发着辽宁特有的志气、骨气、底气，依然行进在为共和国工业奠基的路上。”路与路相通，路指向未来，由此可见作者的期待与思考。

“在路上”思考，商老师对“路”的重视和理解渗透到文本的深层结构之中。以路为观照原点塑造人物，关于劳模，他这样写道："像前进路上的火车头，也像引领人生前进的路标，劳动模范用他们自强不息、崇尚技术的带头作用，扛起了用智慧和汗水建设工业化大沈阳的重担。""路"，成为他写作的"路标"，他赞美工业之路上的风景，但也没有回避"在路上"遇到的问题，有苏联毁约、专家撤走并带走图纸的困境，有积重难返效率低下的"风雨"，但商老师更关注"迎难而上的脊梁""负重拉纤的热血"。书中有一段讲述沈重的故事，令人印象尤为深刻：

如同我们在路上行进，我们的脚步常常在舒适与跋涉之中选择。有的路年年龟裂、翻浆、塌方，为此，不得不一次次地充填渣石、夯沙、盖被。

而有的路不管是水涝还是碾压，依旧是脊面不毁，就是因为有千万块渣石联结的路基，担起了超负荷的重担。沈重就是团队的意志和力的聚积。

这种志气与勇气的联结，锻造了一个个沈重的英雄模范。

文中对于路的思考，具有思想的深度，把读者带到新的精神层面，不仅是观照一个团队、一个集体，也可以激发读者反观自身，向更深层次探问。

以脚步丈量，面对面采访实录，为了一个人采访无数人；以微信隔空联络，加强信息交流与材料丰盈，商老师以奉献与担当精神书写奉献与担当。他"在路上"期待与思考，以创造写创造。写作“在路上”，他渴望超越。

三、“在路上”渴望超越：不同声音的奏响与多种情境的叠加

渴望超越，是作家的内在诉求。一直“在路上”的商老师不断增加写作的难度系数，挑战自己。《钢铁作证》写沈重，《锻造“中国芯”》《国家砝码》写沈鼓，都是聚焦一个工厂进行创作的报告文学。而《奠基路上》是写他心中的大沈阳，难度可想而知。使命与担当的责任意识，驱使他“写”；“在路上”渴望超越的诉求，促使他“写好”，以本色之笔写出具有中国特色的工人阶级。2022年的《国家砝码》重视“目光”的聚焦，这一部《奠基路上》他于真实与想象之间青睐声音的奏响与情境的叠加，以实现自我超越。

新世纪工业题材创作，就文学体式来说，小说相对较多，报告文学较少。近些年商老师对工业题材报告文学情有独钟，这在全国并不多见。他钟情报告文学的“真”：“报告文学必须在真实的基础上进行创作，这就需要大量的采访时间，特别是日期、人物名字和基本事实，都不能出一点儿错误，需要一一核实。我为了求证沈鼓集团在国产化过程中的一段准确事实，在已经完成稿件后，又于 2018 年 9 月 13 日再次赶到北京，找到国家能源局和机械部的老领导，进行确认核实。我当天下午坐火车去，第二天下午乘火车返回。之所以选择报告文学这种题材，是因为真实才能吸引读者的目光，也是因为我完全被沈鼓人的精神感染了，被沈鼓人的国家情怀

震撼了。”[1]报告文学贵真，商老师求真。真的力量，在文字堆积如山的年代显得弥足珍贵。

采访、核实，有助于作品的真实性表达。与以往的报告文学一样，《奠基路上》还重视档案、当时的《人民日报》《东北日报》《中国经济时报》《沈阳日报》《沈阳工人运动史纲》等史料，确证真实。虽同为史料，但这次有所不同：一是对史料“细读”。比如，他把20年前在铁西区兴华公园晨练时，听到的一些退休老人有关沈阳变压器厂并购引起的争论记录下来，同时摘录《中国经济时报》记者唐福勇在当年采写的《沈阳变压器重组：特变电工后发先至，西门子落空》的文章，并对文中“一些业内专家认为”和“专家们认为”加以“文本细读”，突出对“专家们”“在国家利益之上的思考”的认同与敬慕。二是有“作家作品”在读者心中荡漾。1948年11月2日沈阳解放，商老师引用时任辽沈战役我军随军记者刘白羽在沈阳的见闻，表达“胜利的声音从内心激起的快乐”。1949年10月1日，新中国成立，商老师摘录《人民日报》当日发表的诗人黄药眠在沈阳等东北大城市采访后撰写的长篇通讯《从东北看到了新中国的黎明》，表达内心的自豪与期待。

如果我们回到这两个时间之间——1949年9月25日的《文艺报》，可能更能体味商老师引用以上两段内容的深意——东北之于新中国的重要性。《文艺报》设有专栏“参观东北归来”，发表黄药眠、蒋天佐、凌鹤、陈中凡、吴天、臧云远、赵望云、汪巩等人

---

① 蓝恩发，商国华：《“我的铁西情结已渗入骨髓”》，《沈阳日报》2018年6月26日。

的文章。汪巩说，沈阳，“是新东北的心脏”，参观鞍山、本溪、抚顺等地之后，他赞叹道：“到了东北，我才具体看到了灿烂的新中国的远景”（《我看到了新中国的远景》）。在黄药眠的《东北的印象》中，东北是“新中国的工业的心脏”，“在这里，我们可以看见未来的新中国社会的雏形”[①]。“黎明”“心脏”“远景”“雏形”，作者把这些比喻大加赞赏地、毫不吝惜地给了“东北”，使读者进一步认识到东北在当时的历史地位。

“真实”是报告文学的生命，而合理的想象更增强艺术的真实性。“在审美意识当中的想象，它是在人的经验基础之上，运用主体情思，按照事物情景所希望的所可能有的那个方向，来改变经验记忆当中的实际存在，达到新的形象以意创生。”[②]商老师通过想象性的对话，复原历史画面，奏响不同的声音塑造人物、传承历史精神。时间，他特意挑选2023年五一国际劳动节这一天；地点，他设定在铁西区劳动公园，劳动模范吴家柱、马恒昌、闫德义、王凤恩、蒋新松的雕像前；人物，80岁、60岁、40岁。以不同代际之间的对话，从讲劳模故事到铁西—沈阳故事，传承劳模精神。将戏剧因素融入报告文学，这不由得让人联想到老舍《茶馆》中人像展览式的开放性结构，对话的声音作用于听觉，也更易于沁入读者心中。

史料性的硬核真实与艺术性的审美想象，在作品中自然成文、浑然一体。两种不同笔墨，营造多种情境。而这些情境的叠加使作

① 详见《文艺报》1949年9月25日。

② 王向峰：《论艺术的审美意象创造》，《辽宁大学学报》（哲学社会科学版）2019年第1期。

品具有内在的节奏感和错落有致的层次感。1952年12月24日的《沈阳日报》1版头题发表了沈重人写给毛主席的报捷信，题目是《新中国第一台5吨蒸汽锤试制成功》，这是历史的真实。接着，作品略作想象：

总之，沈重人“不蒸馒头蒸口气”的那份心思，他们相信毛主席一定知道了，也一定很高兴。不久，国家在编制五年计划时，把建设重点放在重工业上。

事实上，毛主席知道了，1958年毛主席特地嘱咐工作人员要了一份沈阳重型机器厂的情况专报！

“刚性”史料的引入与“合理”想象的描述，把我们带到历史情境，我们进入历史、品味历史的滋味，也欣赏商老师的那份惬意与自豪。

合理处理真实和想象的关系，以声音与情境提升报告文学的艺术魅力，商老师走在自我超越的路上。对马德有和王铮安两个人物的成功塑造，有力地说明这一点。他一方面精雕细刻马德有制造工具的场景，另一方面通过不同声音突出他的效应。“马德有精心制造的飞机修理工具，解决了一个个生产难题的好消息，在工人中传递着。”声音的传递之后，商老师加上了一段史料性的表述：“在创作这篇稿件的过程中，我在沈阳市总工会组织编写的《沈阳工人运动史纲》里见到一个数字，凭借‘马德有工具’提高的效率，马德有和他的工友们修理好的各种飞机达到600多架。”而史料之后，又回到“声音之中”，马德有的工具改革，“半个月后，一台由废品组装重新利用的洗涤机，引来了装配车间期待的眼神和交口称赞。”他站在普通工人、车间主任等不同角色和身份的角度，设计了一段段精彩对话，表现了那个年代工人的艰苦奋斗与创造精神，表达了工人的真实心声。对于王铮安，商老师侧重对这一人物收到策反信之后惊呆的情态、沉落浮起的心理、坚持设计的行动进行细致的想象性描写，并以“映山红”“杜鹃”相同木本花比喻王铮安初心不改的炽热真情。

历史的重任与主体的诉求，“在路上”渴望超越，对于作家来说是一种有形与无形的压力。或许我们能从“沈重生产重型，沈重也生产志气”中听到商老师的“画外音”，它掷地有声，更有重量和力量。他与中国工业相遇，从而书写它、守望它，“在路上”的情结纠缠他，中国工人阶级的力量、精神和风采感染他。他把这些传递给读者，气韵生动，诗性的激情与内在的力量喷薄而出，具有力之美。同时，《奠基路上》渗透着他对中国工业之路、中国式现代化道路的思考，鲜明表达着他作为铁西—沈阳—辽宁—东北—中国人的自豪。

是不是可以套用书中“沈阳心存高远，以永不停歇的脚步书写着一个又一个荣光”这句话说，商老师心存高远，以永不停歇的脚步书写着一个又一个荣光。商老师写沈阳工业故事，好像信手拈来，实际上他付出了我们难以想象的辛苦。而他如数家珍，让人羡慕。

有时候，我会问自己：在沈阳生活了 30 多年，我是否了解工业沈阳？实在地说，我一直在校园里，对工业沈阳并不十分了解。

如果说我有点了解，那是通过阅读与观看一些有关沈阳工业的文艺作品获得的。近两年，我有意识地查阅东北工业的史料，试图了解自己生活的这块土地，也加强自己对作家笔下的东北的理解。

多年前看商老师的《我们走在大路上》颇为震撼，2023 年看《国家砝码》汲取力量，今年看《奠基路上》自我提升。为什么说是一种自我提升？这里以我的阅读笔记为例。

《奠基路上》写到工厂广播里让大家献工具，马恒昌献千分尺时对王代表说过这样的一段话：

王代表，你还是了解咱们工人的，我的家里就有一个千分尺，还真就是解放前我花钱买的，说起这个千分尺，我就要掉眼泪。前两年，我老妈病重的时候，家里吃上顿没下顿，哪有看病钱啊！我就想把这个千分尺卖了，给我老妈抓几服药吃。我母亲听说了，抱着那个千分尺不松手哇，她还对我说："全家人都靠着它吃饭呢，你不能为了救我一个人，让全家七八口人没饭吃呀！"

我在这段话的后面用彩色标注了三个字："真实否？"心里琢磨着等遇见商老师当面请教一下这个故事是否虚构。

2023 年 11 月 4 日，沈报全媒体记者盖云飞在《沈阳日报》发表《商国华新作〈奠基路上〉再讲工业故事》一文。文中商老师说："写马恒昌时，其中有一个情节，马恒昌为了给母亲治病要把自己的千分尺卖掉，母亲却拦住不让卖，当时的千分尺可以换上千斤高粱米。最终，在献纳器材活动中，他踊跃捐献了千分尺。这种爱国精神真是令人感动。”

看到这段文字，我回过头来，再次阅读《奠基路上》，尽力扎到文本之中，触摸那些伟大的灵魂，感知新中国第一代工人的伟大，诚如《奠基路上》所概括的那样：“好像有一种约定，应该说，是当家作主思想认知的提升，让马恒昌小组树立了为国担当的信念。”而这一信念，一直到今天从未改变，“沈阳为共和国工业奠基的脚步从未停止”。

也正是从这个角度上，我进一步理解了商老师为什么如此执着地书写《奠基路上》，或许当下有很多不了解、不理解，一种宝贵的精神被遮蔽、在流逝。沈阳，在他这里被证明，被正名。

真诚感谢商老师创作《奠基路上》！阅读这部报告文学，使我们加深了对沈阳的了解，提升自我认知，也让我与东北工业文学再次相遇。当然，我对商老师作品的阅读和理解也一直“在路上”。

吴玉杰

辽宁省作家协会特聘评论家　辽宁大学文学院教授

2024 年 1 月 3 日

目　录

引　子

每一座城市，都有让那里的人民自豪的名片。沈阳璀璨的徽章，闪烁着共和国工业奠基地的光芒。

1948年11月2日，伴随着沈阳解放的捷报，辽沈战役胜利结束。

就是从那天起，当家作了主人的沈阳工人阶级，在党的领导下，以不到20天的时间，就“让工厂冒起烟来”。《咱们工人有力量》铿锵的旋律，创造生产新纪录的声声锣鼓，合成了为共和国工业奠基的主题曲，唱醒了冰雪覆盖的土地，呈现出一派汗水与欢歌同步、焊花与钢花辉映的勃勃生机。

就是这些白手起家的辽沈劳动者们，以一腔热血一双手、一台车床一把锤，以一边恢复生产重建家园，一边支援解放战争、抗美援朝战争的英雄壮举，荣获了“共和国工业长子”的礼赞。

从此，在“共和国工业长子”呈现的舞台上，辽宁，沈阳变成了中国大工业的主角。万众瞩目的聚光灯下，演绎着辽沈工人阶级吃苦耐劳为共和国工业奠基的长剧。

就是在这条率先发展工业的大路上，沈阳人最早轰鸣起了重工业的引擎，进而随着大工业生产十八般武艺登场助阵，“共和国装备部”的旗帜飘扬在沈阳大工业荟萃的营盘，初心与意志交融的热血铸就了为共和国担当的信念。

由此，那一根根如同工字钢一样坚韧的脊梁，挺起了沈阳一路拉纤的剪影。

就是他们，在国民经济恢复时期，以顽强的意志支援抗美援朝战争，把沈阳变成了锻造打击侵略者利剑的营盘和保障前线军需装备粮草的“大后方”的“大前方”；

也是他们，听从号令，拉家带口地奔赴大山深处，上演了“献了青春献子孙”的人生大戏；

又是他们，服从大局，跨过泥泞坎坷，走出雨洗风磨，以从头再来的胆识和石破天惊的爆发力，捧出了大地上钢花铁果的丰收景象；

还是他们，在东北振兴的大路上，不怕讥讽，不畏艰辛，不气馁，不服输，争先锋，打头阵，一次又一次地冲破国外技术的封锁，扛起了研发自我核心技术的大旗。

沈阳大工业意气风发的脚步，让我们的记忆刻骨铭心，更需要我们回味思考，从中汲取力量和成功的经验，这会让我们继续前行，破围而出。

如此将那些在沈阳工业发展的各个历史阶段的英雄们请回到今天的舞台，是为了不忘我们今天成就的由来，更是为了在对英雄们的敬仰中，明确我们打好打赢“三年行动”攻坚战，扛起维护国家“五大安全”的重要使命的责任感。

沈阳心存高远，以永不停歇的脚步书写着一个又一个荣光。

尽管时光不能驻足，但沈阳为共和国工业奠基的炉火，依然是沈阳这片热土不可或缺的星光。

记住他们，记住他们身上独特的汗香，记住他们昨天走在大路上的精气神，就是传承辽宁人、沈阳人不屈不挠的风骨。

记住他们，记住那一代代在这片土地上诞生的劳模、工匠，赓续红色血脉，继续演绎劳模精神的时代篇章。

记住他们，记住那些在科技创新大路上默默的耕耘者。

记住他们，记住在振兴路上滚石上山的先锋者和突击队，就是弘扬沈阳大工业生生不息的创造力。

记住他们，还是要先认识他们。

站起来　点燃奠基的炉火

那些曾与我们的父辈共同唱响《咱们工人有力量》的工人，那些造出共和国第一台工业母机的大工匠，那些为新中国工业奠基的英雄……都已渐行渐远。我们似乎模糊了对他们的记忆，也欠缺了对他们的掌声，但愿今天的文字能强化我们对英雄们的记忆，也能由此化作我们对他们永远的仰慕。

——题记

时势造英雄。从 1948 年 11 月 2 日沈阳解放算起，在不到一年的时间里，沈阳的工业企业在党的领导下，得到了迅速的恢复和发展。中华人民共和国成立之前，有一组数字，今天看起来，依然会让生活在雄鸡版图上的国人佩服不已。

11 个月，只是 335 个日出日落的时间，沈阳已有 64 家国有企业和 16147 家私营企业，点燃了国民经济恢复的熊熊炉火。

可今天的人们谁又知道，沈阳解放前的 1948 年年初是什么样吗？

1948 年初，乌云编织的雾障笼罩着沈阳。

位于铁西第一粮库大门外的粮食市场传来的一声声吆喝，让南来北往的人们纷纷咋舌驻足。

“高粱米，每斤 61 万，大米 200 万一袋，白面 240 万一袋，豆油一斤 200 万了！”

“快来买呀！今天不买，明天又不知道什么价啦！”（以上货币单位为东北九省流通券，1 万元≈ 1 元人民币）

几个手里拿着粮袋工人模样的人，听到市场上的吆喝声，相互间望了望，说道：

“兄弟，听到没？高粱米一斤卖 61 万！我挣多少钱哪！大米吃不起咱认了，看来这高粱米也得断顿了。这年头咋活呀？”

“咋活？铁路那边不是有卖豆饼、糠麸的嘛！”

“要我说，咱们也去解放区吧，听说开原那边吃饭没问题。”

据 1948 年 5 月的史料记载，一些连高粱米都吃不起的老百姓，接二连三地纷纷拖家带口向开原解放区奔去。由此，原本将近 200 万人口的沈阳，只剩下了 10 多万人挣扎在生命线上。无论是离不开家园的守望者，还是平日里靠豆饼和糠麸面维持生命的老百姓，他们都有一个共同的期待,那就是渴望早一天冲出水火煎熬的日子，盼望人民解放军解放沈阳的日子早一天到来。

把人民从水深火热中解放出来，正是中国共产党人的理想。1947 年 10 月，毛泽东主席在为中国人民解放军总部起草《中国人民解放军宣言》时，就响亮地提出了“打倒蒋介石，解放全中国”的口号。正是在这个口号叫响之后，人民解放军的队伍迅速发展壮大到 250 万人。而在中国人民解放军的称号叫响之前，作为人民解放军一部分的东北野战军，已经做好了解放沈阳的准备，只等党中央毛主席的一声号令了。

许多人都记得，早在 1945 年党的七大上，毛主席对东北的战略地位的重要性说过这样一句话：“从中国革命的最近与将来的前途看，东北是特别重要的。如果把现在的一切根据地都丢了，只要我们有了东北，那么中国革命就有了基础。”解放中国战略要地东北，是我们党早已确立的指导原则。

阳光总是要驱散乌云的，沈阳云开雾散、融冰化雪的日子越来越近了。

肩负解放全中国，让人民过上好日子重任的中国共产党人，运筹帷幄，确定了在东北战场上与国民党反动派展开战略大决战的雄心壮志。

1948 年的 9 月 7 日，毛泽东为中央军委起草了《关于辽沈战役的作战方针》。就在这个作战方针确立 5 天之后的 9 月 12 日，解放战争三大战役之一的辽沈战役在北宁线上打响了。也就是从那天开始，中国人民解放军以摧枯拉朽之势，解放了锦州、长春，各路大军直逼沈阳，国民党军队成了惊弓之鸟。

不甘心失去沈阳这块东北战略要地的蒋介石，在 10 月 25 日又一次飞抵沈阳，这是从 1946 年以来，他第九次飞临沈阳了。尽管他以往每次来到沈阳，都忘不了重复固守沈阳的梦话，但让蒋介石万万没有想到的是，这次，已经是他此生与沈阳的告别之旅了。就在蒋介石飞离沈阳 6 天后的 10 月 31 日深夜，东北野战军的第一纵队、第二纵队、第十二纵队与解放了长春的我军 5 个师，分别从不同的方向对沈阳的国民党守军展开了进攻。首先向驻守铁西区的敌二〇七师发起进攻的是第一纵队三师，尽管他们在战斗中遇到了敌人炮火与坦克的阻击，但在我军强大的炮火打击下，敌二〇七师连一天也没坚持住，终于在 11 月 1 日，被我军全部歼灭。与此同时，第二纵队、第十二纵队分别向杨士屯、张士屯、莫子山、白塔堡展开攻击、围歼。蒋介石自认为固若金汤的防线，随即在我军强大的攻势下，呈现出了土崩瓦解的态势。

11 月 2 日，沈阳城内的国民党守军全部被解除武装。在解放沈阳的战斗中，解放军歼灭和接受起义、投诚的国民党军队、地方部队 13.4 万人。

也就是从这一天开始，沈阳这座东北最大的工业城市，真正回到了人民的手中。

沈阳解放的消息，立刻通过无线电波飞向了全国。

11 月 2 日傍晚，新华广播电台向全国播发了沈阳与东北全境解放的快讯。沈阳城的老百姓高举红旗和毛主席、朱总司令的画像涌上街头，扭起了大秧歌，敲起了欢快锣鼓的沈阳人，沉浸在庆祝东北解放、沈阳获得新生的欢乐的海洋之中。

唢呐声挺起脊梁，锣鼓声唤醒笑脸。曾任中国人民解放军原总政治部文化部部长、时任辽沈战役我军随军记者的刘白羽，见证了这一欢庆的场面。他在一篇沈阳见闻中这样写道：

11 月 2 日，将是我们永远记得的日子。在爬冰卧雪、冒死忘生的时候，我们所向往、所争取的这一天终于实现了。我知道，这是胜利的声音从内心激起的快乐。我走进沈阳，我又看到了这个中国第一座重工业城市，我熟识的铁西区五金冶炼厂最高的烟囱和到兵工厂去的路，以及由中心广场向四面八方辐射的街道，而这一切都属于人民了。

无疑，愉悦的心酣畅淋漓地抒发着胜利的喜悦，但欢快的唢呐伴随嘹亮的歌声过后，沈阳人依然铭记人民解放军为辽沈战役付出的牺牲。由此，缅怀的热血便涌起了感念的情怀。

沈阳人都一一记下了，在辽沈战役52天的战斗中，东北野战军有1.4万名勇敢的战士长眠在脚下这片热土上。他们为了辽沈大地上永远绽放欢天喜地的笑脸，以年轻的生命冲锋陷阵、抛洒出一腔腔奋斗的热血。

缅怀为人民解放牺牲的烈士，成了沈阳人永远珍藏的记忆。

缅怀、追思、传承、奋进的组合词流淌在沈阳人的血脉之中。

沈阳解放前夕，有三组镜头切换了沈阳历史变幻的时空——

1948年的10月30日，时任国民党东北“剿匪”总司令的卫立煌，眼见大势已去，匆匆带着蒋介石圈定的逃离沈阳的8个大员，在沈阳东塔机场逃之夭夭了。

就在卫立煌逃跑前不到20个小时的10月29日晚上，肩负接收沈阳任务的同志们登上了从哈尔滨开往沈阳的专列。

远方还不时传来隆隆的炮声，伴随着机车震动铁轨，发出“咣当、咣当”的声响，受命接收沈阳的接管人员，似乎听到了沈阳盼望他们早日到来的心跳。然而，火车的速度偏偏还要低于心跳速度，车厢里一个个焦急的眼神开始发问了：从哈尔滨到沈阳只有500多公里的路程啊，怎么走了3天还没到沈阳呢？

原因很清楚，铁路线残缺破损，近一半的路基处于待修状态，托起轨道路基的土石结构无法承受运行车辆的重力。但这并没有影响肩负接收沈阳任务的军管会领导紧锣密鼓的接收准备，从登上这趟专列之后就接连召开会议，对接收沈阳的工作作着细致的布置。

我翻开写字台上摆放的由沈阳出版社出版的《沈阳红色记忆》一书，追溯着那段布满荆棘，又充满希望的历史：

10月31日，列车辗转抵达辽宁省开原县。当日，军管会在开原召开第二次会议，对进入沈阳后的一些细节问题再做周密安排。明确了沈阳是东北最大的城市和工业中心，把接管沈阳的工作做好，使城市不受破坏，迅速恢复生产，可以有力地支援全国的解放战争。

鉴于铁路专线已无法满足接收人员对行车速度的要求，军管会的领导下达了改乘汽车向沈阳挺进的命令。命令下达之后，接收大军的挺进速度明显加快了。11月1日晚，他们准时到达了进入沈阳的第一块集结地，沈阳北郊文官屯地区的榆林堡。而就在榆林堡召开的接管沈阳的会议上，确定了中共沈阳特别市工作委员会的领导和成员，并报中共中央东北局批准。

第二天下午3时，军管会的领导同志及其工作人员分乘17辆大小汽车向沈阳城内进发。车队一直开向军管会的临时驻地——位于中山广场西侧的大和旅馆（今辽宁宾馆）。

11月2日下午，军管会入城后的第一天，《沈阳解放大事年表》作过这样的记载：

沈阳火车站集中千余节装有军需物资的车辆，为避免国民党飞机的轰炸，紧急组织疏散200余车皮弹药，并调高射炮以防空袭。

国民党空军轰炸沈阳市沈阳南站和兵工厂。

《沈阳解放大事年表》的记载是准确的。当天午夜过后，沈阳火车站传来猛烈的爆炸声。

隐患与危险考验着军管会的成员，也磨炼着沈阳特别市的执政者。显然，这是国民党反动派轰炸沈阳南站（今沈阳站）和军工厂的阴谋的一部分，在具有丰富对敌斗争经验的军管会面前一一遭到了挫败。那些企图为新政权制造事端的敌人并不知道，接收沈阳的是一支由各类专业管理和技术人员组成的 4000 余人的队伍。

作家温晨撰写的《沈阳 1949》中，对沈阳站的爆炸隐患排除作了如下描述：

11 月 3 日早上，军管会派出 100 人到沈阳车站仔细搜查，终于在一个地窖里找到了一个姓王的调度员。这个调度员告诉军管会，国民党的工兵系统已经在车站做了很多破坏，在很多铁路道岔下面都埋了地雷，连蒸汽机车的煤箱里都放了炸弹。

获得了这个有价值的情报后，军管会迅速调来了一个工兵连排险，一个岔道一个岔道清除炸弹，先清扫出一条出城的铁路。11 月 3 日上午 10 点，沈阳通往铁岭的铁路已经抢修通车。最初的铁路的抢修都是在国民党飞机的轰炸中进行，每天都有飞机往车站飞，朝军用站台扔炸弹。都是军管会组织力量全力挖炸弹、往外运炸弹。

沈阳刚解放的时候，隐患究竟有多大？与弹药有关的隐患有多少？又都藏在哪儿呢？

铁西区工厂那边也有消息了。“铁西区的许多工厂和仓库，据说也有许多弹药、炸弹，估计可以装600车皮。”军管会派出的调查组汇报的这条消息，让许多人睁大了眼睛。

事后，这条消息在沈阳档案馆一份《沈阳战后恢复情况》的报告中得到了证实。

显然，清除弹药隐患成了沈阳解放之初重中之重的大事。温晨的描述大致是这样的：

当时有两个地方是国民党飞机重点轰炸区域：一个是铁西区和沈阳的兵工厂；另一个就是沈阳站军用站台附近。后经参与调查的军管会工作人员证实，沈阳站有50个车皮榴弹炮弹，是美国提供给国民党的，都是大口径榴弹炮弹，这些炮弹十分宝贵。

沈阳是东北国民党军的后勤供给基地，车站仓库里库存有大量火炮以及炮弹、炸药、雷管、枪械等物资，铁西区还有许多兵工厂。这些都是国民党飞机重点轰炸的目标。军管会得到消息，分藏于车站、各仓库的弹药、炸药估计“可以装600车皮”，假如这些弹药能够抢运出去，将“特大利于全国作战”；假如全部被炸，则“半座城市可能被毁”。从解放军进入沈阳，国民党飞机就拼命轰炸沈阳火车站和铁西区，试图引爆他们留下的巨量弹药。这是军管会入城后碰到的第一个棘手问题。因为有备而来，军管会连夜抽调从哈尔滨带来的铁路技术人员，将装满弹药的列车紧急疏散到了城外。同时紧急组织工程兵、装甲兵等，从铁道和工厂等许多地方挖炸弹，将沈阳城这些可怕的毒瘤摘除干净。

3天过后，罩在沈阳人心头的“炸弹”阴影荡然无存了，欢声笑语又重新洋溢在沈阳的大街小巷。

弹药的隐患排除了，军管会的领导和工作人员深深地长出了一口气。也就是同一天，又一个让他心情愉悦的消息传来了：在党和人民军队的感召下，沈阳铁路局已经有15000人回到了各自的工作岗位。正是这支队伍的重新组建，让已经瘫痪的264辆列车和1080辆货车，拉响了蒸汽机车轰鸣的汽笛。

尽管如此，断条的铁轨、枕木上缺失的道钉、铁轨下塌陷的路基，仍然让军管会的领导和接收大军夜不能眠。要求铁路尽快全线通达的命令，考验着沈阳铁路局的领导和铁路工人们。

军管会的领导知道，沈阳是我们解放的第一个重工业大城市。沈阳要冒烟的工厂需要燃煤，更需要钢铁；沈阳兵工厂生产的弹药和工业成品，更需要入关铁路的畅通无阻。

由此，随着一个个修复铁路命令的下达，工人们扛起每米50公斤重钢轨的雄姿，穿越路基上下的号子声、一根根道钉凿进枕木的铁锤声，对东北局和军管会下达的命令给予了最好的回应。

那年的11月份辽宁滴水成冰，在空旷的大地上呼吸，空气都有被冻僵的感觉。就是在这种条件下，上级分别下达了15天修通抚顺至清原、10天修通本溪到安东（今丹东）铁路的命令。

显而易见，目标直指“钢都”与“煤都”。更清楚不过的是，

“两都”的通车，都是为恢复沈阳工业生产服务的。没有煤就没有电，没有电也就没有钢铁，没有钢铁就造不出前线急需的军工产品。

此时，对于正在组织修复哈尔滨至沈阳、锦州至沈阳路段的沈阳铁路局来说，无疑又增加了一副重担。

敢挑重担的沈阳铁路局的工人们都知道提早修复断条的铁路，对恢复沈阳大工业生产、支援前线至关重要。

3000 人的铁路施工队在以沈阳铁路为中心的路段摆开了抢修的战场。

当年参与修复铁路工人的回忆变成了今天文字的记忆。

那时候，虽然是数九隆冬，但每个人的脑袋上都冒着热气。四五十公斤的钢轨扛起来就走，没人喊累，也没人叫苦。知道为什么吗？《咱们工人有力量》那首歌唱得好，“为什么？为了求解放！……为了咱全中国彻底解放。”

精神的力量是强大的！超出施工预期提前竣工的一件件捷报让军管会和沈阳铁路局领导紧绷的神经舒展了。

本溪至安东（今丹东）路线提前 6 天完工，抚顺至沈阳的工期提前 11 天完成，哈尔滨至沈阳的铁路仅用 3 天就听到了火车顺达的轰鸣。

仅仅一周之内，一处处胜利通车的锣鼓敲响，一面面铁路畅通的红旗在铁路线上迎风飘舞。

1949 年 5 月，一部由长春电影制片厂的前身东北电影制片厂拍摄的故事片《桥》在东北上映。影片真实讲述了沈阳的铁路工厂支援解放战争的故事。影片呈现的铁路工厂就是沈阳桥梁厂，电影中展现的就是在保证北宁线铁路畅通的过程中，沈阳桥梁厂组成的钢梁队，在东野铁道纵队的帮助下，日夜修复大凌河铁路大桥的传奇故事。

这是对真实事件的还原，描绘了一辆辆满载东北野战军指战员和弹药、煤炭、粮食与药品的火车，奔赴淮海战役、平津战役前线的画面，表现了沈阳铁路工厂与铁路工人抢修铁路大动脉支援前线的英雄气概。

如此神奇的铁路抢修速度，为正在进行的淮海战役、平津战役铺平了道路。截至 1949 年 5 月的一组数字让今天的沈阳人依然扬眉吐气：从 1948 年 11 月沈阳解放后的 5 个月内，沈阳兵工厂生产的山炮、野炮、榴弹炮、迫击炮、高射炮等各类炮弹 1092559 发，棉军鞋、胶鞋、棉军服、单衣、衬衣、军被 970 万套。

这些军需物品与弹药，大多是通过修复的沈山线送到平津战役前线的。

沈阳通往关内铁路的畅通，为淮海战役、平津战役输送了大量的军火和被装。战斗在前线的勇士们，把一封封感激的电报发给了东北局。

就在修复好的一条条铁轨扛起东北大后方运输重担的同时，沈阳特别市的领导，也正在筹划着恢复生产的成事之道。让沈阳的烟囱冒烟，让沈阳的工厂发出机器的轰鸣，成了沈阳特别市领导最关注的问题。

期待的目光下，当时沈阳的工厂又是一种什么样的状态呢？

时任沈阳市委副书记黄欧东，在他撰写的《解放初期在沈阳的一点回忆》中这样写道：

沈阳解放时，曾遭到了国民党接收大员严重的破坏，大至机器设备，小至木材，甚至房上的砖瓦，办公室的桌椅都被变卖了，沈阳铁西开工的工厂仅有5%，我们进城后看到的是一片废墟，到处是断壁残垣。

黄欧东的回忆，是沈阳解放半个月的时间里真实的记录。

笼罩在沈阳人头上的乌云，虽然被驱散了，但瓦蓝瓦蓝的天空下，10个烟囱9个不冒烟，听不到机器发出的轰鸣，也看不到走进工厂熙熙攘攘的人群，空寂冷落而没有生气的境况，还在滋生蔓延。

尽快恢复城市的正常生活，恢复工厂生产，成了当时沈阳特别市政府和人民群众的热切盼望。

新政权的执政者把人民放在心头，走家串户的脚印留在了沈阳的大街小巷，3万多户缺粮断炊的居民，5万多流落街头的衣食没有着落的百姓，急需恢复的工厂、车间、铁路干线、电力通讯、金融市场名单，一一装进了他们的心中。

正是这一次次调研的所见所闻，一种“柴米油盐关乎工人，工人关乎工厂恢复”的理念，在沈阳特别市领导中达成了共识。

天地之间，黎元为先。面对工人口粮奇缺的困难，军管会领导及时作出了批示：“先从军粮中拨出部分粮食，救济工人以解燃眉之急。”

沈阳解放一周过后，市工委、市政府“救济委员会”的工作人员，连同22个城区的干部敲开了沈阳城每家每户的房门。从那一天开始，全市的冬令救济工作开始了。27.35万公斤粮食、1.9万件棉衣、6.4亿元现款（东北流通券）送到了数万户贫困家庭，44万人得到了及时的救济。

热气腾腾的高粱米饭，端在了工人的手上；家家户户的火炕有温度了，门窗上的冰凌开始融化了。

不再靠吃糠菜团子度日的工人群众，相互间传递着生活改善的温暖消息，从心眼里感谢共产党、感谢毛主席。于是，工人们三个人一群、两个人一伙地回到了工厂。十几天时间，沈阳已有8万多人回到了自己的生产岗位。

“这辈子忘不了哇！你们可得记着，我上班的第一天，每个工人先发了40斤高粱米或10万元东北币作为生活维持费，这是我们怎么也想不到的呀！对了，还有取暖、做饭的煤炭也帮我们解决了，家家户户的烟囱也冒烟了。”

这感恩戴德的几句话，在沈阳第一机器厂的工人中传了一代又一代。

把人民放在心窝里的温暖，烤热了冰冷寂寥的土地，一支支腰鼓队、秧歌队在欢快的唢呐声中，唱响了“没有共产党就没有新中国”。

1948 年 12 月 20 日，《沈阳日报》的前身《工人报》创刊号发出的一条消息“政府奖励职工过个好年，发给每个人猪肉二斤，白面三斤”。

《工人报》的这则消息，如实地在沈阳得到了兑现，而这份报纸也成了许多沈阳人今天的珍藏。

党和政府把人民的安危冷暖挂在心上的举动，在沈阳工人的心里种下了回报的种子。在解放后不到 20 天的时间里，沈阳工厂的大烟囱冒烟了，工厂里铁锤叮当，焊花四溅，“咱们工人有力量”这来自工人心底的歌声，从一家家工厂飞向了一条条街路。

恢复生产，支援前线，建设新中国，成了工人们的心愿。一颗颗滚烫的心支撑着一个个汗水脊梁，当家作了主人的沈阳工人，以主人翁情感迸发的力量，点燃了奠基的炉火。

感恩是沈阳人的天性，谁对沈阳人有恩，沈阳人就会把他们拥入心中的殿堂。

自从沈阳市总工会发出了“努力生产支援前线，献纳器材支援工厂”的号召之后，许多工人回家翻箱倒柜寻找生产工具，动员工友亲属拿出生产器材，成了许多工人引为骄傲的一件大事。

有个叫刘梦春的沈阳化工厂工人，动员亲属把国民党军队留下的电话交换台，从 45 公里外运到工厂；沈阳机器厂一个叫唐广安的工人，第一个把油钢、尺架子、车床皮带交到工厂。在这次“献纳器材”活动中，仅沈阳第一机器厂的工人就献纳各种生产器材 1000 余件。

由此，沈阳工厂烟囱升腾的烟气，在蓝天上交织出一个共同的心声："一切为了前线，一切为了解放战争的胜利。"

1949 年 1 月 14 日，一场冬雪覆盖了沈阳，但沈阳冶炼厂的车间里依然热气腾腾，在"多炼铜，多炼铅，支援全国解放战争"的口号声中，沈阳冶炼厂第一任厂长张日新，把点燃的火把投进了化铁炉。由此，沈阳冶炼厂几个车间同时点燃了生产的炉火，那两根大烟囱冒出了浓烟，铁西区各个工厂也都升腾起来生产烟气，铁西区大工厂全部冒烟的愿望实现了。

就这样，沈阳为共和国奠基的炉火燃烧起来了。

1948 年 11 月 6 日，沈阳解放后的第四天，淮海战役打响了，不甘心失败的国民党军在与中国人民解放军对峙的同时，依然没有停止对沈阳的破坏。从 11 月 5 日至 13 日，他们每天都对沈阳的兵工厂进行轮番轰炸，从每天 3 个架次的轰炸，增加到每天 9 个架次，厂变电所被炸停电，枪弹装配车间被炸毁，碾片机被炸得不能工作……

敌人的狰狞不但没有摧毁沈阳兵工厂工人的意志，反而进一步激发了兵工厂工人全力保障军需生产的决心。从敌人飞机轰炸的第一天起，十几辆大卡车和二十几辆大马车，穿梭式地把兵工厂生产的弹药、武器设备运到了新的生产车间，敌人的阴谋破产了。

沈阳兵工二分厂 11 月 7 日就恢复了六〇炮和一二〇迫击炮弹的生产，并为解放军入关部队修复了 58 门大炮和 17 辆战车。兵工三分厂制造出各种枪弹 465 万发。

沈阳兵工总厂以每月生产步枪 500 支、轻重机枪 70 支、炮弹 2 万发的速度，让武器和弹药的生产量分别增长了 2.84 倍和 2.66 倍，受到了东北野战军总部的通令嘉奖。

1949 年的 1 月 19 日至 20 日，沈阳举行了第一届职工代表大会，在这次代表大会上，沈阳的工人们向党中央发去了一封电报，电报中说：

敬爱的毛主席、朱总司令：依靠你们的领导，我们工人才翻了身，有工作，有饭吃，有民主，有自由。我们坚决相信，在你们的英明领导下，一年内就可以从根本上打倒蒋介石反动派的统治。我们一定要坚决响应你们的号召，积极生产，支援前线，彻底消灭反动派，将革命进行到底，并在你们的领导下，建设起富强的工业化的新中国。

血脉中涌动着热血的沈阳工人点燃了为共和国奠基的炉火，并由此上演了一场场迎接新中国诞生的英雄交响乐。

“意志是可以融冰化雪的。”正是这句话，激励着沈阳的工人阶级响应特别市政府和市总工会的号召，努力支援前线、献交器材、支援工厂开工的实际行动。号召刚刚发出，全市各个工厂就收到了用以恢复生产的各种器材 7.3 万件。

理想与激情是创造力起飞的翅膀；主人翁挺拔的脊梁，涌动着为新中国奠基的热血；一个个普普通通的名字，在沈阳解放后，成了沈阳工人前行路上的楷模。

他叫马恒昌。

沈阳解放前，先后在沈阳兵工厂、沈阳电业局和第五〇四汽车厂当工人。

如果从沈阳解放的 1948 年 11 月 2 日算起，他在沈阳第五机器厂（沈阳中捷友谊厂的前身）第一制造所车工组当工人的时间只有两年多，可是他和由他的名字命名的“马恒昌小组”的精神，却任凭岁月变迁，依然在沈阳、在齐齐哈尔、在中国工人阶级的队伍里，迸发着无穷无尽的力量。

马恒昌的故事，对今天的年轻人来说，早已成了历史。可是，马恒昌在滚烫的岁月里踏响的足音，却能让人们读懂中国工人阶级冲进大工业跑道坚实的步履。

沈阳大工业的炉火熊熊燃烧了 75 年。75 年来，我们已经从铁锤叮当的岁月，走进了数字与智能改变世界的年代。然而，以“马恒昌小组”为榜样的学习、纪念活动，从没有因为时光荏苒而终止。

1950 年 4 月，沈阳市总工会作出了推广“马恒昌小组”生产经验的决定。

1955 年，齐齐哈尔建立了“马恒昌小组”展览馆。

2005 年，沈阳市在铁西区劳动公园，树立了 5 位全国劳模的雕像，马恒昌的雕像位列其中。

2019 年 9 月 25 日，中宣部、中组部等部门联合评选的新中国成立以来“最美奋斗者”，马恒昌的名字位列其中。

2021年，沈阳机床集团的新厂区建立起了一条劳模大道，马恒昌的照片在大道旁的“劳模窗”里熠熠生辉。

马恒昌是谁？马恒昌如何发展成了“马恒昌小组”？“马恒昌小组”的精神，何以随着岁月的叠加，愈发发扬光大？

历久弥新的吸引力，让我拉开了历史的抽屉。在《东北日报》《沈阳日报》和“机械工业战线英雄集体”留下的文字中，寻找着“马恒昌小组”闪烁的星光。

为了展现这些“星光”，沈阳机床原宣传部部长黎先东、副部长杨新伟和现任部长马可帮助我查找了历史档案。特别是我对齐齐哈尔第二机床厂团委书记李惠茜，马恒昌的孙子、现任马恒昌小组第18任组长马兵的电话采访之后，马恒昌和“马恒昌小组”当年鲜活的故事才得以在今天跃然纸上。

1948年11月中旬，伴随庆祝沈阳解放高昂的唢呐声，一群脸上挂满喜气的工人，任凭朔风扑面，在掌声弥漫的时空里，把一块系着大红绸子的“沈阳第五机器厂”的厂牌，端端正正地挂在了工厂大门一侧的石柱上。霎时间，腰鼓“咚咚”敲个不停，“解放区的天是明朗的天……”欢快的歌声唱开了街路上男女老少的笑容，几盘大鼓较着劲地擂响着“欢乐颂”。

这时，只见43岁的马恒昌朝人群扬了扬手，大声喊道：

“兄弟、姐妹们，这可是咱们自己的工厂了，今天，咱们当家作主的日子就开始了。走哇！抓紧回车间干活呀，解放战争还等着咱们的产品上前线呢！”

随着马恒昌的召唤，一群群工人走进厂区，车间里传出了车床、气锤、马达的和声。

就在工人们热火朝天地加紧生产的时候，一阵阵防空警报声传来，紧接着是一架国民党的飞机低空俯冲后传来的爆炸声。

“赶紧去防空洞！快呀，进防空洞！”车间领导大声呼喊着。

此时，站在车床旁转动手摇柄的马恒昌，好像没听到警报声和车间领导的叫喊声，一双眼睛仍旧盯着旋转的车刀。

“老马，你们这几个人怎么不去防空洞呢？”车间主任问。

“主任，别管它，它炸它的，咱们干咱们的，沈阳解放这些天，国民党的飞机哪天不轰炸呀！你不是和咱们说，淮海战役已经打响了吗？军品造不出来，怎么支援前线呢？车床一分钟也不能停啊！”

马恒昌的话，引起了党代表王金平的注意。第二天班前会的时间，王金平走到了马恒昌的车工一组，只听到马恒昌和几个工人说：

“大家选我当组长了，那我就唠叨几句。解放了，磨洋工的劲头不属于咱们了。咱们也该有个新气象了。这新气象是啥？我琢磨着，就是每天不迟到不早退一分钟，一旦上班了，就实打实地抓紧生产，别耽误一分钟。我希望大家每天完成自己的任务后，给接班的同志创造个好条件，这就是说，把下个班干活的条件都准备好，让接班的人来了就能干活。大家都有体会吧，解放前咱们挣的那几个工资钱，吃糠咽菜都是有这顿没那顿的。解放了，厂里给每个人都发了高粱米，一分钱都不要，厂领导还带着咱们的工友扛着高粱米，挨个送到家。共产党对我们这么好，咱们可不能忘了呀！作为回报，咱们就是加班加点多干活呀！”

马恒昌的话，让王金平一阵阵地热血上涌。全心全意依靠工人阶级，保证解放战争胜利的信念，让王金平走到了马恒昌面前，敞开心扉与马恒昌交流。

“马师傅，听你们主任说，你们小组这10个人干活的质量是最好的，我还听说，工人师傅对你很尊重，你说的话他们都听得进去。今天，我想把一个重要的工作交给你们小组，请你把师傅都请过来，咱们一起商量商量。”

党代表王金平的话，让马恒昌扯开了嗓门儿大喊一声，不一会儿工夫，车间主任和车工一组的工人，一个不少地来到了王金平的面前。

“各位师傅，今天我到车工一组来，是有个急活要交给大家。大家都知道，全国解放的日子离我们不远了！越在这个时候，国民党越不甘心失败。咱们厂接到一个任务，这个任务同样是军工生产，而且，任务完成的时间特别紧急。”

说话间，王金平拿出了一个军品的样件递到大家眼前，就在几个师傅边看样件边议论的时候，王金平说话了：

“马师傅说对了，这个样件是高射炮上的闭锁机，大家都知道，我们的高射炮，都是缴获国民党军队的，但国民党军队在逃跑前，把高射炮上的闭锁机都卸下来了。没有闭锁机，大炮就打不响。咱们沈阳虽然解放了，但国民党的飞机，还隔三岔五地来沈阳扔炸弹，我们如果生产出了这种闭锁机，高射炮就能发挥作用了，也就是说，我们就有了防空的武器。各位师傅，你们说，这是不是一件紧急的任务呢？”

马恒昌从休息室的长椅上站起身，环视了车工一组每个工人一眼，脸上挂满了激动的神情。

“王代表说的要造闭锁机这个活儿，是党交给咱们的任务，没二话，咱们保证完成任务，大家说，是不是呀？”

马恒昌的话，赢得了一阵阵掌声。

“咱们沈阳是解放了，可咱中国还有些地方没解放，还有一些地方还在受国民党、蒋介石的气呢！要我说，咱们要一个人顶十个人地干，咱们小组十个人就是一百人的力量。这活儿的分量咱们都知道，老马，你是咱大组长，你就领着咱们干吧！”老工人徐景荣的几句话，道出了大家的心声。

就在这个时候，车工一组的一个工人也从座位上站了起来。

“支援前线没问题，但没有图纸怎么干呢？这任务这么急，活儿又这么重要，咱们要保证这活儿的尺寸精度才行啊！”说话的工人把目光投向了马恒昌。

“这个任务，我领了，领了就要干下去，这么说吧，没这金刚钻咱们也不领瓷器活。我在这个厂干20多年了，枪炮的原理大同小异，这个部件虽然是小件，但它却是高射炮的核心部件，我看这样，我先琢磨出图纸，大家按着我的图纸干，还是那句话，保证完成任务！”马恒昌以信心十足的眼神，看着党代表王金平。

王金平听了马恒昌的话，心里有底了，他拍了拍马恒昌的肩头说：“好！就看你们的了。”

回到家的马恒昌睡不着了。他明白，高射炮的闭锁机虽然是小件，但制作难度很大。对于一个车工来说，历来都是靠图纸加工零部件的，没有图纸，就是按照闭锁机的样件去仿制，也很难保证零部件的精度。

马恒昌的长子马春忠，回忆他的父亲马恒昌在那些日子里着急的心情时，这样说道：

“我父亲为了造这个高射炮的闭锁机，把家里的饭桌子端到了炕上，一张张地画着闭锁机的草图，也不知道他画了多少遍哪，左一张纸右一张纸，炕上、桌子上、地上，哪儿都是他画的图纸。而且，我爸是画好一张就到车间里试验一把。”

正如马春忠所见到的那样，马恒昌边画图纸边进行试验，但几次试验都没能达到理想的精度，试验失败了。

此时，马恒昌的心里也在打鼓，如果让他完成一件车刀切削的大活儿，那一切都不在话下。可是，让他看着样件画图纸，实在是勉为其难了。尽管如此，马恒昌毫不气馁，又是接连几次地画图、试验。几天过后，终于按他的图纸，精准地造出了零部件。

而就在马恒昌带着工友，进入闭锁机紧张的加工阶段时，防空警报又响起来了，接着是几颗炸弹的爆炸声。国民党的飞机又来轰炸了，一时间，车间的玻璃都震碎了。

就在这个时候，工友们发现，马恒昌像没听见飞机轰鸣和炸弹的爆炸声似的，仍旧全神贯注地看着卡盘上的钢料，几个工人见状跑过来拉着马恒昌去防空洞躲避，但任凭几个人怎么生拉硬拽也拉不动他。

“这个活儿干完了，咱们的大炮就能响起来了，我就不信那个邪了，等着看吧！咱们大炮响起来了，他们的飞机就不敢来了。”

正是在工友们拉扯马恒昌的时候，触摸到了马恒昌发烫的胳膊，才发现马恒昌正在发烧。

原来，从设计图纸到加工零部件，马恒昌已经好几天没休息了。经医生检查，他的体温已经达到了 39 摄氏度，车间主任和工友们劝他马上回去休息。

飞机、炸弹碾压不了马恒昌的战斗意志，他的心中只有一个信念：多出活儿，干好活儿。

“没啥事！能站着、能走，就能干，任务没完成，我就不回去。”

马恒昌冒着敌机轰炸的危险，坚守生产岗位的大无畏精神，感动了车工一组的每一个人，工厂里的工人们也深深地被马恒昌发烧 39 摄氏度还在坚持生产的斗志感动了，他们纷纷回到了工作岗位。当天夜里，机床轰鸣、焊花飞舞的生产场面又恢复了。几天过后，上级要求的造出 17 个高射炮闭锁机的任务，在车工一组提前 5 天完成了。

正如马恒昌预料的那样，安装上了闭锁机的高射炮，进入沈阳的防空阵地之后，国民党的飞机再也不敢来投掷炸弹了。为此，马恒昌的车工小组被上级授予了集体功。

“马恒昌小组”以厂为家的主人翁精神，在恢复生产过程中成了沈阳工人队伍的标杆。

1950 年的 3 月，沈阳市总工会主席张力克率领工作组，到沈阳第五机器厂了解职工创造新纪录的情况时，发现了“马恒昌小组”的感人事迹。特别是了解了“马恒昌小组”月月完成生产任务，产品质量总是排在全厂其他车间前头，不但创造了10项新纪录，还改进了刀具18种，人人都立过功，个个都要求加入中国共产党的精神面貌之后，及时作了总结，立即在全市进行了推广。

1950年的4月上旬，沈阳市总工会向全市的各级工会组织，发出了“关于推广与学习马恒昌小组经验”的通知。

4月14日之后，《东北日报》《劳动日报》《工人日报》相继发表了社论与评论文章，称赞“马恒昌小组”既是“工业生产战线”的一面红旗，也“开辟了工会群众生产工作的一条具体道路”，并以“极为珍贵”的评价，引起了全国工厂、企业的关注。

许多人会问：“‘马恒昌小组’的经验，它的本质是什么呢？”

当年，沈阳市总工会对“马恒昌小组”经验的总结十分透彻。“马恒昌小组的经验，从本质上说，是工人当家作主，工人以主人翁的姿态从事劳动，对待企业。”无疑，这条经验总结得到位，“马恒昌小组”的建立，让人们看到了一个核心点，那就是国家主人翁的姿态。

有一个发生在马恒昌身上的故事，让我们看到了马恒昌国家主人翁的襟怀。

1949年3月的一天，马恒昌的车床前围了满满的一圈人，还时不时传出阵阵叫好声。原来，为了传授车工技术，马恒昌正在为厂里的年轻工人进行车工操作技术示范。许多人看到他操作的刀头，飞速地切削着卡盘上的钢料，细长的铁屑拉出缕缕蓝烟，人群中爆发出了一阵阵热烈的掌声。

这时候，一个年轻工人把擦手的毛巾递给马恒昌，同时又向马恒昌提出了一个问题：

“马师傅，都说‘教会徒弟，饿死师傅’，你不怕教会了我们，你丢了饭碗吗？”

“‘教会徒弟，饿死师傅’是旧社会师傅为了保住自己的饭碗常说的一句话；现在是新社会了，咱们干活是给新中国干，也是给咱们自己干，给咱们自己干还用掖着藏着吗？老师傅就要毫无保留地把自己的手艺传给年轻人，大家共同为新中国作贡献！你们说，对吧？”

“对！马师傅说得好！说得好哇！”一句叫好声，从围观的人群中传来。

顺着叫好声望去，大家看到为马恒昌叫好的是党代表王金平。

“马师傅，你说你这车工技术这么好，主要是什么原因呢？”

“王代表，我的体会有三点：一是虚心学手艺，学了手艺要靠自己多钻研，功到自然成；二是‘人巧不如家什妙’，要靠好工具；三是要有好设备，好的卡尺量具，可以保证产品质量。”

“说得好！句句都在点子上。这阵子，你们干得真不错呀，我看见也听见了，厂里的黑板报、广播站，常有表扬你们的文章。”

“王代表又夸咱们了，看看咱们小组，哪地方还有差劲的地方，给我们指出来吧！”

“马师傅，我今天找你，想找你帮个忙。”王金平边说边拉着马恒昌向工人休息室走去。

“马师傅，听到今天厂里的广播了吗？”

“你是说市总工会号召‘献纳器材’的事吧？”

“是啊，我不知道你听了这个号召怎么想。我知道，解放前很多工人为了挣口饭吃，都结合自己的手艺，买一两件自己得心应手的工具，为了找活干的时候用得上，是吧？”

马恒昌边点头边看着王金平，他已经明白党代表说话的意思了。

“王代表，你还是了解咱们工人的，我的家里就有一个千分尺，还真就是解放前我花钱买的，说起这个千分尺，我就要掉眼泪。前两年，我老妈病重的时候，家里吃上顿没下顿，哪有看病钱啊！我就想把这个千分尺卖了，给我老妈抓几服药吃。我母亲听说了，抱着那个千分尺不松手哇，她还对我说，‘全家人都靠着它吃饭呢，你不能为了救我一个人，让全家七八口人没饭吃呀！’”

马恒昌说不下去了，王金平的眼角也湿润了。

“王代表，那都是过去的事了，不说了。今天早上，我听到广播里说要献工具的事，我就想把千分尺献出来，恢复生产没工具怎么行？没问题，明天，我就把千分尺献出来！”

此时此刻，在马恒昌的心里，辛酸早已成为了过往，只要能为恢复生产作出一点贡献，他愿意倾其所有。

王金平用充满敬佩的目光望着马恒昌，他想的是，马恒昌的这种精神力量，一定会带动许多人为恢复生产献计献力的。

“马师傅，千分尺可是精密设备，就是现在一把千分尺也能换来上千斤的高粱米呢！那可挺值钱呢！”王金平看着马恒昌说。

“王代表，这事你放心，咱们现在的工人，不但自己能吃上饭，家里的老婆孩子也都能填饱肚子了。而且，每年还发我们工作服，工厂的大事小情都征求我们意见，现在咱们都是主人了，恢复生产为了啥？还不是为了解放战争的胜利嘛！你不是跟我们说过吗？虽然三大战役我们胜利了，但还有一些地方没解放呢，前方的解放军流血牺牲都不在话下，我们拿出自己的一两件工具，算个啥？”

马恒昌的几句话，让王金平的心里一阵阵发热，敬佩之情油然而生。在王金平看来，他与马恒昌认识的时间不长，但马恒昌和车工组几个月来的成长变化，特别是他们思想觉悟的提高，让他感到由衷的兴奋。他知道，马恒昌献出工具的那天，就是第五机器厂“献纳工具”高潮的开始。

好像有一种约定，应该说，是当家作主思想认知的提升，让马恒昌小组树立了为国担当的信念。

第二天上午，沈阳第五机器厂收到了马恒昌献出的第一把千分尺，紧接着车工一组的徐景荣、董振远、祝普庆等 9 个人，也先后从自己家里拿来了卡尺、卡钳、扳手等一些生产工具……只要是家里有，工厂又能用得上的，工人们都献了出来。

马恒昌车工一组捐献工具的事，像一块酵母在沈阳机器五厂迅速发酵。几天里，全厂工人捐献出了上百件生产工具；也正是马恒昌主人翁事迹在全市的传播，沈阳的工人献出的生产工具达到了 7.3 万件，极大地缓解了工厂生产工具不足的问题。

刚刚解放的沈阳，不但“冒起烟来了”，全市的生产恢复也迅速走上了良性运转的轨道。

1949年的3月末，亮眼的迎春花与红粉色的桃花，撩开了沈阳人心中的春天。

走进工厂大门的马恒昌，在厂区前的一块黑板前停住了脚步。他的眼球被“最佳生产班组”的排名吸引了，原来马恒昌车工一组又获得了全厂“头名状元”的称号。

看到全厂“头名状元”的排名，马恒昌兴奋之余又有一种焦灼的心思涌上了心头，他自言自语道：

“不能我们组总第一呀，得想办法，让全厂的生产进度都大幅度增长才行啊！”

思来想去的马恒昌，想到了党代表王金平。

走进王金平办公室的马恒昌，开门见山地说出了自己的来意。

“王代表，这连续几个月，总是我们车工一组排第一名，要我看，这样下去有问题呀！”

“排第一名是好事啊，有什么问题呢？”

“你想啊，总是第一，时间长了会骄傲的。更重要的是，咱们只是全厂的一个生产班组，应该想个办法，把全厂的生产进度都搞上去，那多好哇！”

“马师傅说得在理，你有什么好办法吗？”

“我是想啊，能不能像开运动会那样，来个全厂的生产劳动竞赛，把生产速度推上去呢？具体说，你看这样行吗？五一劳动节就要来了，咱们小组向全厂发出个倡议，来个全厂迎接“红五月”

的劳动竞赛，怎么样？”

马恒昌的建议，让王金平的眼睛亮了。在王金平看来，眼前的马恒昌已经不是沈阳刚解放时的马恒昌了，他所关注的不只是车工一组，而是全厂的大局。

就在两个人的视线交织到一起的时候，王金平不由得哈哈大笑起来。

“还是老马识途哇！我一定会把你的想法说给厂里的领导听的。”

就这样，在沈阳工业企业中，第一个“红五月劳动竞赛”在“马恒昌小组”的倡议下，得到了全厂工人的积极响应。

马恒昌小组提出的“红五月劳动竞赛”在全厂公布了，兴奋之余的马恒昌又不免有些紧张。他知道，“打铁需要自身硬”。劳动竞赛可不像开运动会那样，喊几句“加油”口号那么轻松，月底的生产进度表是说实话的，想要当先锋、做模范，必须在生产中拿出绝技才行！

然而，“绝技”在哪儿呢？

看着厂里给他们小组下达的26天完成4月份生产任务的要求，马恒昌立即召开了小组会，一个个绝技在马恒昌的创意下产生了。

“成立技术研究会”成了马恒昌小组的第一选项。每天中午饭后20分钟，成了全组10个人审察图纸的时间。集思广益的要求，变成了每个人的积极思考；1个人理解图纸变成了10个人理解图纸。在第一次技术研究会上，围绕生产需求改进刀具的问题，10个人都献计献策。就这样，过去两个小时的活儿，改进刀具后15分钟就干完了。

“把相互靠近的车床以三台车床为一个单位，组成三人技术小组，有了技术难题，即刻研究解决；为了防止出废品，每个人车出的第一个活儿，必须经检查合格后，才能进入下一个生产环节。”

“10 个人的小组，每个人除了完成生产任务，还要有人兼管设备保养、考勤、读报纸、学文化……”

也是这个马恒昌，在鼓励工友争当生产尖兵的过程中，还开创了班组民主管理新模式。他善于发现每个人的特点，为了加强班组管理设立了政治宣传员、技术质量员、设备安全员、工具管理员、经济核算员和生活管理员，形成了“小组的活大家干，小组的事大家管”的班组管理模式，创造了中国工人阶级班组民主管理的新路径，创造了中国工运史上的奇迹。

仅此“三招”实施之后，全厂的第一次竞赛评比，“马恒昌小组”就获得了全厂的第一面“生产竞赛模范班”红旗。让马恒昌最高兴的是，原来全厂生产进度表排后的几个车间，竟大踏步地走到前几名的行列中来了。

谁能想到呢，一个一天书没念过的人，一个大字不识几个的人，居然能看懂生产加工图纸，而且能干出一手绝技好活儿。从这个角度说，马恒昌做到了。

他们获得“红旗”那一天是 1949 年 4 月 28 日，这一天，“马恒昌小组”正式命名；这一天，成了“马恒昌小组”的生日。

迎接红五月的劳动竞赛，成了沈阳机器五厂每个月都在进行的竞赛大比拼，一组数字使“马恒昌小组”的名字叫得越来越响。

1949年的5月到11月,“马恒昌小组”干出了7000多个零部件,件件合格。全小组接连获得了一等功1次、二等功9次、三等功6次。

1950年,他们小组先后捧回了沈阳第五机器厂、沈阳市总工会、东北工业部授予的三面红旗。

也就在这段时间里,“马恒昌小组”的10名工人都先后加入中国共产党。

兴奋与光荣同期抵达,光彩簇拥着“马恒昌小组”。

1950年9月25日,马恒昌坐上了从沈阳开往北京的列车,参加新中国成立后的第一次全国劳动模范代表大会。

9月30日,全国总工会副主席李立三提议,推举全国劳动模范马恒昌在政务院举办的晚宴上代表工人阶级向毛主席等党和国家领导人敬酒。

就在那次国庆晚宴上,李立三将马恒昌介绍给了毛主席。毛主席像见了老朋友似的连声说:“马恒昌,我知道!我知道!我知道!”

“我代表工人阶级向您敬酒,为毛主席的健康干杯!”马恒昌激动地说。

毛主席也举杯示意说:“为工人阶级的幸福干杯!”

那天晚上,见到毛主席的幸福,让马恒昌彻夜未眠。一幅幅他与许许多多的工人在沈阳解放后当家作主的画面,让马恒昌想了许多许多……

“我只不过是一个普普通通的工人,可是在新社会,‘工人’

这两个字，垒起来不就是一个‘天’字吗？咱们工人就要把天给挺起来。能在那么多沈阳工人中被选为全国劳动模范，代表沈阳的工人阶级走进怀仁堂参加国宴，又被参加大会的劳动模范推选为向毛主席敬酒的代表，这是一种多么大的幸福哇！这些幸福，都是共产党、毛主席给我们带来的，我要听党的话，把社会主义新中国建设好。”

马恒昌的信念在与生产实践的结合中，变成了中国工人阶级为新中国奠基的壮举。“马恒昌小组”也成了沈阳和东北工人阶级学习的楷模。就是在这次全国劳模大会上，马恒昌小组——“生产战线上的模范”，第一次以个人名字命名的先进班组，出现在中国大地上。

马恒昌的这种信念，催生了中国工人为中国大工业奠基的激情和动力。从沈阳到东北，“马恒昌式”的先进生产小组，如春风吹散的蒲公英遍地开花，继沈阳涌现出了 183 个“马恒昌式”的先进生产小组之后，全东北出现的“马恒昌式的”模范小组 6536 个。然而，马恒昌并没有在荣誉面前止步。

抗美援朝战争爆发后，1950 年 12 月 24 日，根据国家安排，东北人民政府作出了“部分工厂和部分人员跟设备向北迁移”的决定，沈阳第五机器厂就在“北迁”的名单之中，而“北迁”的地点是有着“北大荒”之称的齐齐哈尔。

“半年严冬半年风，百里荒原百里空。”这就是当年齐齐哈尔荒凉、寒冷最真实的写照。

数九寒冬的天气，如何完成“北迁”的任务呢？

沈阳机床集团现任宣传部部长马可，给我找到了沈阳第五机器厂当年搬迁时的一段记录。

“老厂长刘斌作了简单的‘北迁’动员之后，第一个报名的就是‘马恒昌小组’，而被批准去齐齐哈尔建新厂的第一批94人中，‘马恒昌小组’一马当先。”

“1950年的10月26日，沈阳第五机器厂设备‘北迁’的任务，在沈阳火车站拉开了序幕。几百台设备整装待运，最小的设备上千斤，最大的生产设备万斤之重。在没有起吊设备的条件下，撬棍、滚杠、滑板、绳索，成了人拉肩扛搬运设备的主要工具。面对艰巨的搬运任务，马恒昌告诉厂领导，‘我们小组的师傅，合起来就是一台起重机，我们要一件不少、一个不损坏地把这些设备运到齐齐哈尔厂区。”

马恒昌的几句话，感动了厂领导，感染了搬迁设备的每一个人。1951年1月13日，机器安装任务提前5天完成了。

现任齐齐哈尔第二机床厂团委书记李惠茜，在接受我的电话采访时说：“沈阳第五机器厂的‘北迁’于1951年5月14日结束，925个沈阳人拖家带口地安全抵达齐齐哈尔。同时从沈阳搬迁到齐齐哈尔的设备就有366台，并在当年制造出了我国第一台升降台铣床和251型镗床。”

“马恒昌小组”到齐齐哈尔后，马恒昌又先后12次见到毛主席。小组的10个人，个个都是共产党员，有3人被评为全国劳动模范，3人被授予全国五一劳动奖章，12人次被评为省级劳动模范。

一路走来的马恒昌和“马恒昌小组”，为我们构筑了动人的风景。

从 1949 年到 1978 年，“马恒昌小组”在 29 年的时间里，完成了 43 年零 10 个月的工作量。

在无数个勋章与闪光灯的映照下，人民给予马恒昌最高的奖赏——“我国职工民主管理的创始人”“著名工运活动家”。

马恒昌和“马恒昌小组”在今天，依然引领着工人阶级勇往直前的脚步。

2023 年的 9 月 18 日，沈阳机床集团宣传部部长马可给我发来一段微信：“2022 年，沈阳机床评选出‘马恒昌式’标杆班组 6 个。”

齐齐哈尔第二机床厂的李惠茜，也发来微信告诉我：“2022 年，齐齐哈尔第二机床厂评出‘马恒昌式’标杆班组 15 个。”

马恒昌，中国工业战线的红旗。

“马恒昌小组”，中国工人阶级队伍中永不褪色的英雄集体。

是啊！点燃了炉火，恢复了生产，当家作了主人的沈阳工人阶级披荆斩棘，在奠基的路上越走越坚定；在创造众多“新中国第一”的同时，开始锚定自己制造产品；涌现出了一大批艰苦创业、自强不息、无私奉献的模范人物。

争当新纪录的排头兵，甘当为新中国奠基的铺路石，成了沈阳工人坚定的信念。从 1948 年 11 月 2 日到 1949 年 10 月 1 日近一年的时间里，沈阳市开展的“创造生产新纪录”运动，创造了工业生产总产值3.1亿元。

1949年10月1日，新中国成立的当天，《人民日报》发表了诗人黄药眠撰写的长篇通讯《从东北看到了新中国的黎明》。

黄药眠在这篇通讯里写道：“我们要感谢东北，他给了我们许多启示，他告诉我们，未来新中国的远景没有他们，一切文明都会失去基础。”

这是黄药眠在沈阳等东北大城市采访后从心底发出的感叹。黄药眠的所见所闻和感叹与毛泽东主席早年的论断合拍了。

毛主席在1950年3月3日视察沈阳时说：“东北是全国工业基地,希望你们搞好这个工业基地,给全国出机器,给全国出专家。”

伴随第一枚共和国金属国徽的诞生，沈阳人有了制造为国争光产品的强烈愿望。

1950年的9月，坐落在铁西工业区的沈阳第一机器厂，正沉浸在中国第一台六尺皮带车床受到国人赞美的时候，锻造天安门上第一枚金属国徽的任务也正在酝酿之中。

每个人表达自我情感的方式不同。如果有人问，什么方式最能表达中国人扬眉吐气的情感呢？答案一定是相同的，那就是唱响雄壮的国歌展现中国万众一心的力量，对庄严的国徽表达热爱、忠诚与信仰，向飘扬的五星红旗致以崇高的敬礼。

正是这种情感，在国徽的设计和制作过程中有了细致严谨的表达。

回放历史的胶片，我们见到了1949年6月的镜头。就在开国大典之前，新政协筹备会开始了对新中国国徽图案的征集工作，并在同年的7月至8月，向全国发出了《征求国旗国徽图案及国歌辞谱启事（草案）》。按照这个启事提出的要求，国徽的设计要有“中国特征、政权特征、形式需庄严富丽”。

对于这个启事，国内外的爱国人士纷纷表达了高昂的热情。截止到8月20日，112件应征稿件、900幅图案邮寄到了政协筹备会常委会第六小组。然而，大部分设计图案把国徽设计成了和国旗一样的有国家标记的图案，评选委员会讨论后均未采用。

开国大典之后，全国政协经过认真慎重的考虑，把这一重要任务交给了清华大学和中央工艺美术学院。

1950年的6月20日，清华大学梁思成设计组的国徽图案，在中央人民政府会议上获得了通过。3个月之后，毛泽东主席发布命令，公布了国徽图案。

9月30日，一枚木制国徽被挂在了天安门上。木质国徽能否经受长期的风吹日晒，成了从上到下许多人关心的问题。由此，按照国徽设计图案，制作金属国徽的决定飞出了中南海。

国徽是一个国家的象征，中华人民共和国国徽象征着国家的主权,如此重要的任务谁能承担呢？负责组织金属国徽制造的部门，在征集了许多相关部门和领导的意见后,把信任的目光投向了东北，投向了中国机床骨干企业“十八罗汉”之一的沈阳第一机器厂。

也就是从那天起，为共和国制造第一枚金属国徽，成了沈阳第一机器厂，也就是今天的中国通用技术集团沈阳机床有限责任公司永远的骄傲和永不褪色的记忆。

任务越重，确定完成任务的人选就要越慎重。

1950 年 9 月的沈阳，秋高气爽，中华人民共和国国徽的模型经过严密的包装，被安保人员护送到沈阳第一机器厂。

沈阳第一机器厂有史以来最重要的会议正在召开。

“这可是咱机器厂第一次接受这样重中之重的大事。”

“北京看着我们，全国人民也在看着我们。”

“这可是咱为工人阶级争光，为沈阳争光的大事！”

“大事，就要选择能干大事的人，谁能把这副担子挑起来？”

“谁来当制造金属国徽的领头羊？”

领导班子会上，与会者发言异常踊跃，热烈的话语中无不透露着自豪和踌躇满志的豪情，但人选的指向都瞄向了同一个人——铸造车间大型工段的工长焦百顺。

“百顺，厂里有一项重要任务需要你带头完成，而且只能做好，不许做坏。”19 号车间的周支书指着桌子上带有五角星、天安门城楼、麦稻穗和齿轮的圆形石膏浮雕立体模型，对焦百顺说。

“这么重要的任务交给我？”焦百顺说。

“这可是制造咱中国的第一枚金属国徽，这不但是咱车间的光荣，也是咱沈阳的光荣，这任务无上光荣啊！大家都相信你能带头完成任务。”几个厂领导向焦百顺投去了信任的目光。

“百顺，现在离明年五一劳动节，只有半年多的时间，时间也很紧哪！”周支书看着焦百顺说。

此时的焦百顺看着桌子上的国徽模型，一时间心潮翻涌。

他想起了 1945 年在沈阳大东铁工厂干活时的情景。14 岁开始学翻砂的焦百顺，年年月月在浓烟烈火里迈着沉重的脚步。一次，资本家的铁水烫伤了他的眼睛，由于无钱医治，一只眼睛失去了视力。解放后，是共产党、新中国把他从苦海中救了出来，让他当家作了主人。想到这儿的焦百顺看着周支书，说了一句话：

“请党和人民放心，我保证完成任务！”

“百顺，你放心！回车间，我就把各班的大技工都招呼到一起，别的工作先放下，一切为制造国徽让路。”周支书拍了拍焦百顺的肩膀说。

焦百顺信心十足地告诉周支书：“我知道，这样艰巨的任务交给我，是组织上的信任，我保证完成任务。”

一时间，第一机器厂要造金属国徽的消息传遍了全厂。

焦百顺成了全厂工友们最敬佩的人。全厂上下都为第一机器厂感到骄傲，这分自豪感染着铸造车间的每一个人，他们争先恐后来找焦百顺报名，要求加入金属国徽的制造团队。

焦百顺把国徽制造团队的十几个人找到了一起，一个个地打量了一番，脸上显示出从未有过的自信，早已想好的几句话掷地有声：

“咱们可都是厂领导选出的精兵良将，国家把这么重的担子交给咱们，说明啥？说明咱厂子的铸造技术是全国的头名状元。沈阳第一机器厂嘛！第一，就要干第一重要的活。一句话，转动脑筋，连轴转！为咱厂子增光添彩，为共和国争气。”

困难和问题，挡在了国徽制造团队前进的路上。

没有现成的化铝罐，焦百顺就带领工人在厂里的废铁堆里，找出能用的金属边角料做成了化铝罐。几天后，自制的小炉子也在烧得通红的炭火下，笼起了蓝色的火苗。一时间，砂冲子翻滚不停，掌炉的师傅看到温度升到了最高点，向焦百顺点了点头。

焦百顺看到铝水到了火候，马上组织工人试注了几箱。一小时过后，打开砂箱的几个师傅顿时没了笑容。

第一批铸件废了。

“这是模型的问题？还是砂型的质量有问题呢？”

“现在效果都看清了吧？模型图案模糊，麦穗粒子不饱满，麦芒也没显出来。”

此时的焦百顺，看着围着铸件一句话也没有的工友说：“再倒几炉看看！”

第二批铸件也废了。

望着接连出现的废品，工友们开始抓耳挠腮了。而此时的焦百顺异常镇静，只见他围着废品转了一圈又一圈，突然冒出了一句话：“重新再来，看看到底是什么问题。”

焦百顺的话显然是点拨了工友们认真筛查的思路。于是，他们一次次地重新制作模型、砂型，一次次地筛查重来……问题终于找到了，原来是厂里的砂型质量不好，造成模型达不到设计的要求。

焦百顺提出了在全国选砂的要求，厂领导全力支持。

一次、十次、上百次的选砂过后，内蒙古和大连的砂型达到了标准要求，有黏性的细砂与无黏性粗砂的结合，造出了理想的模型。

然而，刚刚要加速前行的步履，又面临一个岔路，让焦百顺不得不放慢了前行的速度。

“浇铸可都是按工艺要求严格进行的，为什么浇铸出的图案出现了凹陷呢？”

“材料没问题呀！8% 的铜，92% 的铝。当然，铜的熔点是 1083 摄氏度，铝的熔点是 660 摄氏度，是不是熔点出了问题，还是火候掌握得不好呢？”焦百顺和技术尖子裴庆江、朱凤仪、吴嘉祐展开了你来我往的反复发问。

而一次次的发问之后，带来了一次次的试验论证。

“不就是没有脱氧剂吗？用木棒搅拌照样可以达到脱氧的要求。测试铝水温度的仪器没有，那就用肉眼观察嘛！铝水在不同热度下的颜色总会发生变化的。”焦百顺集合大家的谋划之后，开始了又一轮的试验。

反复的试验过后，问题的症结终于显露出来。由于铸体面积增大，铜铝合一的液体在流动时间拉长的情况下变成了固态，为此，冷却后的液体出现了凹陷的状态。

问题找到了，解决问题的办法就顺利产生了。

“可以把液体的水口改成双水口试试！”焦百顺对试验提出了新的要求。

“用局部浇水加速液体冷却的办法，看看哪个地方是最后冷却的，让它先冷却、先变硬，这样问题会解决的。”焦百顺提出了解决问题的新思路。

新思路，带来了问题迎刃而解的效果。

有一个镜头融进了 19 号车间工人的脑海中，那是当年 28 岁的共产党员吴嘉祐回忆制造金属国徽历程时，说给青年工人的一段话：

那时候，咱铸造车间每天都灯火通明啊！为了让我们的金属国徽闪闪发光，焦百顺还带领我们制作了许多小工具呢！用钢丝刷打磨毛坯表面，再用小刀把国徽图案的细节雕刻出来，然后进行整体抛光。这样的效果就是8个字——‘锃明瓦亮、金光闪闪’啊！要知道，为了提前完成国徽的制作任务，我们可真是按焦百顺说的那样，不分白天黑夜地连轴转，困了就睡在车间，饿了吃个窝头、咬一口咸菜呀！”

就是凭着这样的精气神，焦百顺带领他的团队，终于制造出了三种规格的67枚金属国徽。

1951年4月，焦百顺带领的国徽制造团队，提前20天完成了金属国徽制作任务的消息传遍了第一机器厂的每一个车间。一则“沈阳第一机器厂造出中国第一枚金属国徽”的消息传遍了沈阳，传到了北京。

当国徽制造的主管部门喜气洋洋地从沈阳第一机器厂工人的手里接过了487千克的金属国徽时，全厂职工无不欢欣鼓舞。焦百顺更是心潮澎湃，“我什么时候能见到挂在天安门上的国徽呢？”

1956年4月，北京的街头姹紫嫣红。当选为全国机械工程系统先进生产者的焦百顺，在会议结束当天，就兴冲冲地来到天安门广场。他走到金水桥边，望着毛主席的画像和天安门城楼的国徽，一时间百感交集。

“国徽呀，又见到你了，你金黄的麦穗上有多少颗麦粒，你那齿轮上有多少个齿牙，我都记得。我还要告诉你，我见到毛主席了，我还和毛主席合影了呢！”

国徽见证了沈阳工人奋斗的历程，彰显了大国工匠的精神，它所承载的力量与价值，穿越时空，历久弥新。

“国徽，我们沈阳人锻造出来了，国之重器也要在我们沈阳工人的手里造出来。”

一时间，沈阳各个工厂围绕自己生产的产品开展了创造活动，“快速、创新”成了各个工厂追寻的目标。

快速炼铜法、快速铸造法、五一织布法、姜万寿操作法、快速砌砖法、抹灰法、郑锡坤超轴法……成了《沈阳日报》、沈阳广播电台每天都能见到、听到的消息。

热情点燃的炉火、意志升发的力量与新中国发展的蓝图描绘到了一起。1952 年年底，沈阳顺利完成了恢复经济的历史任务，职工总数由 1949 年的 18.4 万人增至 38 万人，国有和私营的工业企业从 1949 年的 16311 个发展到 22730 个，为第一个五年计划的实施奠定了坚实的基础。

国家工业化启航的汽笛拉响了。

对国家的工业化和社会主义建设，毛泽东主席当年有过一个生动的比喻，叫作“一体两翼”。“工业化是主体，农业、手工业和资本主义工商业改造是两翼，有了‘一体’，又有了‘两翼’，我们就可以飞到社会主义，我们就可以建设强大的社会主义国家。”

1952 年的 7 月，中央财政经济委员会编制出全国第一个五年计划轮廓草案，这说明盼望了 100 多年的国家工业化，终于鼓动起两只翅膀冲出起跑线了。

辽宁是最早敲响奋进锣鼓的，而沈阳无疑是冲进工业化大路的生力军，铁西的老工业基地则是生力军中的先行者。就是这支生力军的先行者，一边在为抗美援朝倾其全力的同时，一边又在汗流浃背地浇筑着工业化起步的基石。

国家第一个五年计划的号角在全国吹响的时候，仅铁西区就已经有 560 家大小企业可以自己制造新产品了。

在这些生产出新产品的企业中，有 82 家工厂第一次注册了国有企业的户籍。就是他们生产的工业母机和各种专用生产设备，快速充实到了全国“一五”计划生产的第一线。

唱起来让人热血澎湃，又传承至今的歌曲《咱们工人有力量》是著名音乐家马可在佳木斯创作的精品。有一个镜头定格在 1948 年沈阳刚刚解放时，担负在沈阳组建东北鲁迅文艺学院重任的人民音乐家马可来到了沈阳，走进了解放第六天就有 1600 人到工厂报到的沈阳机车车辆厂（皇姑屯铁路工厂），征求工人对他创作的《咱们工人有力量》的意见。

马可把这首歌唱给车间工人听后，一阵阵掌声使车间沸腾了，但有个工人提出建议说，应该把歌词中的“为什么？为了打老蒋”改成“为什么？为了求解放”更好，就是这条建议，让马可激动不已，他深深地被沈阳工人阶级的精神所折服。马可接受了工人的建议，《咱们工人有力量》从沈阳传唱到了大江南北、长城内外。

在这首歌曲的鼓舞下，沈阳机车车辆厂的工人，面对从吃糠咽菜、以豆饼充饥到饭桌上见到久违的米饭的生活变化，干劲倍增。工人们提出了“多修车，修好车，支援全国解放战争”的口号，在一个月的时间里，连续修复了蒸汽机车 8 台、货车 40 辆。具有重要影响的“北平号”“南京号”就是在他们的手里修复完成的。1950 年年末，工厂修造车总量已经突破 2000 辆，受到了东北总工会的奖励。

75 个年头过去了，“咱们的脸上放红光，咱们的汗珠往下淌……”在歌声的回放中，一个个挥舞铁锤的臂膀，一组组在车间、在工地、在铁路、在矿山挥汗如雨的群像，不由得又把我们带回了那个为中国的重工业奠基的现场。

随着 5 吨蒸汽锤的诞生，沈阳为共和国托起一个亮闪闪的“重型”。

登上中国重工业的峰峦，俯瞰沈阳重工业装备部的港湾，沈阳的工人阶级将理想变成了现实。回望铁西老工业区，那块当时只有 39.6 平方公里的土地，建设大路的 10 里长街，把老工业区分成了生活区、工业区隔路相望的格局。14.2 平方公里的工业区，密密匝匝地排列着 123 家大大小小的工厂，横穿建设大路中轴线的兴华大街，穿插于北一路至北二路之间，将沈阳重型机器厂分成了东西两个厂区。

沈重迈出的脚步缘于共和国红旗的指引。

描绘这一历史画卷的是千万个为重工业打下桩基的热血脊梁。就在我们的共和国第一面五星红旗刚刚升起之后，沈重炼出了沈阳的第一炉钢水。

那时的沈重还在起步阶段，名气还蕴藏在未来建设者的意志与筋骨之中。

1949年的9月，一个270人的小厂，在5名共产党员的带领下，挂起“沈阳实验厂”的牌匾。

270人的眼中，那时候的工厂除了变电所、翻砂车间、一台碱性平炉和一个冷轧车间外，剩下的只是“缺胳膊断腿”的皮带床和残垣断壁的厂房，再有就是堆满马粪的马厩了。

识字班的灯盏亮了，灯下是一双双渴求知识的眼睛，工人们懂得了天安门那一声“中国人民从此站起来了”划时代宣言的含义。

红旗下，一群青筋暴突、撸胳膊挽袖子的汉子，从清理废旧钢铁开始，凭借他们的一双双慧眼，拣回了一件件恢复生产建设的“珍宝”；转动的生产线，让他们播下了中国工人当家作主的信念。

夜色中，他们在老师傅的引导下，一遍遍琢磨着毛泽东那句话，“现在我们能造什么？能造桌子、椅子，能造茶碗、茶壶，能种粮食，还能磨成面粉，还能造纸。但是，一辆汽车、一架飞机、一辆坦克、一辆拖拉机都不能造。”就是这句话，让他们越想越不是滋味，那些汽车、飞机、拖拉机的制造，本应该都是在他们手中实现的。然而，不管造什么，没有钢铁作后盾，只能是一句苍白无力的空话。

于是，重型人起步了。1949年10月31日的第一炉钢水，点燃了重型人的壮志。重型人不想让毛主席再去费心劳神地把心思放在共和国的工业上，他们立志要出产品、出大产品、出重大产品。

于是，要工人、要干部、要技术、要工具的呼声，合成了一声声红旗下的机床与铁锤的轰鸣。这愿望与北京天安门的国徽发出的金光，吻合成同一条起跑线。

这壮志不只是重型人的，那是全中国人民的共同心声。

机会来了，来得比人们预料得要快。

从 1949 年 6 月到 1950 年 12 月，仅仅 500 多天的时间里，沈重每天都有干部报到，每天都有知识青年迈进车间，每天都有工人在制造新的生产工具。最多的一天，各路人马一下子来了 200 多人。

东北局工业部派来的厂长、技术员来了；市委工业部从兵工系统派来的老工人报到了；铁路专用线铺进车间；“龙门刨”“牛头刨”喜滋滋地在新厂房里相互问好；152 台切削车床，各自抖擞着自己削钢切铁的本事；变压器与电源拥抱的刹那；钢水出炉，锅炉房蒸汽弥漫，沉睡的地下水填饱水道的饥肠，锻压机气宇轩昂地锻压着钢板，让世人懂得了，生产出工业母机才是我们的祈盼。

几组数字见证了沈阳试验厂变成沈阳重型机器厂的历程。

1949 年 6 月，这个工厂的职工是 270 人；1950 年 12 月，达到 2427 人；1951 年 10 月达到 3500 人；1952 年 10 月，职工人数超过了 5097 人。

工业是国民经济的命脉，命脉的价值要靠生产力的提升。工人们逐字逐句地回味着过渡时期总路线的目标，他们知道，只有工业强国才能让毛主席少一分操劳。

“造就造中国没有的，造就造力气大的”这句话成了沈重人不停歇的动力。钢炉中燃烧的炉火和他们心中的炉火，正在向外捶打着新的目标，要造出中国第一台蒸汽锤。

“蒸汽锤”的叫法，诠释了沈重人当时要“造中国没有的大机器”的志气。它的学名叫“空气两用自由锻锤”，它的作用是利用冲击能量，使材料整体产生塑性变形的锻压设备。它是锻制合金钢必不可少的设备，没有它，要制造世界先进的合金钢类的产品与重型机器设备，只能是一句空话。

这一天来了，来得超乎沈阳人的想象。

1952 年 12 月 24 日的《沈阳日报》1 版头题发表了沈重人写给毛主席的报捷信，题目是《新中国第一台 5 吨蒸汽锤试制成功》，摘录如下：

亲爱的毛主席：

现在，我们向您报告一个消息：在 12 月 16 日，我们试制的巨型机器——5 吨蒸汽锤成功了！这个 5 吨蒸汽锤是个又大又有劲的机器，全部重量 150 吨，全高 9 米半，最大打击能力是 43800 公斤 / 米。照着我们厂子的设备条件，制造这样的大机器是很困难的，吊车都吊不动，过去我们不但没做过，也没见过。我们知道在祖国大规模经济建设中没有各种各样的大型工作母机是不行的，所以我们和往常一样，克服了许多困难，把任务完成啦，并且又有改进。如原来的图纸是拱形的，不好加工，装配也困难，我们的技术人员和工人们把它改为桥形的，这样不但解决了加工和装配上的困难，使用上也方便了，比如按原来拱形的，操作时就需要弯着腰，改成桥形以后，就可以站着操作了。大砧子没法加工，我们就现做了一台 300 多零件的活动镗床；制造汽缸的时候，为了提高钢铁质量，我们学习了苏联做气压冒口的先进经验，节省了 1.7 吨多铁水，还保证了质量……制造这台蒸汽锤，从设计到装配完成，只用了 6 个月，比计划提前了 4 个月。

5 吨蒸汽锤的试制成功，全厂职工像过节一样高兴，因为这是我们自己制造出来的新中国第一台 5 吨蒸汽锤啊！当我们写信给您的时候，我厂助理工程师、市劳动模范王铮安说："要告诉毛主席，我们技术人员遵照他的话，把我们知道的技术理论与工人的实践经验结合起来了，在这次试制中，我们结合得更加密切了。我们要遵照毛主席的教导，为国家制造出更多的新机器。"老钳工翟宝玉要求给他带上几句话，他说："美帝国主义封锁我们，现在让它看看吧，中国工人阶级有充分的力量，可以建设自己的祖国，我国各种类型工作母机的不断试制成功，就是对它的有力打击。"

亲爱的毛主席，我们知道能试制成功这样的重型机器，都是您和党正确领导的结果。我们要再接再厉，完成各种新产品试制任务，并不断提高质量，保证我们伟大祖国经济建设的顺利进行，以加速国家工业化。我们衷心地祝您：

身体健康！

机械二厂全体职工

1952 年 12 月 16 日

今天看来，凡是敢叫大型机械工厂的企业，造出个大型锻压设备，早已不是什么难事了。然而那个年代，特别是在社会主义阵营中，工厂奉行的是学习、效仿“老大哥”，亦步亦趋。然而，沈重人在意志与技术的组合中，偏离了“老大哥”划定的“轴线”，成了中国破天荒的“大事件”。

总之，沈重人“不蒸馒头蒸口气”的那份心思，他们相信毛主席一定知道了，也一定很高兴。不久，国家在编制五年计划时，把建设重点放在了重工业上。

事实上，毛主席知道了。1958 年毛主席特地嘱咐工作人员要了一份沈阳重型机器厂的情况专报！

沈重人并未就此满足，他们满怀信心地走在了第一个五年计划的路上。

1953 年 4 月 16 日，当时的中华人民共和国第一机械工业部，以文件的形式传达了一条后来让中国大工厂发生重大变化的信息：“建设现代化企业，改建、扩建现有重点企业。”

如今，那份发黄的文件早已成为历史的见证，珍藏在国家的档案馆了；那滚烫的字迹，却能让我们看到完成第一个五年计划的路上，千万个日夜奋战的车间里飞溅的铁屑与焊花。

还是回到第一机械工业部发来的那份文件上来吧！就是这份文件上跳动的方块字，调来了建筑工程部东北二公司的基建兵马；也唤来了沈阳电业局、电话局埋杆架线的综合兵团；一机部安装总公司的骁勇战将报到了；冶金部筑炉公司的架子工，捆绑起修建平炉的脚手杆；石油部机电安装公司稳固的大型设备撩开了沈重人长久干涩的眼帘……

在沈阳这块热土上，在铁西区那些以“工”字命名的街路上，打响了破天荒的重工业建设的第一场大会战。

工厂绝不只是铁锤叮当，大工厂要靠大机器担纲才能“翻蹄亮掌”；没有大生产的工具，沈重人的名字只能是大帽子底下的小作坊。

那是一场26项建设安装工程的交叉大会战，这场大会战抗烈日、斗风雪、不停歇地干了5年。

在一边建设一边生产的5年中，先进的生产工具，兄弟建设单位汗水流淌的脊背，省市部领导嘘寒问暖的关怀，都给沈重人注入了奋发有为的动力。

当1958年6月18日的阳光，齐刷刷地透进车间的时候，一机部副部长黎玉、辽宁省副省长仇友文、沈阳市委第二书记王伯谨，一起剪断了验收沈重的红绸带。

就在那条红绸带剪断的瞬间，在掌声和欢呼声中，沈重人为共和国托起了一个亮闪闪的“重型”。

就是那一年的生产统计簿里，清楚地汇集了143种新产品的贡献。

马鞍山的冷剪机、颚式破碎机、烧结机，铿锵着沈重人的力量；山西煤矿、抚顺煤矿的磨煤机彰显着沈重人自主产品的新活力；空气锻、真空两用锤、液压机、整形机，把沈重人的名字传进了煤海、电站。

由此，我们想到了一门门火炮的盾板、坦克防护甲抵御穿透力的等级。

也是那一年，10.7 万吨的钢锭产量，迎来了共和国群英会上披红戴花的沈重人。

沈重人要做大文章了。

“重型”是沈重人最愿意听到的词汇，也是今天的沈阳人常常挂在嘴边的称谓。从重型顶门立户的那天起，就坚韧地托起硕大钢筋铁骨的重大装备，把中国工人阶级不屈不挠的形象，印在了为新中国工业奠基的路上。由此，他们一次次地拨开了阴云密布的天空。

1960 年 7 月 16 日，苏联政府片面撕毁了与中国签订的 600 个合同，撤走了在华的 1390 名苏联专家，停止供应中国生产建设急需的设备。

“老大哥”突然变脸，让原本就出现了大面积饥荒的土地上，热火朝天建设的大项目停止了脚步。猝不及防的“撤兵”，让刚刚起步的中国大工业裹进了寒风之中。

1960 年，全国人民都在挨饿。

当时工人每天仅 1 斤粮、干部每天 7 两的定量。尽管这样，也未能削弱沈重人的斗志。沈重人凭借着属于自己的那种“蚂蚁啃骨头”“茶壶煮猪头”的精神，驱散了他们头上的阴云，书写了中国机械史上的“争气篇”。

有两组历史的镜头至今让国人心酸。

一组火车疾驰的画面，镜头定格在车轮出轨、车厢倾斜、原木滚落的瞬间。

一组铁路车辆段大修厂车间。由近到远的镜头扫描，镜头由远到近的推拉：轨道上，缺轮少箍的列车；车厢里堆积如山的原煤；供销人员脸部焦躁的特写。

在常人眼里，心酸往往与无奈是联袂的。在重型人的心中，心酸却是一种悲愤下青筋暴突的跃起。

重型人看不下去了。悲愤之下，重型人将困苦、焦灼、忧愁压进心底，用发愤图强的双手，开始绘制一张张重新跃起的草图，只争朝夕地开始制造车轮轮箍母机设备。

沈重人要与“峰巅”的技术论个高低了。坦诚地说，车轮轮箍机是沈重从未做过的项目，是需要全国许多企业合作参与、各声部组合的一次大合唱，国家把主旋律的唱腔——车轮水压机、冲孔水压机、车轮压弯水压机交给了沈重。于是，他们以热情与求实态度拉开了创造的序幕。

没有任何条件，更没有一分钱补贴，但他们做到了。他们凭着自强不息的毅力生产出了20Mn锻造水压机，沈重人永远不会忘记他们引以为傲的那一天。

那是让重型厂在国家的史册上留下了记忆的一天——1958年7月的一天，国家副主席朱德、董必武在当时国内唯一一台由沈重生产的20Mn锻造水压机旁，连声称赞“国宝、国宝”。

从此，他们立志要把更大的“国宝”锻造完成的喜讯报告给中南海。

从那天起，温暖的阳光下，一副副“生产秘方”献技献策、一台台加工设备蓄势待发。利用“蚂蚁啃骨头”的方法，劳动生产率实现了倍数增长。两年多的潮起潮落间，沈重人承担的设计、生产、制造车轮轮箍主要母机的任务全线报喜。

1963 年，沈重人生产的车轮轮箍母机，在中国的马鞍山均匀地呼吸着、运转着，一组组车轮轮箍驮起一节节车厢，驮起中国工人深沉的情感，驮起中国人扬眉吐气的欢颜，尽情地疾驰在中国大地上。

沈重人研制生产车轮轮箍的愿望，在自己手里实现了。没有鲜花、没有奖金、没有宴席，有的只是相互间拍拍肩膀的鼓励，或者是一句朴素的话语：“知道吗？轮箍出厂了。”“我说嘛，今天中午食堂给我们每人一碗骨头汤呢！”“行啊，汗水算没白流哇！”随后，又各自打开了创造新产品的图纸。

多好的工人，多好的设计工作者！我敢说，他们是中国最好的工人。

虽然，沈重人在功绩面前只是淡泊一笑，然而，历史没有忘记他们，中国人正直的心里装着他们。

“一五”期间，《沈阳日报》、新华社接连发布新闻：“沈阳重型机器厂先后造出了全国最大的烧结机和第一套国产初轧机”。在 5 年时间里，沈重向国家提供各种重型设备 164 种 2173 台，并向正在兴建的富拉尔基、太原、洛阳三个重型机器厂输送工程技术人员、管理干部和技术工人 297 人。

沈重人生产“重型”，沈重也生产志气。

如同我们在路上行进，我们的脚步常常在舒适与跋涉之中选择。有的路年年龟裂、翻浆、塌方，为此，不得不一次次地充填渣石、夯沙、盖被。

而有的路不管是水涝还是碾压，依旧脊面不毁，就是因为有千万块渣石联结的路基，担起了超负荷的重担。沈重就是团队的意志和力的聚积。

这种志气与勇气的联结，锻造了一个个沈重的英雄模范。这些模范中有一个闪亮的名字，叫杨洪吉。

知道杨洪吉的名字，还是三十几年前，他曾带领沈阳的 24 支焊接队伍，支援过辽化的大会战。

我仔细地端详过杨洪吉的照片，消瘦中透着刚毅，深邃的眼眸里充满着智慧。许多人可能会问：一个铸钢车间的工人，为何能走进全国群英会的殿堂？他又有什么本事，接连捧回国家与省市劳模的奖章呢？

像许多东北人一样，1921 年出生的杨洪吉，1941 年闯关东只身来到沈阳。随着沈重新生锣鼓的敲响，杨洪吉穿上了石棉工作服，可以说，他一生中的大部分汗水都蒸发在炼钢炉前了。如果说，杨洪吉靠平炉展示了他的才能，那么，平炉也是靠杨洪吉炼出了好钢。

平炉像人的胃口各有不同。炼钢工人都明白，“电炉吃细粮，平炉吃粗粮”。平炉吞下的是矿石，电炉咀嚼的是废钢铁。杨洪吉担任炉长前，他的平炉只能冶炼一般的碳素钢。而重型厂所需的合金钢铸锻件，即使是厂里的两台电炉加班加点地干，也不能满足厂里的需要。于是，杨洪吉开始琢磨，怎么让平炉也能炼出合金钢呢？

杨洪吉知道，平炉之所以吃粗粮，是因为炉底天生的浅盆，堆放的矿石没有氧化条件，加上炉料杂质多，只能炼出碳素钢。

听说杨洪吉要用平炉炼合金钢了，有人赞誉，也有人奚落："谁当组长都是一个样。""天生的盐碱地怎么也不能飘出稻子香啊！"

杨洪吉望着一包包钢水，心里飞出思绪："谁说平炉天生是吃粗粮的，咱们用氧化铁打底，行不行？"

行与不行，平炉最有发言权。一滴、两滴……无数的汗水落地。杨洪吉炼钢炼出理论了！车间里一片惊讶。

这也叫理论？是的，这就是杨洪吉总结的快速炼钢法，充其量你说它不像理论。但这种"理论"实践上行得通，不但走出了碱性炉炼合金钢的路子，也大大地缩短了炼钢、出钢的时间。

就是这种理论或者叫经验的实践，平炉的炼炉底时间由原来的 3~5 昼夜，缩短到了 3~5 个小时，一下子提高效率 20 多倍。

平炉的铁规矩，老一代的炼钢法，在杨洪吉面前遭到了改头换面的"清算"。

那个年代的杨洪吉与许许多多工人一样，只有一个朴素的信念，就是要为工人争口气。为的是报答党的恩情，为的是让毛主席不再为中国的钢铁焦虑。

没过多久，第一次"露脸"的杨洪吉又添了一个"大彩"。

1959 年年初，乍暖还寒。

沈重全厂都在围着我国的第一台 12500 吨自由锻造水压机打转。生产这么大吨位的水压机，铸件是关节点，而且是要在只有

75 吨天车的铸钢车间，分娩出一个 103 吨的大铸件。

只有 40 吨的两个钢水包，合起来也达不到设计要求，钢水又成了关键之大难，即便是几台炉同时吐水，也很难保证钢水的温度是一样的。

困难走到了没有桥的河滩，考验着走上了工长岗位的杨洪吉。

杨洪吉也犯难了，可杨洪吉的思维从不落帆。他的点子终于在七嘴八舌的议论中捋出了线索："一炉钢水可以达到 70~80 吨，而钢水包只能装 40 吨。我们'分槽出钢'就不难，试试看！我想，能行！"

杨洪吉的一炉钢水同时流到两个钢水包的想法，随着"当一当一当"出钢的钟声，犹如车间里升起了一颗颗红色的信号弹。

我无法将杨洪吉一生中经典的故事讲完，但他的故事，我又不想删繁就简。有一个故事，我听了不知多少遍，在这里我仍不觉得絮叨。那是一个叫"杨洪吉钻铁炉"的故事，不知他一生中演练了多少遍。

当西伯利亚寒流席卷中国的时候，杨洪吉就在那种异常艰苦的环境中，用信念打破了封锁。

轧辊可以轧制钢材。沈重离不开轧辊。

无论是生产破碎机，还是滚切剪都是不可或缺的大件。可是我们当时的"老大哥"竟一下变得非常蛮横刁钻了，想要一根轧辊吗？那得用生猪、苹果去换。否则，说出龙叫也是无用。

困难，对工人来说是家常便饭。工人的一生就是在困难中闯关。而这样的困境，则超过了工人们的承受极限。

面对蛮横刁钻，中国人清醒地认识到，“你有他有不如己有”“不靠天不靠地就得靠自己”。走出困境的决心上上下下是一致的。国家计委给重型厂下达了生产轧辊的指令。工艺设计没有问题，有问题的还是合金钢的原料。而合金钢所需原料，恰恰是酸性平炉才能冶炼出来的。

这也不是问题，碱性炉炼出合金钢，杨洪吉有经验。

当厂长刘登云、生产厂长祝德义把生产轧辊的任务交给杨洪吉时，正赶上炉顶坍塌了，大修成了燃眉之急。

冶炼钢铁时 1800 摄氏度的炼钢炉，即使降温大修，炉温也有 200 摄氏度左右。

处于正常生产状态的炼钢炉，顶部都是由带梢的镁砖砌筑的，大修的任务首先要把掉进炉底的镁砖一块块捡出来。这一作业，杨洪吉不知做过多少次。

杨洪吉当年的工友讲述了这样一个让他们刻在心头的场景——

那天老杨急了，急得在平炉前来回打转转。只见他突然停下脚步，穿上石棉工作服，戴上一副破手套，向工友们环视了一周，拉开了嗓门儿喊道：

“没时间了，钻平炉这活儿，咱们以前也干过，不就 200 多度嘛，不等了，今天这活儿还是我第一个上，是共产党员的跟着我冲，团员跟在党员后边上，按我说的顺序排好队。”

老杨的话音落地了，20 多个工友就像要攻山头那样，等待老杨发出战斗号令。此时的老杨好像发现了什么，又冲着排尾的几个人喊话了。

“后边那几个小子，没你们的事。我说谁呢，都知道吧？”

“杨师傅，咱们几个啥时候能轮上啊？”杨洪吉的徒弟冲师傅说。

“钻平炉，你们没资格，知道为什么吗？”杨洪吉大声喊道。

“不就钻个平炉吗？你每次都是党员在前，团员在后的，哪天能轮上我们，我们几个身体都比你们好，怎么不行？”杨洪吉的徒弟又冒出一句话。

“你们都没结婚呢！眉毛烧秃了，脸上如果烫个疤瘌，哪个姑娘嫁给你呀，别啰唆了。”杨洪吉的声音越来越大。

就在杨洪吉的徒弟和另外两个小青年离开队伍之后，杨洪吉拿起浸了水的草袋子盖在头上。站在杨洪吉身后的工友，也都把浸了水的草袋子拎在了手里。

只见杨洪吉一个箭步，在鼓风机冷风的掩护下，冲进了高温的炉膛。1、2、3、4、5……当 17 个数落地的时候，他抱着一块镁砖冲出炉膛，一个火神的形象，留在了每一个人的记忆中。

接着是一个个共产党员、共青团员、工人再现了杨洪吉的壮举。这是杨洪吉创造的奇迹。在炉膛的时间没有几个人能数到 17 个数的，在以后类似的抢修中多数人数到 4 个数时，不管拿没拿到砖，都得跑出炉膛了。

真不敢想象，别说 200 多摄氏度的高温了，每当烈日炎炎的夏季到来的时候，气温超过零上35摄氏度时，一颗颗镇定的心就开始发烦了，何况在那样高温的环境下呢？而且，许多人并不知道，那些从炉顶掉下来的镁砖，一块就达34斤重啊！除了当年的杨洪吉和那些共产党员、共青团员，谁还能说得清冲进炉膛的感受呢？恐怕除了他们，也只有当年钻进太上老君八卦炉里的孙悟空了。

这情景岂不是在当年烽火前线上，指挥员、共产党员、冲锋在前的重现吗？多少年了，在山洪的浊浪面前、在暴风雪弥漫的大地、在地震的瓦砾上，那些让人泪水夺眶的片段，那些身先士卒的场景，依然在我们前进的路上一次次上演。

我敢断言，除了杨洪吉，很少有人能在带火的炉膛里数上17个数的。为此，有一点遗憾的是，沈重人怎么没有给杨洪吉申报吉尼斯世界纪录呢？让人冷静下来思索的是沈重人的回答，“新中国的工人一直就这么干。”

由此，我理解了奥斯特洛夫斯基的《钢铁是怎样炼成的》的真正内涵。我理解了“共产党员是用特殊材料制成”的英明论断。

随之而来的情节可想而知。平炉修好了，钢水炼出来了，而且化学成分、物理指标都达到了设计标准，一点不比苏联生产的质量差。

由此，冷轧辊依赖进口的历史结束了。

在这篇介绍杨洪吉的故事中，我有一种无法布局谋篇的感受。那就是，他每一篇故事里的壮举，都是今天的我们所不能企及的。我们不得不承认，那是一种精神的升华，或者说是一种信念的攀缘。除此，还能是什么呢？

我也是一名读者，故事的结局是人们最关注的。

在以后的日子里，杨洪吉当上了沈重副厂长。两次当选全国党代表的杨洪吉还曾经带领沈阳市的32个工厂、24个专业队组成的工程队支援过辽化建设。又是他，带领焊接工人完成了直径22.4米的大型球罐的焊接。为沈重、为沈阳创造了又一个奇迹，留下了惊天动地的一大工业景观。

不愿意提及的是：1996年10月12日，累得一身病的杨洪吉在铁西区工人村那间小屋里，在一句句“让我看一眼平炉，我要看一眼平炉”的呼喊中，离开了沈重，离开了我们。

为杨洪吉送葬那天，300多人的送葬队伍，绝大部分是沈重的工人，当时的党委副书记胡英宗和副厂长王铁峰亲自抬着灵柩送别杨洪吉。

那一天的阳光很暖，只是时不时地刮来一阵清风。那清风似乎在告诉送别的人们，擦去泪水吧！杨洪吉喜欢炽热；抹去泪花吧！杨洪吉一生与钢铁结缘。

杨洪吉属于沈重，属于中国工人阶级。

在沈重的年谱中，工人、科技人员、管理干部编织的劳模、英雄风景线，支撑了沈重奠基的底盘。

如果说，碳酸钙与磷酸钙的骨骼，支撑起了行进的身躯，那么王铮安，如同他的名字一样，以中国知识分子的铮铮铁骨，塑造了第一代重型人执着拉纤守护国家工业安全的品格。他在短短的14个春秋中，捧出的“中国第一”让我们的胸腔涌起阵阵炽热。

1961年10月的一天，北京，中国第一机械工业部副部长沈鸿的办公室，36岁的沈重总设计师王铮安在期待着一个消息，期待着由他组织设计的12500卧式挤压液压机方案“生与死”的宣判。

从会议室走来的一机部副部长沈鸿，三步并作两步，双手紧紧握住王铮安滚烫的手掌，一股暖人心窝的话语脱口而出：

“小王，你知道吗？这台挤压机呀，这可是中国第一台呀！你可为中国立了大功啊！”

时间再一次上溯到1944年。湖南临湘一个叫王铮安的19岁青年，来到了长江上游的山城重庆。

一个青年人拜别父母，带着水乡泽国晶莹的水珠，来到一块炎热的盆地。并不是重庆的丘陵地貌吸引了他，而是航空天体的奥秘触动了他求学的愿望。重庆中央大学航空系成了这个娃子要攀登的第一个“星座”。他立志要钻研中国的航天技术，造出中国最先进的飞行器。

刚刚发动了飞机引擎的王铮安，在不到一年的时间里，梦想的路标不得不走进了另一个立志报国的门槛。

作为国民党政府当时陪都的重庆，遭到了日本帝国主义飞机9000多架次轰炸，2万多无辜的百姓死伤于日寇的狂轰滥炸下。

立志航空救国的王铮安觉得，学航空工程不如当一名飞行员直接与日寇拼杀，更能实现青年人的报国夙愿。由此，王铮安1945年又考取了国民党空军的飞行训练班。

也许，王铮安就是为工业机械而降临这个世界的。正当王铮安要展开飞翔的翅膀时，这一年的8月15日，日本宣布无条件投降，中国人民取得了抗日战争的完全胜利。此时的王铮安又怀揣报国的志向，考上了南京大学工学院机械工程系。

就在五星红旗升起的那一年，北京钢铁工业局接收了他的毕业志愿。

中国的知识分子是清贫的，但清贫并不失志，在人民当家作主这面红旗下，知识分子总是把拯救国家、民族的命运作为自己追求的目标。在王铮安看来，哪里的大工业炉火烧得最旺，哪里就是他迈进的大门。就这样，王铮安谢绝了北京市钢铁工业局的挽留，来到了中国机械工业的摇篮——沈阳重型机器厂。

还记得文章开篇叙述的沈重人，在试制成功新中国第一台5吨蒸汽锤后，于1952年12月16日给毛主席的一封报喜信吗？里面有这样一段话：

“毛主席，当我们写信给您的时候，我厂助理工程师、市劳动模范王铮安说：‘要告诉毛主席，我们技术人员遵照他的话，把我们知道的技术理论与工人的实践经验结合起来了。在这次试制中，我们结合得更加密切了。我们要遵照毛主席的教导，为国家制造出更多的新机器。’”

由此，我们能想象出，一条小鱼在水中自由地穿梭，时不时地把嘴探出水面，呼吸着周边新鲜的氧气。

一个身高一米八的赤脚娃，一个从泥塘中走来的湖南伢仔，全身心地融入工人队伍中，正如他血管中奏响的音符那样，他只有一个心眼，要为国家制造出更多的新机器。

沈阳重型机器厂，这个中国机械工业的摇篮，用呵护孩子般的柔情，向王铮安投去了沈重人信赖的眼神。

继中国第一台蒸汽锤诞生后，王铮安的奖章、荣誉不断：市劳模、省劳模；职务也屡有变化：省青联副主席、厂设计处处长、厂总设计师。1959 年他麾下的设计队伍已发展到 340 人。

我们看到那条水中的小鱼长大了。那条长大的鱼，一次次跃过了龙门。

我真想用动漫的手法，把王铮安 1960 年前研制生产的若干个共和国第一台大机器活灵活现地呈现出来，目的是让读者在画面的直观感受中，去体味那久远的年代，去体会当时的沈重工人和以王铮安为代表的知识分子，以一种为国担当的主人翁精神，为新中国的发展壮大如痴如醉工作的忘我状态。

在今天，还很难将动漫效果在白纸上灵动展现的情况下，我只能选择部分王铮安研制生产的“中国第一”以飨读者：

1952 年沈重研制生产了中国第一台 5 吨蒸汽锤之后，从 1953 年至 1959 年，沈重研制生产了中国第一台直径 1650mm 圆锥破碎机、中国第一台 18 ㎡带式烧结机、中国第一台直径 900mm × 700mm 四辊破碎机、中国第一台 20Mn 多层液压机、中国第一台 1200 × 1500 颚式破碎机、中国第一台直径 700mm/500mm/500mm 初轧机组、中国第一台直径 3600mm × 7000mm 球磨机。

在沈重人研制生产“中国第一”的路上，我看到了从 1952—1960 年的文字记载，就在这 8 年时间里，由王铮安主持研制设计的产品就有 23 项。

在闪光灯与奖章交织的光环下，王铮安依旧迈着拓展的脚步。

他知道，沈重的产品映衬着共和国深深浅浅的脚窝。

的确如此，在那个重工业领衔的年月，沈重的产品又大都是矿山、电站、煤田需求的第一设备。在“以钢为纲”的1958年，全国实际生产的800万吨钢里，就有沈重人生产的10.7万吨钢铁，更何况那些轧钢机、破碎机带来的钢铁产量呢？

“没有钢铁，国家就没有力量”，王铮安更清楚这一点。1960年的王铮安已不再满足沈重人产品第一的追求了，他更大的追求是产品的效能第一。

他要打造中国机械的“大船”了。

1960年8月的一天，两眼盯着图板发愣的王铮安，听到身后传来一个声音：

“老王，信。”

一心思虑图板上设计方案的王铮安，头也没回地随手将信放进衣兜，继续着他的设计。当天晚上回到家，打开那封信的王铮安，目光扫了一遍信的内容后，顿时惊呆了。

这是当时台湾特务机关，配合蒋介石反攻大陆的叫嚣，发出的一封策反信。

当王铮安看到收信人不是自己的名字时，又有了几分坦然。不是我的信，为什么给了我？王铮安联想到自己的经历，一下子全明白了，是解放前自己曾经为了报效国家，在国民党空军驾校里，学过驾驶技术的经历，给他带来了麻烦。

第二天上午，当王铮安上班后，要退回那封信件时，一位公安人员早已在他的办公室等候多时了。

接下来的就是那位公安人员，一句句连珠炮似的追问：

“不是你的信为什么你收下了？不是你的信你为什么打开了？信里还有什么？谁能保证收信人不是你！”

王铮安哭了，35 岁的他第一次落泪。他觉得心里憋得慌，觉得委屈。然而他转念一想，白的终究是白的。我 10 年来对沈重的付出，组织是了解的，大家也是非常清楚的。想到这儿，仍然要为国家设计新产品的信念，愈加清晰强烈。他想：人的一生能活多少天，我的问题总会搞清楚的。一边接受审查，一边让我搞设计还不行吗？事情总会大白于天下的。

单纯天真的王铮安把他的想法一股脑儿地说给了厂长刘元青。刘元青知道，给王铮安定性不在他的权限范围。面对王铮安的一片赤诚，刘元青真想马上满足他的愿望。然而，刘元青也深深地懂得，这可是涉及政治态度的大事，必须征求党委书记的意见。

党委书记武士诚支持了刘元青的想法，两人达成了共识：让王铮安继续搞设计。

那段日子，王铮安犹如生活在一个极为陌生的环境。

如果说在前 10 年的设计环境中，王铮安像是在海洋里自在畅游的话，如今他不得不面对触礁的危险。他最大的伤感是，昨天与他一道扬帆的舟船，今天却离他远远而去。中层干部大会没了他的身影，设计研讨会少了一众刨根问底的脸庞；即使是他设计的产品，投产典礼的时候也没了他的座席。王铮安如同是一个固定在刨床卡盘上的工件，任凭车刀削来刨去。

在每一次的感官刺激与心灵碾压中，除了妻子的慰藉及老领导拍拍他肩膀时无声的鼓励，还有不知道是谁，每天在他上班前，悄悄地给他送来一壶开水。

不能再想下去了，王铮安设计的步履从没有沉入谷底，厂长、书记在这个时候敢发给他“设计通行证”，已经是够冒险的了。想到这，王铮安对厂长、书记由衷地添了几分敬意。

钢坯、铁路、火车、延绵不断的钢轨，矫直机、热锯机、连续轧机试验机，重新游进脑海。数字、符号、公式、机架承载的张力，型钢、开坯、电力重新形成有序的设计图纸。

从线型思维到球形思维的连接、碰撞，从工作母机到实际生产中轧机的能力，演绎成一个个有型的整体。

王铮安的信念一次次无力地沉落，又一次次勇敢地浮起，就像他设计的连续轧机一样在不停地碰撞着、运转着。

他为能够伏案设计暗自窃喜、展目舒眉。他别无所求，只想多出钢轨、多铺铁路，拉近人与人、人与物的距离。就这样，他忽而觉得如入无人之境，忽而又觉得有千万双期待的眼神，在向他投来深情款款的注目礼。

5 个月以后，当干瘪的饥肠慢慢迎来了越来越多的填充物的时候，王铮安捧出了轨梁轧机的全部设计。这些设计在期待的目光中，迅速演变成了试验机。

终于赢来了大团圆的结局：西安重型机械研究所的专家们热烈鼓掌，并在合作意向书上郑重签字。

从一包包钢水落地，到型钢轧成钢轨。无论如何扭曲它的形状，坚硬永远是它最基本的属性。

有一种木本花，生在湖南，人们叫它映山红，长在辽宁，人们叫它杜鹃花。而不管叫什么名字，它总是在吐放一片片真香，并将火红与炽热、翠洁与兴旺带给人间，带给喜花和爱花的人。

闻到花香，为炽热与火红的钢花，兴冲冲赶来的是当时的一机部副部长沈鸿。从北京到沈阳的飞机上，沈鸿副部长想起了他在沈阳安排此项设计任务时经历的一幕一幕……

1961 年 9 月，北京。一机部沈鸿副部长拧紧思考的眉头，一字一行地看着国务院批准的全国 9 套重大装备之一的 12500 吨卧式液压挤压机的文件。这是一套关系航天发展与“三线”建设的重大装备，不但国内没有，世界上只有美国、苏联各有一台。为此，沈副部长心急如焚。

当沈阳、富拉尔基、德阳、太原、洛阳、上海、西安、天津全国八大重型生产基地的大门，一次次掠过他的眼前，沈重的名字，在沈鸿副部长的眼中定格了。

任务已经在当年 6 月正式下达给了沈重。然而，沈重依然没有落实设计方案。

焦虑同样在沈重领导的心中与日俱增。在刘元青厂长看来，国家交给沈重的任务，沈重从没拖拉过，可是让谁去担起重任呢？实实在在地说，自从他接到部里文件的第一天，王铮安就是他的不二人选。但是，王铮安“头上戴的帽子”让刘元青拿不定主意。正在他犹豫不决的时候，沈鸿副部长要来沈重的消息，让刘元青又一次火烧火燎了。也许是办公室窗台上那盆怒放的杜鹃花的暗示，刘元青又一次想起了王铮安。此时，刘厂长的心一下子豁亮多了，如同心头打开了一扇天窗。

“苍天指路哇，就用王铮安了。舍此，谁又能担当大任呢？”

想到这儿，他对刚下飞机的沈鸿副部长说了这样一句话：“有一个人百分之百行，但怕你不敢用啊！”刘厂长有意地“将”了沈副部长一“军”。

听完刘元青厂长关于王铮安处境的汇报，沈副部长知道了王铮安就是当年蒸汽锤的设计者。沈副部长心里更有底了，因为他知道此时此刻国务院、航天部、西南“三线”的领导，都在焦急地等待项目设计的消息。

刘元青马上带人敲开了市公安局主要领导的办公室，尽管“保证”说了一箩筐，回答依旧是冷却的铁水——没缝。

沈副部长急了，他马上让沈重准备了一台小车，亲自到市公安局登门拜访。

副部长出马，云开雾散……

就在当天下午，泪水一次次从王铮安的脸上滑落，他握着沈鸿副部长的手说：“请部长放心，我会让中国飞起来的。”

让中国飞起来，是王铮安的梦。他是一个没有底数不开口的人，在接受沈副部长任务的同时，王铮安的心里，已经在计算着小九九了。他心里再清楚不过了，设计12500吨卧式挤压液压机，无非是把他曾经设计过的12500吨锻造水压机，在运动方向上有一个纵横间的变化，也就是说，让12500吨压力的主柱，由垂直运动改为横向运动，锻造水压机是对金属坯料随意的锻压过程，卧式挤压液压机则是让金属坯料在有约束的挤压过程后变成新的形状，虽然机体结构要有大的变异，但设计原理都是相同的。

于是，在王铮安的笔下，横梁长度、支柱尺寸、底座体积、配套设备……一次次演算成了合理的数据，一件件连接成了缜密的设计方案。

王铮安的设计长出了自由飞翔的翅膀。沈副部长与刘厂长一颗悬着的心落地了。

1961 年 10 月的一天，当王铮安带着全部设计方案，来到沈副部长和专家面前时，在场的人全都惊呆了。

中国装备制造业快速发展的车轮就要飞转起来了。

那是一个艳阳高照的日子，暖暖的光线簇拥着王铮安，王铮安信心百倍地看着沈副部长。

沈鸿副部长在总结会上显得异常兴奋，他简短的话语中透露出一种深情的感慨：

“同志们，别小看这个方案，如果实施了，那可是世界上的第三台呀！”

紧接着，沈副部长的目光落在王铮安身上。他凝视了王铮安片刻后，大声说出了专家评审会后的第一句话。就是这句话，掀起了会场上一阵又一阵热烈的掌声。

“王铮安哪，你可是为中国航天立了大功啊！”

王铮安笑了，笑得很甜。

但是没人知道，在设计挤压液压机的日日夜夜，王铮安已经感到肝区发痛了，无形的枷锁还没解除，病魔又在他的体内开始了肆无忌惮的纠缠。王铮安的生命旅途，频频亮起了警告的红灯。

1962 年 11 月，痛苦的神经扭动着王铮安隐隐作痛的右胸，那个谁都不愿意写出来，谁都不想说出口的两个方块字，钻进了王铮安的身体。

1963 年 5 月，三年自然灾害已经结束。大地的秧苗铺开了一片生机，填饱了肚皮的沈重人，脸上透出了一层光泽。焊花、屑花斗艳的厂房，随着一声声哨音、手势的起落，75 吨天吊正在把 315 吨测试样机的最后一个配件，安安稳稳地吊装到测试样机指定的位置。

此时的王铮安正一边按住腹部，一边凝视着生产考核机的图纸。疼痛加剧，药效缩短，王铮安止痛药剂量一再加大。

妻子刘燕劝他去医院检查，他说："样机测试完就去。"

同事劝他去医院拍片，他说："没问题，吃点药就好。"

刘元青厂长命令他去住院治疗，他说："不知道诊断结果，我还能干几天，知道了，我怕顶不住。"

1963 年 9 月，西南铝厂在王铮安设计研制的 12500 生产考核试验机的报告上写下了"符合设计要求"的鉴定。与此同时，中国医大附属医院的医生也在王铮安的病历上写下了肝癌晚期的诊断。王铮安没有选择去医院，在止痛药、麻醉剂以及妻子刘燕与 5 岁女儿的陪伴下，维持着最后的心跳。

1964 年 2 月 26 日，王铮安的家乡湖南省临湘县，又是一片映山红的花海。而那一天，沈阳还覆盖在一片冰雪中。

移植在沈阳土地上那棵为沈重、为沈阳吐放了14年花香的“映山红”，再也没有挺出摇曳的花蕊，带着一片片干涩的花瓣、卷曲的叶片，缠绕着生他养他的根系，回到了泥土之中。

在这段故事的结尾。有三个情节有必要做个交代：那一年，12500吨卧式挤压液压机在重庆正式投入生产。

事隔16年的1980年，沈重捧回了王铮安设计的12500吨卧式挤压液压机的国家银质奖。

2023年的4月13日，就在我陪同市委宣传部副部长李凯，参观北方重工产品展室的时候，我又一次见到了12500吨卧式挤压液压机的模型。北方重工现任党委副书记梁秀告诉我，王铮安设计的12500吨卧式挤压液压机，今天依然在大西南轰鸣着生产的引擎。

在王铮安冲出大工业起跑线之后，赛道上一个个团队伴随在他的身旁，跑在最前面的，是在全国最先以社会主义劳动竞赛拥抱国家第一个五年计划的，许许多多像王铮安一样的劳动模范。他们犹如星河璀璨，闪耀在那个时代。

劳模是大工业奠基路上的生力军，沈阳是劳模的发源地。尉凤英的名字，在沈阳，在中国，几乎无人不晓。

2023年的4月25日，带着几十年对尉大姐的崇敬，我又一次见到了尉凤英。就在我走进她的家门之前，40多年前的一幕又闪现在眼前。

记不清是哪一天了。能回想起来的，是在沈阳市召开的一次交通安全大会上，会议的地点是市文化宫。那天的会议结束之后，我匆匆地赶到文化宫的入口处，想将两张会后的电影票，送给我们单位的两个同志。就在我站在收门票的服务员身后，寻觅我要找的面孔时，一个让我仰慕的形象定格了目光。

这不是被周总理称之为“大尉”的尉凤英吗？此时，我左顾右看搜寻的眼神被强大磁场吸引了，我的注意力全然落在了尉凤英的脸上。接下来，尉凤英与服务员和我之间有了一段简短的对话。

“同志，还有票吗？”尉凤英站在门里问收门票的服务员。

“没有，我只是收门票的。”服务员边收票边回答。

“咱单位的司机没票，我要是看电影，司机就得在外面等两个小时呢！”尉凤英的脸上露出一丝遗憾。

“尉大姐，我等的同志没来，这张票你给司机送去吧！”我把手里的电影票递给了尉凤英。

“谢谢，谢谢了，这样我就踏实了。”

尉凤英与收票的服务员打了一声招呼，去给司机送电影票去了。

电影开演了，但银幕上的角色是谁，乃至电影中的故事是什么，我至今也没有一点记忆。我满脑子回放的都是尉凤英关心司机的一幕，由此，对尉凤英的钦佩油然而生。

多少年了！那幅尉凤英手拿卡尺，与工友们研究技术革新项目的照片，又一次展现在我的眼前。岁月流逝，可尉凤英依然没改初衷啊！许多人都知道，参加会议时的尉凤英，已经是一三九厂的工会主席了呀，身居大企业领导的她与工人兄弟姐妹的情感一点没变哪！怪不得她这些年，还是如此受人尊重呢！

1953年，沈阳东北机器制造厂一台六角车床旁站着一个20岁的姑娘。这个从抚顺矿区走来的年轻人，刚刚入厂3个月，就能独立加工生产零部件了，车间工友羡慕的眼神变成了赞美。

“知道这姑娘为什么这么快就能上岗了吗？”

“人家钻研技术呗，小尉上班都是一路小跑呢！”

“你们没听说吗？我告诉你吧！那是小尉她妈有要求，她妈告诉过她，‘上班后，你要跟师傅好好学，嘴要稳，手要稳，腿要勤，不能给爹妈丢脸。咱们可是穷人家的孩子，要永远报答共产党和毛主席的恩情。’你们想想，小尉能不出徒快吗？”

“那还用说！小尉是我们的先进哪！”

工友们的赞美让尉凤英的工作标准又提高了，面对六角车床，尉凤英觉得车刀的进速赶不上自己的思考的速度。于是她加大了“吃刀”的速度，然而让她没想到的事发生了，由于刀速太快，尉凤英的车床下也出现废品了。

看着脚下的废品，尉凤英一时不知所措，而正当她眼神发愣的时候，李玉书师傅的一句话让她悟性大开。

“小尉呀！你想法好，但只有猛劲不行，不能用蛮力，还是得想办法，找窍门，多在技术革新上想点子，这才能多出活儿。”

老师傅的点拨，让尉凤英迷上了技术革新。思来想去的尉凤英，有了给冲床安上自动送料器的想法，做一个什么样的自动送料器呢？尉凤英做了许多纸盒模型，然而，都没达到她的预想。

怎么办？尉凤英发现了自动送料器的关键部件是“拐轴”。

1954年的中秋节到来了，尉凤英的母亲在晚饭时端来了一盘酱猪蹄，望着油汪汪的猪蹄，尉凤英边吃边问母亲。

“妈，猪蹄为什么能打弯呢？”

“猪蹄上的骨头有根筋呗！”尉凤英的母亲回答。

“妈，这骨头上的筋就像弹簧一样，对吧？”母亲点了点头，尉凤英的心门顿时打开了。

“我何不在“拐轴”上加个弹簧来解决自动送料呢？”尉凤英从猪蹄想起了蚱蜢，又从蚱蜢想到了猪蹄。想到这儿尉凤英放下手里的猪蹄，一口气向厂里跑去。

跑回厂里的尉凤英，做起了制作送料器的试验，然而，仍然没有达到她预想的效果。

尉凤英并没灰心，连续十次的试验失败后，她又发起了第十一次冲刺，钢丝绳被拉断了，她换上了铁链子，进而又加上两个弹簧。

有节奏的响声就像一首舒心的乐曲，在向尉凤英报喜了，第十一次的试验终于让她露出了笑脸。操纵冲床的伙伴们用上尉凤英的新设备，超乎寻常的效果出现了。尉凤英革新的冲床运行后，21天的时间居然完成了全年的生产任务。一时间，尉凤英在技术革新上爆出了冷门的消息，在七二四厂传开了。

尉凤英革新的脚步越迈越大，车间的生产设备又成了她挑战的新目标。工友们看明白了，尉凤英每一次挑战成功，都是缘于她对生活现象的观察。即便是簸箕簸豆子，或者是建筑工地上筛沙子，以及门弓子反弹的现象，都给了尉凤英技术革新的启示。一次次技术革新带来的生产加工速度的提升，让尉凤英进入了痴迷的状态，她越发感到每天 8 小时的工作时间，已经不能实现她技术革新的时间表了，她想起了利用下班后休息时间。为了不影响车间的生产，她给自己制定了白天完成生产任务，晚上在车间进行技术革新的计划。

1956 年，为了节省时间和人力成本，提高生产效率，尉凤英提出了把打毛刺与切底两道工序合并为一道工序的建议。在老师傅和工友们的帮助下，她的想法变成了现实，几次试验都成功了。可是这项技改报告一时没有得到批准。

尉凤英急了，她找到了厂领导说出了自己的心思，厂领导作出了去生产线实地考察的决定。第二天，厂领导顶着瓢泼大雨，带着专业技术人员来到了车间，尉凤英的现场演练让考察的专家和生产技术人员彻底折服了。

就这样，一次次成功的设备改造，成了她技术改造新的动力，在 3 年时间里，107 项技术革新的成果与尉凤英的名字连在了一起。在 1954 年至 1955 年的 434 天里，尉凤英完成了第一个五年计划的工作量，成为沈阳和全国工人学习的榜样。

1955 年 9 月 28 日下午，22 岁的尉凤英来到了中南海怀仁堂，受到了毛主席的接见。毛主席问了尉凤英的名字和工作单位后，对她说："工人阶级是领导阶级，你是工人阶级的先进分子，要好好学习，努力工作。"

尉凤英握着毛主席的手，激动地说："请主席放心，我会勇往直前，把厂房当战场，把机器当刀枪，为社会作出贡献！”

受到毛主席接见的尉凤英，思想认识能力有了进一步提升。她悟出个道理：一个人的能力是有限的，要想造出新产品必须有集体的智慧。于是，尉凤英的车间成立了三人“红专小组”，这一新鲜事物当即得到了时任共青团沈阳市委书记张鸿钧的鼓励，三人“红专小组”像滚雪球似的变成了全厂的“红专大队”，这个“红专大队”完成了全厂 707 项设备技术的改造。

在以后的 13 年里，伴随着获得“时代超人”和“工人工程师”的光荣称号，尉凤英又完成了 177 项技术革新，13 次受到了毛主席的接见。

“这幅照片是毛主席在 1964 年接见我们的照片，这幅是 2013 年习总书记接见我们的照片。”

就在我们起身与尉大姐告别的时候，尉凤英自豪的表情，伴随着她依然洪亮的声音，让我的目光又一次落在了挂在墙上的两张大照片上。

看得出来，此刻的尉凤英，又一次沉浸在幸福的回忆中了。

望着 90 岁高龄的尉凤英胸前佩戴的党员徽章，看着她满脸发光的神采，我不由得想起了尉凤英最近说的一句话：“入党誓词就是我的座右铭。”

就是这样一路走来的尉凤英，从没停歇自己无私奉献回报党和人民的脚步。也正是她从“毛主席的好工人”到“最美奋斗者”的足迹，感动了一代代中国人。

以尉凤英为骄傲的沈阳兵工人，2011年作出了一项决定，为那些以尉凤英为榜样,在工作中作出突出贡献的沈阳兵工人授予“尉凤英勋章”。

这闪烁着劳模精神的勋章，成为沈阳兵工人新时代追求的目标。

辽沈集团工会副主席赫姜令告诉我，自从“尉凤英勋章”设立以来，全集团已经有110人获得了此项殊荣。

尉凤英是沈阳人的精神坐标，也是中国工人阶级的一面旗帜。

聆听沈阳这块土地上一个个为中国大工业奠基的英雄的故事，让我想起了“一五”“二五”期间，沈阳创造了无数的“共和国第一”。

那么，沈阳在第一个、第二个五年计划期间，创造了多少个“共和国第一”呢?

答案是铁西区的孩子们在2001年的暑假中找到的。

2001年7月中旬，我曾工作过的铁西区教育局，接到了市教育局关于暑期活动的安排意见后，负责德育工作的同志也拿出了铁西区暑期活动方案。

“我们的这份暑期活动方案，是就沈阳市的情况制定的。我们铁西有铁西的具体情况，是不是在全市暑期安排的总体要求下，结合我们铁西的实际情况作出我们的方案呢？”我望着负责德育工作的同志说。

“结合哪方面的情况好呢？”负责德育工作的同志追问了我

一句。

“我们区12万中小学生，大部分都是工人子弟。目前，沈阳的许多工厂都处在改革之中，能不能让我们的孩子们，回家请在工厂工作过的爷爷、奶奶、姥爷、姥姥、父母，讲一讲他们所在的工厂创造过多少“共和国第一”的产品呢？这样，我们的德育不就是和爱沈阳、爱祖国结合了吗？”

这个想法在局长办公会上得到了认可。

“爷爷、奶奶，你们工厂创造过哪些全国第一呀？”孩子问。

“那可多了去了！”爷爷奶奶眼睛亮了。

“姥爷、姥姥，哪些‘共和国第一’的产品是你们厂子创造生产的呀？”孩子问。

“要说我们厂创造的‘共和国第一’，数不过来呀！”姥爷、姥姥面露喜色。

两个月之后，一份铁西区教育局暑期活动的成果汇报，在铁西区300多名校长、书记参加的干部会上引起了热议。这是一份让参加会议的每一名校长、书记的心情振奋而又自信心大增的汇报单。

正是这项暑期活动的开展，孩子们把退休的爷爷、奶奶、姥爷、姥姥动员起来了。在一个多月的暑假中，孩子们牵着家里老一辈的手，回到老一辈工作过的工厂、车间，有些老师傅走进了工厂资料室，有的老同志敲开了老厂长的家门，还有的老工人带着孙子、孙女走进省市区乃至国家档案馆查阅资料。由此，全区的孩子们调查出来的沈阳各个工厂创造的“共和国第一”竟有517个。

也就是从那天起，500多个全国第一，在孩子、老师的心目中留下了沈阳老工业基地辉煌的印记，也增强了沈阳人在东北振兴中继往开来、再创工业佳绩的信心。

孩子们的调查汇总，成了铁西区档案馆、沈阳市档案馆保留的重点资料。

按照这份资料的导引，我部分抄录以唤起我们的回忆。

从 1952 年起，从沈重生产中国第一台水压机大转子，到沈阳高压开关厂生产的中国第一台 3000 千瓦水轮发电机；从沈阳第三橡胶厂生产的中国第一批航空轮胎，到沈阳变压器生产的中国第一台 13.5 万千伏安的单机变压器；从沈阳桥梁厂生产的第一台 250 吨塔式起重机，到沈阳滑翔机厂生产的第一架中国滑翔机；从沈阳第三机床厂生产的中国第一台四轴自动车床，到第一机床厂生产的中国第一台精密丝杠车床；从沈阳风动工具厂生产的中国第一台凿岩机……

沈阳市工业主管部门从不同角度统计，仅仅是从 1953 年到 1962 年的两个五年计划期间，一个个中国第一台、中国第一架竟有上千个之多。我们不妨设想一下，如果把他们当年研发、生产出来的产品摆到沈阳的浑河两岸，又将是一种什么样的壮观情景呢？

阳光、蓝天、白云，喷气式战斗机呼啸而过，滑翔机垂落的巨大条幅上清晰的“共和国工业长子”与“中国制造业装备部”硕大的标语下，一台台工业母机与一台台生产设备，光彩熠熠。转动的车床和各式生产设备，发动的引擎同频共振，铿锵有力的轰鸣分明是沈阳大工业走在自力更生大路上、建设中国大工业气壮山河的大合唱。

在几百个沈阳制造生产的“共和国第一”之中，如果把劳动模范比作工业生产的“拓荒牛”，那么铁西工业区则是沈阳工业发展的“开路先锋”。

从一张张“一五”时期的照片上我们看到，在当时只有36.9平方公里的铁西区，建设大路以北的北二路两侧10华里长的厂区里，新建的工厂鳞次栉比，红旗猎猎；热气升腾的建设工地上，一个个身穿背带裤子的青年男女，穿梭在新厂区的建设工地，构成了铁西工业区热火朝天的“清明上河图”。

在第一个五年计划完成之后，在铁西区隔三岔五响起的鞭炮声中，迎来了120家新企业的开工典礼。

这是精卫填海的再现。正是这种自力更生建设社会主义大工业的力量，让一家家新工厂披上了中国机械、机电、化工、冶金、农机行业龙头老大的行装。

铁西区工业的高速发展，无疑是沈阳大工业发展的一个缩影。而沈阳大工业的发展，则体现了我们党早已确立的“要实现中国工业化”的指导思想。早在1945年，中国共产党第七次全国人民代表大会就已指出，“未来的中国工业建设，要在若干年内，逐步地建立重工业和轻工业，要使中国由农业国变为工业国。”

新闻电影的胶片，记载了中国从农业国变为工业国的脚步。1956年，是中国工业化进程中最让人刻骨铭心的年份。对沈阳人来说，是工业报喜的锣鼓敲得最响的一年。“共和国装备部”新建设、新产品、新成就的新闻，几乎每天都是《沈阳日报》、沈阳电台报道的头题。

这一年，沈阳提前完成了第一个五年计划，全市工业总产值达到32.8亿元，完成了计划的143.7%。为工业化打下了坚实的基础。这一年的统计数字，对1956年全国大工业企业的阵容作了如下的表述：

“1956年年底，全国有1.2万个大中型企业，辽宁就有900多家，沈阳有300家。”

伴随沈阳第一个五年计划的提前完成，一条条金光银线织补了国内工业领域的空白，仅仅是5年的时光，沈阳已经发展成为国内第一个以机电工业为主的门类齐全的综合性工业城市。

沈阳的工业飞起来了，捷报频传使喜悦绽放在沈阳人的眉宇之间。在飞起来的大中型企业中，沈阳飞机制造公司飞行的羽翼，在祖国的蓝天上画出了第一道让中国人欢天喜地的风景线。

1954年10月，沈阳飞机制造公司接到命令，一项沈飞命名为“东风101”的喷气式战斗机的制造任务，涌动着沈飞人的热血。满满的信心和勇气伴随一丝不苟的工作态度，让一张张图纸的线条和一个个零部件的数码，合成了“东风101”的骨骼。

1956年2月，沈飞人爆出了一个喜讯，“东风101”所需的飞机零部件全部制造完成了。对于中国第一架喷气式战斗机的制造，沈飞人志在必得。早在1955年年底，他们就给国家有关部门呈上了一份报告，请求空军选派一名优秀的喷气式战斗机飞行员承担飞机的试飞任务。空军上下精挑细选，把这一光荣的任务交给了在抗美援朝战场上击落了两架美军F-86佩刀式战斗机的英雄飞行员吴克明。

可以想象，吴克明在接到试飞任务时重任在肩的心情。他一定想到了，这是中国第一架喷气式战斗机，沈飞在期待它首飞成功，空军寄希望于它自由飞翔，全中国都在聆听它穿云破雾的好消息呢！

1956年的7月19日，盛夏的阳光在大地上铺满炽热，沈阳的天空格外晴朗。吴克明登上“中0101”飞机，在万人瞩目下直冲云天，在跃升、俯冲、盘旋、通场的试飞科目完成后，稳稳地停在了预定的跑道上。一时间，掌声、欢呼声、鲜花、笑脸簇拥着走下战斗机的吴克明。

通过验收的佳音、批准生产的消息同时抵达沈阳，随之而来的是《人民日报》1956年9月9日头版《中国试制成功新型喷气式战斗机》的喜讯。

沈飞沸腾了，欢呼雀跃中，他们邀来白云蓝天与他们举杯同饮，请来三山五岳倾听喷气式战斗机引擎的轰鸣，自豪与荣光的沈阳，迎来了隆重的歼5试飞成功的祝捷大会。

中共中央、国务院发来的贺电，沈飞人念了一遍又一遍；军委副主席聂荣臻为祝捷大会剪彩的照片，成了沈飞人自豪的印记。沈飞人把飞机诞生的日子——1956年7月19日，写在了祖国的蓝天。

祝捷大会后第九天的9月19日，4架歼5喷气式战斗机飞进了中国空军的营盘。由此，中国第七个走进了能自己制造喷气式战斗机国家的行列。

可以这样说，歼5喷气式战斗机是我们年轻的共和国的骄傲，作为“歼5”诞生地的沈阳，也同样在荣耀中挺起了自强的脊梁。就在1956年国庆节庆典那天，沈飞的4架歼5飞机列队飞过天安门广场时，毛主席看着天空的飞机，高兴地对身旁的外国朋友说：“那是我们自己的飞机飞过去了！”显然，毛主席是高兴的，而且高兴中还透露着自豪。在以后的日子里，毛主席把他高兴的心情写进了他的《论十大关系》。他在这篇文章中写道：“自从盘古开天地以来，我们不晓得造飞机、造汽车，而今开始都能造了。”

就在4架歼5战斗机向全国人民展示了英姿之后，接连又有767架歼5战斗机装备了我们的空军部队，新中国的天空有了我们自己制造的战机在翱翔。用什么样的语句赞美为祖国制造了制空利器的沈飞人呢?

沈阳人有句通俗的赞语：“沈飞——中国战斗机的‘大天’！”

加速实现国家工业化是全国人民的共同理想，而支撑起沈阳工人阶级为国担当的精神状态的，不仅仅是沈阳人民经济与社会地位的提高，更是社会主义完成了对沈阳人民以及中国人民精神和生活的重塑。

沈阳工人阶级为国担当的精神国家看到了，沈阳在国民经济中的重要地位国家清楚，为把沈阳建成全国以机电工业为中心的重工业基地，“一五”期间，国家拨给全国的基本建设投资16.1亿元，比同期拨给上海、天津的资金分别多23.7%、53.04%，其中用于工业投资的为11.1亿元，工业投资中用于机械工业投资的为8.5亿元，占全部工业投资的76.6%。在国家的支持下，“一五”期间，沈阳新建的工业项目达到了1500个。

沈阳工人阶级没有辜负国家的重托，他们用为祖国奉献青春的臂膀，为国家担起了一个又一个重担。

人们说到水轮发电机，都会想到水轮机的大转子，谈起中国的水力发电，话题离不开陈富文的大转子小组。

看到今天的北方重工，想起了昨天沈重的大转子，特别想与当年制造了大转子的老师傅见上一面，听他们回忆那段炉火与汗水交融的日子，已经成为一种奢望。

作为中国锻造大转子先驱者之一的陈富文，已经离开我们25年了。但全国90%的水力发电站里飞旋的大转子，依然讲述着陈富文的大转子小组30年造出164台转轮没有一个废品的故事。

如何能找到跟随陈富文的脚步铸造过大转子的人呢？我把采访的焦点对准了时任北方重工宣传部部长的刘晓东、沈阳铸锻工业公司的副总张克学和现任宣传部部长王丹。在他们接力式的寻找过后，经他们的引荐，我见到了陈富文最后一位徒弟、曾获得过省市劳动模范和全国五一劳动奖章的高培亮。

2023年4月2日，我在刘晓东和张克学的陪同下，见到了71岁的高培亮。说起师傅陈富文，高培亮的眼神中流露出对师父的崇敬。就在高培亮讲述了陈富文和沈重大转子小组的故事之后，我向高培亮提出，想听听陈富文那些年生产的大转子，具体安装的地点和功率数。

就是这一采访问题的提出，让高培亮沉思了许久。而正是他说出的一句话,让我看到了陈富文的较真精神在高培亮身上的延续。

“那些大转子都安装在哪儿，多大瓦数的大转子，我要回家一件件地核实再发给你。要知道，我师傅陈富文，可是机械部命名的全国一面红旗呀，对他的成绩单，来不得半点马虎！”

陈富文的故事从高培亮嘴里说出来的时候，我好像也与高培亮一样走进了那个年代。就在我们与高培亮交谈的过程中，有一根线索一直牵动着我，那根线索的发端，与我们国家的水力发电能力有关。

有一组水利部的资料：“1949 年，我国的水电总装机容量仅 36 万千瓦，年发电量仅 12 亿千瓦时。”一度电等于 1 千瓦时，沈阳市 2022 年全社会用电量是 400.2 亿千瓦时。12 亿千瓦时是什么概念可想而知了。为此，我了解陈富文的故事，是从中国的第一个大转子开始的。

1952 年 2 月，34 岁的陈富文在沈阳重型机器厂当上了一名铸造工人。

“重型厂十几个工种，为啥选铸造工？”有人不解地问。

“前些年，我在日本人工厂干的就是翻砂铸造，别的活也不会干哪！”陈富文谦虚地说。

“开始大家都对你考上八级工有想法呢，原来你有铸造的本事呀，服了。”

凭着对新中国的热爱和熟练的手艺，陈富文考上了铸造行业的八级工。也正是这个时候，让陈富文一展身手的机会来了。

1953年3月的一次车间班前会上，车间主任公布了一件大事：

“知道国家第一机械工业部吧，说白了，就是咱中国管理机械工厂的最高部门。”

车间主任环视了一周，看到来开会的人，纷纷点头后说起了正文。

“大家知道就好，部里发文件了，要造大转子。多大的转子呢？干什么用的呢？我告诉大家，这个大转子跟以前咱们干的转子不一样，这个转子10000千瓦，谁见过？”

“哇！”车间的工人发出惊诧的叫声。

“10000千瓦？那是多大的转子呀？！”

“别说没见过，听都是头一次。”

“没见过是吧，我去吉林丰满水电站看过，那里的水轮机转子，美国的、日本的、英国的，可没有一个是咱中国的，咱们能不能不蒸馒头争口气，造出一台咱中国的大转子给他们看看？”

“主任，你说这转子10000千瓦，干什么用呀？”一个工人问。

“那好，我告诉你们，这转子呀！”车间主任的目光瞄向了陈富文。

“老陈，你老家是盖平县，对吧？”车间主任问，陈富文点了点头。

“你从老家出来的时候有电灯吗？”车间主任又问。

“有油灯。”陈富文回答。

“好！大家听明白了吧，咱这转子造出来，就是给水轮发电机配套的，是水轮发电机的心脏设备。”

“明白了，这大转子就是水轮发电机发电用的，对吧？没说的，这转子，他美国人能干，我们就能干！”陈富文站起身，目光中透露出一种自信。

“老陈，尽管你是‘八级大工匠’，但这活儿也不一定能干出来！说说，你凭啥说能干出来？”车间主任问。

“凭啥？解放前，那是给日本人干，受尽了日本人的欺侮，现在咱是为咱新中国干，当家作主就得有当家作主的样儿！不是有图纸吗？有图纸我就能干出来！”

“好，陈富文，咱们可一言为定。从今天起，咱沈重的大转子小组就算成立了，你陈富文就是大转子组的组长，怎么样？”车间主任的眼神露出一种信赖。

“干就干！”陈富文的话，赢得了工友们的一阵阵掌声。

组长，工厂里最小的“官”，可就是这个最小的“官”，干出了惊天动地的大工件。

陈富文的目光落在那张上千个尺寸构成的图纸上。一个月过去了，图纸还没吃透。

陈富文急了，他拿着图纸，把不明白的地方一一标出来，一个一个地找工程技术人员请教。尽管这样，陈富文还有解不开的难题，而家里的几个大萝卜则成了他理解图纸的模型。就这样，生产准备的顺序，一点一点在陈富文的心里有了路径。

一次次失败，一次次重新再来，直到大转子图纸上的尺寸都印在工友们的心里，陈富文才下达了锻造大转子正式开工的号令。

4 个月后的一天，沈重的厂报刊登了一条新闻《10000 千瓦的水轮机大转子制造成功了》。陈富文的大转子小组的名字，在全厂叫开了，叫响了。

这是中国第一台水轮机大转子呀，各项指标完全合乎技术标准。

正当陈富文的大转子小组又接连造出了 19 台 10000 千瓦的大转子时，国家水电部门又交给他们制造 12500 千瓦大转子的任务。没多久，12500 千瓦大转子又在陈富文的小组制造完成了，为此，国家水电部门向陈富文的大转子小组发来贺电。

中国人造出万吨大转子的新闻，让英国人坐不住了。带着疑惑，几个英国人来到沈阳，指名要看陈富文他们的大转子车间。

1958 年 3 月的一天，厂党委书记顾维衡陪同几个英国工程师来到大转子组参观，就在顾书记介绍大转子小组正准备制造 72500 千瓦的大转子时，几个英国人同时摇了摇头。

“你们还是到英国去订货吧，你们以为能造出 10000 千瓦的大转子，就能造出 72500 千瓦的大转子吗？那是不可能的。”一个大个子英国人对顾书记说。

“能不能造出来让事实说话吧！”顾书记对那个英国人说。

英国人轻蔑的态度不但没让大转子小组的工人泄气，反而激发了陈富文的大转子小组为国家争气的决心。就在顾书记陪同那几个英国人要走出车间大门时，满身沙土的陈富文追了上去，拍了一下翻译的肩膀说：

“你告诉那几个英国人，72500 千瓦的大转子，我们一定会造出来。咱们沈阳的工人就有一股劲儿，你们越瞧不起我们，我们越要干出来！”

翻译听着陈富文的话，看了一眼顾书记，顾书记大声对翻译说：“老陈怎么说，你就怎么翻译。”翻译当即把陈富文的话讲给了那个英国人，几个英国人顿时停下了脚步，边耸肩膀边摇头地对翻译说：

“是72500千瓦吗？几年能造出来？”

翻译把英国人的话转给陈富文，陈富文伸出一个手指。

“是一年吗？怎么可能？那是不可能的！”英国人说。

“那好！可能不可能，一年之内，就等着看我们72500千瓦大转子成功的新闻吧！”

陈富文是理智的。他明白，决心只有加上技术手段，才能造出理想的产品。就在那几个英国人离开工厂之后，陈富文围绕72500千瓦大转子的生产，一件件地落实了生产的保障条件。

陈富文的心里有数，从10000千瓦到15000千瓦的大转子，他们已经制造出20多台了，这些年制造大转子的经验告诉陈富文，72500千瓦的转子与10000千瓦的转子比较，不是转子从小到大的复制，要解决的是转子的承载条件和专用砂箱的问题。

有什么办法能解决专用地坑的问题呢？“就地取材”几个字让陈富文的目光瞄向了车间里的一个角落。

“我想在车间这块地方挖个地坑。”陈富文指着车间的一个角落对车间主任说。

“挖地坑解决铸件的承载，是吧？”车间主任问。

“咱这车间，挖下3米就能见水，水火不相容，知道吧？滚烫的铸件遇到水会炸的，我可提醒你。”车间主任说。

“放心，我这大坑，挖到两米的黄土层就结束，为了防止你说的问题，我们准备了钢板垫底，安全没问题。”陈富文的话显得信心十足。

就是从车间主任点头那天起，十几天过去了，一个整齐见方的能承载几百吨重载的“大地坑”完成了。

72500 千瓦的大转子，没有标准的砂箱不行啊！

陈富文解决新砂箱需要的 35 号钢板，两天之内就解决了。一个个标准的新砂箱摆在了陈富文的眼前。

“车间、厂里这么支持我们，还有啥说的？干！我可是把话说出去了，72500 千瓦的大转子，一年要造出来。看这架势，半年就能干出来！能不能干成，全靠兄弟们的干劲儿了，行不行啊？大家说句话。”

“行！大转子小组啥时候说过不行啊！”

陈富文班前动员会的几句话，得到了大转子小组的积极响应，一场场披星戴月、挑灯奋战 72500 千瓦大转子的攻坚战拉开了序幕。

4 个月之后，“72500 千瓦大转子制造成功”的新闻，从《沈阳日报》飞向了全国各地。

又是 3 个月之后，从新安江水电站匆匆赶回来的陈富文，带回了 72500 千瓦的大转子在新安江水电站运行正常，并达到了世界先进水平的消息。工人们一片欢呼声。

“陈师傅，请咱们顾书记给那几个英国人打个电话，让他们到咱沈重来订货吧！”一位师傅对陈富文说。

陈富文大转子小组的名声越叫越响了，就在72500千瓦的大转子在新安江安家之后，《沈阳日报》发出了一条消息："沈阳重型机器厂生产的72500千瓦大转子，经有关部门鉴定，它的尺寸精度已达到世界先进水平。"

也就是在那一年，沈重的大转子小组抱回了全国机械工业先进集体的锦旗。

2023年4月4日，高培亮给我发来了一则微信：

"以下的情况都是我到重型厂工作后收集的。"

"72500千瓦大转子转起来之后，我师傅的脚步更忙了。让沈重的领导和工友们都不敢相信的一个数字登上了沈重的厂报：'陈富文的大转子小组，保质保量地完成了10台72500千瓦大转子的生产任务。'"

奇迹伴随着奖章、绶带，鲜花簇拥着奖杯，一次次地拥向了陈富文的大转子小组。

高培亮还告诉我："1963年沈重大转子小组成立10周年，就在大转子小组10年生日到来的时候，第一机械工业部为我们送来了最好的生日礼物：《关于学习和推广沈阳重型机器厂大转子小组经验》的通知，由第一机械工业部发往全国。这个通知签发的日期，1963年6月20日，恰好是我师傅的45周岁生日。"

"我没能见到师傅看见那份通知时的表情，但我可以想象得出来，那个生日一定是师傅这辈子过得最高兴的一个。"

高培亮的想象，被大转子小组的业绩证明了。

自从陈富文打起机械工业战线第一面红旗之后，他们造出的大转子的型号越来越多，而且吨位越来越大。

10 万千瓦的大转子、22 万千瓦的大转子、30 万千瓦的大转子……转动起了一台台汽轮机发电的引擎，点亮了中国大地上的万千灯盏。由此，陈富文榜样的力量，也在一代代的沈重人之中传承。

高培亮是陈富文的最后一个徒弟。1983 年，就在陈富文接过了沈重总锻冶师的任命的当天，高培亮也幸运地当上了陈富文大转子小组的第九任组长。

“别看是组长，压力不比车间主任小哇！师傅这些年生产的转子没有一件废品，件件都受到用户的称赞。我当组长最大的压力就是，国内许多矿山企业慕名而来，指名要把他们的重要产品交给我们生产。”

1988 年，国内一家铜矿找到沈重的上级主管部门，点名要求大转子小组为他们生产破碎机的配套机架。他们之所以如此信赖大转子小组，是因为之前使用过的机架都没能达到他们的要求。

接受了机架生产任务的高培亮，并没有急于安排生产任务。他与车间技术人员仔细查看了图纸后，找到了他们之前的机架达不到要求的症结，机架下方有 6 个直径 500 圆的大暗冒口，会给铸件加工带来质量影响，为此，高培亮大胆提出了取消暗冒口，用内外冷铁替代的办法。

高培亮的办法实施后，各项技术指标都达到了设计要求，产品质量有了突破性的提高，还节省了钢水 20 吨，成本也明显降低了。

就是这一工艺的改进，获得了辽宁省科技进步成果二等奖。

岁月悠悠，陈富文和他的大转子小组，铸造了 23 种不同规格的转轮 164 台，总装机容量达到了 623 万千瓦。如今，那些安装在水电站的大转子，有的依然在中流击水，有的已成了城市工业文化的钢铁展示品，以一种凝固的语言向后人诉说着陈富文与大转子小组的故事。

陈富文的大转子转起来了，生发出无穷的能量。

沈重生产重型，沈重也生产志气。

每个人都有一种昂扬向上的底气，这种气与气的联结，锻造了沈重人英雄的集体。

发展的路虽然留不下时间，但留下了火红的时代精神。

有一组在档案馆得到的数字，让我激动不已。在第一个五年计划的 1957 年，从沈阳的工业上缴国家利润的统计中得知，沈阳工人创造的利润，超过了国家对沈阳投资总额的两倍以上。

《沈阳工人运动史纲》对第一个五年计划作出了这样的记载：

截止到“一五”末期，沈阳工业技术水平快速提升，机械工业产品从国民经济的恢复时期仅能生产的 178 种，增加到 1957 年的 441 种。沈阳为鞍钢、武钢、包钢国家重点钢铁基地，提供了众多技术设备，为国家的经济建设积累了大量资金，为全国兄弟省市输送了几万名技术工人和技术人才。

一个以机电工业为主，门类齐全的综合性工业城市，得到了全国人民的瞩目。

正是沈阳工人阶级敢于争先、为国家工业发展吃苦耐劳精神的传播，让沈阳的工业建设走上了突飞猛进的大路。

1957 年，第一个五年计划胜利完成的进行曲在沈阳唱响的时候，沈阳的工业总产值达到了 53.7 亿元，占全省比重的 32.82%，是 1952 年的 3.6 倍；在全国的大城市对比中，沈阳连续七年把全国排名第三揽入了自己的怀中。

由此，全国哪个城市需要重工业设备，哪里就有沈阳人制造的工业母机。“中国歼击机的摇篮”“中国机床之乡”“中国变压器制造中心”的美誉，在沈阳扎下了根基。

第一个五年计划的最后一天，《沈阳日报》在头版头题发布了一则消息《沈阳工业产品支援了国家建设》。这则消息的导语如是说：

在第一个‘五年计划’的最后一天，又有 133 辆车皮装着本市生产的机械设备、电器设备，从沈阳南站开向全国各地。在这五年内，沈阳的工厂用数以万计的工业产品，支援了全国各个经济部门的建设。

保和平　锻造利剑的营盘

对英雄的记忆和感念，是传承英雄精神的基础和动力。

——写作有感

有一种力量，得益于沈阳解放后的阳光，有一组数字，见证了阳光下的力量。在沈阳解放后不到两年的时间里，国营工厂职工总数由4600人增加到了13.2万人，私营工商业由17580户增加到了29416户。当家作了主人的沈阳工人阶级，怀揣建设新中国的理想，恢复国民经济、迎接国家大规模经济建设，创造了生产新纪录6000余项。人人投身社会主义建设新高潮，成了沈阳工人阶级的共同愿望。

然而，1950年6月25日，朝鲜战争爆发了。10月19日，肩负祖国人民重托的中国人民志愿军跨过鸭绿江，开始了伟大的抗美援朝战争。也就是从那天起，把铺盖卷搬到车间，不计时间、不计报酬抓生产、抢进度成了沈阳工人阶级的自觉行动，边生产、边支援抗美援朝前线的斗志，把沈阳变成了锻造打击侵略者利剑的营盘。保障前线军需装备“大后方的大前方”，成了沈阳支援抗美援朝的一张自豪的名片。

1950年9月15日，正当全国人民兴高采烈地迎接中华人民共和国成立一周年的时候，麦克阿瑟指挥“联合国军”约7万人，在海军第七特遣舰队的掩护下，于朝鲜人民军后方朝鲜西海岸的仁川地区（今韩国广域市）实施了两栖突击登陆，朝鲜战局急转直下。

9月30日，政务院总理、外交部长周恩来发表声明：“中国人民绝不能容忍外国的侵略，也不能听任帝国主义者对自己的邻国肆意侵略而置之不理。”

“联合国军”总司令麦克阿瑟公开表示：“周恩来的声明，更多的意义在于一种政治恫吓，中共没有发动战争的能力，他们不具备相应的工业实力。”

10月1日，麦克阿瑟通过广播电台向金日成发出了投降敦促书。也就是在这一天，金日成向中国发出了求援电报。

此时，一个关乎国家命运的抉择摆在了年轻的共和国面前。战火已经烧到了鸭绿江畔，战争已经打到我们家门口了，如果不出兵朝鲜，刚刚恢复生产的东北工业基地，就会处在美国的直接威胁之下。

作为战略大后方的东北，一下子变成了国防的最前线，一场对中国和世界产生深远影响的战争突然降临了。

“打得一拳开，免得百拳来。”中共中央和毛泽东主席高瞻远瞩，审时度势，作出了“抗美援朝、保家卫国”的历史性决策，1950年10月19日，中国人民志愿军雄赳赳气昂昂地跨过了鸭绿江。

就在此时，正在一张白纸上描绘新中国建设蓝图的沈阳，变成了抗美援朝“大后方的大前方”。从此，“一切为了抗美援朝，一切为了前线”的动员令，让沈阳扛起了全力支援抗美援朝前线的重担。

装满武器弹药的列车，从沈阳开赴前线；一条连接东北与全国的交通要道畅通无阻，沈阳成为打不断、砸不烂的钢铁运输线的枢纽。全市254家企业发出了“前线需要什么，我们就生产什么”的呐喊，沈阳成了全面动员支前生产的第一线。全市上下同仇敌忾，又一次以伟大的无私奉献支援前线，捍卫新生的人民共和国，各行各业涌现出了无数可歌可泣的英雄人物和英雄故事。

就在中国人民志愿军入朝后的第六天，全国战斗英雄代表会议和全国工农兵劳动模范会议在新中国的北京召开。毛主席在这次会议上发表了一篇祝辞，第二天刊登在《人民日报》上。

毛主席说：“中国必须建立强大的国防军，必须建立强大的经济力量，这是两件大事。”

毛主席的祝辞发表之后，前不久还在劳模大会上与毛主席合影的东北航校机务处第五厂的劳动模范马德有，又一次披挂上阵了。

马德有精心制造的飞机修理工具，解决了一个个生产难题的好消息，在工人中传递着。

“哎，你们说老马也神了！‘雅克－17’‘拉－9’飞机在他手里又飞起来了。”

“何止这种飞机，装配‘米格－15’，他更‘有一把刷子’，真不愧是全国劳模。”

“知道为什么老马神吗？”

“为什么？”

“老马手里有一套工具，你没听厂里的广播里说吗？”

自从中国人民志愿军入朝的消息传来之后，马德有的一天24

小时都以车间为伴了。志愿军在朝鲜打胜仗的消息鼓舞着他，同时，他也为年轻的中国空军驾驶的米格 –15 担忧。当时，美国在朝鲜战场上投入了 1100 架战机。马德有明白，他们厂就是志愿军空军的后方维修基地，及时、快速地修好每一架战机，就会让我们的空军多打胜仗。

带着这种感悟，用于修理活塞发动机、气缸研磨机的工具，又在老马的手里制造出来了。就此，马德有制造的修理飞机用的模具、夹具和实验设备在工作中应用，提高了功效 6 倍的消息，又成了厂里争相转告的新闻。

从此，“马德有工具”成了马德有最响亮的名字。

在创作这篇稿件的过程中，我在沈阳市总工会组织编写的《沈阳工人运动史纲》里见到一个数字，凭借“马德有工具”提高的效率，马德有和他的工友们修理好的各种飞机达到 600 多架。

但凡想干事业的人，都希望他带领的队伍中有一个“扛旗”的人，马德有就是航校机务处修理五厂四梁八柱中的承重梁。

这样的人才，谁不想要呢？马德有成了航发系统的“香饽饽”。

1951 年的 6 月，一纸调令把马德有调到了沈阳新光机械厂装配车间。

马德有清楚，对外号称一一二厂的这家工厂是中国第一个制造战斗机的工厂。他告诉车间主任：“朝鲜前线正是需要飞机的时候，只要是和飞机有关的，让我上哪儿去，干啥都行。”

走进一一二厂修理车间的第一天，马德有的眼睛就盯上了车间的生产工具，让他看不下去的是飞机发动机零部件的洗涤。

“咱们用人工洗刷发动机零部件，费工费时不说，也浪费能源哪！”马德有边画图，边和围在他身边的工友说。

几天过后，马德有的面前堆满了废泵、废管、废槽、废喷嘴，显然，马德有的又一场工具革新开始了。

半个月后，一台由废品组装重新利用的洗涤机，引来了装配车间期待的眼神和交口称赞。

“好家伙，咱们过去洗涤一台发动机零件的工时是 100 小时，马师傅，有了你这台洗涤机，10 个小时就解决了。”

“这要看怎么算了，按一天工作 8 小时计算，洗一台发动机零部件，得 12 天才能完成，没错吧？如果用上老马这台设备，咱早晚各加一个小时的班，一台发动机的洗涤，用一天不就完成了吗？”

“马师傅，你做这台洗涤机是怎么想的呢？”车间主任喜笑颜开地问道。

“咋想的？发动机是飞机的心脏，咱们志愿军空军的飞机少，如果能有一台快速的零件洗涤机，腾出我们工作的时间去装配飞机，把时间用在装配飞机上，那多一架飞机，不就多一分胜利的把握吗？”

“马师傅，洗涤部件问题解决了，你下一个目标是什么呢？”车间主任把期待的目光又一次投到了马德有的脸上。

“当然还是和发动机有关。”马德有的回话显露出一种神秘感。

成功来源于周密的思考。

1951 年 8 月，美军出于让我们的铁路补给线完全停顿的目的，加大了对我们的空中封锁。配合这一计划的实施，美军在朝鲜战场上的作战飞机，骤然由 1100 架又增加到了 1700 架。

听到这一消息的马德有，深知一场空中大战即将展开。为此，他加快了制造旋转式分解台的脚步。

马德有要改造发动机零件分解台的想法，从他迈进修理车间大门那天就产生了。自从马德有调到修理车间，每逢他路过发动机零件分解台时，总是要在分解台前看上几分钟。

马德有看得清楚，工人在分解发动机零件的时候，开始还很顺手，可一旦要分解发动机下部的零件时就犯了难。分解发动机零部件的师傅，不得不临时喊人搬动发动机，工作起来十分困难。看到这一场面，马德有就产生了让发动机的机体可以翻转的想法。

经过马德有细致的观察和巧妙的设计，他的愿望变成了现实。

1952 年年初，一台在分解发动机零件时可以自由翻转 180 度的发动机分解台制作成功了，大大降低了工人的劳动强度和分解发动机的时间。

有一个场景永远地留在了修理车间工人的记忆中：工友们看到，马德有在操作发动机分解台时，随着齿轮转动，发动机竟然发生了 180 度的自由旋转。那一刻，工友们瞪大眼睛、屏住呼吸，表情就像一群孩子围着一件从没见过的玩具。接着便是掌声雷动、欢声笑语。

笑声，自从马德有来到修理车间之后就越来越多了。看到工友们兴奋的心情，又一个新的创想在他的头脑中萌生了。

“何不把这种办法运用到机匣夹定器上呢？这样，机匣的修理也能旋转自如哇！”

按照马德有的想法，一个随意固定、旋转自由的机匣夹定器便诞生了，工友们向马德有发出了“马到成功”“老马识途”的一声声赞誉。

1956 年 1 月，马德有的脚步又迈进了四一〇厂的装配车间。就在机匣工段长的工作岗位上，伴随一次次生产工具革新和一次次劳动模范的奖章戴在胸前，马德有人生的脚步迈进了花甲之年，捧着“攻关尖兵”光荣证书的马德有，走进了退休队伍的行列。

憧憬是没有年龄限制的，退休后的马德有创造的细胞依然充满活力，就像一台不熄火的发动机，一直转动着轰鸣的引擎。

1974 年的一天，一条厂里生产的发动机发生事故的消息，让马德有在家里急得团团转。

一种责任心的驱使，让马德有迈开了急匆匆赶往工厂的脚步。还没等工友们介绍情况,马德有的眼睛立即对事故发动机展开了“扫描”。观察思考了片刻，立即对发动机作出了让上上下下都点头称赞的建议。

“何不制作一个能拿到空军外场，进行检查的专用工具，然后再利用理化鉴定办法去发现问题呢？如果这样，就可以大大减少返厂发动机的数量啊！”

马德有的一句话，如灵光一现，找到了解决问题的思路。由此，工友们豁然开朗。

“马师傅，这种检查工具还得靠你拿出来呀！”

马德有点头了。

点了头的马德有又重新穿上了工作服，戴上了老花镜，开始画他心中设想的草图了。就在他的检查工具成型之后，往返于车间与空军部队的路上，他信心十足的脚印越来越清晰了。

1 个月之后，马德有把一件近似机械手的检查工具摆到了领导和工友们面前。就是这个仅有 30 毫米的检查工具，获得了难以想象的效果。

“检查工具准确率 100%”，它如同一个老战士在靶场扣动扳机，发发子弹都正中靶心。一时间，困扰企业的特大难题解决了。仅此一项检查工具的创造，老马就为单位挽回了几千万元的损失。

从 20 世纪 50 年代初到今天，即便是马德有造出第一件马德有工具时出生的后人，也走进了古稀之年，然而，马德有如同一颗闪亮的星星，依然闪烁着璀璨的光芒。

2023 年 5 月 5 日，对沈阳的工人运动史颇有研究的沈阳市工会事务与职工服务中心党委书记徐子华，给我发来一张马德有的雕像照片，并作了如下的说明：“全国劳动模范马德有的雕像坐落在黎明公司发动机装配厂的门前。”

2023 年 5 月 6 日，走出沈飞航空博览园展厅，我驻足在出口处的石阶上，向陪同我参观的沈飞集团党委宣传部的王锋道出了我的感慨，同时，也提起了我关心的几个历史细节。

“作为一个老沈阳，我第一次参观家乡的航空博览园。震撼、自豪是我的总体感受。让我震撼的是，沈飞从一个修理发动机的工厂，变成了今天已经生产制造了40多种机型、数千架飞机的制造厂；让我自豪的是，今天的沈飞从新中国航空工业的发祥地，已经变成了中国歼击机的摇篮。我在为沈飞自豪的同时，也在为我作为沈阳人而自豪。”自豪、光荣溢于言表的同时，我又迫不及待地向王锋抛出了几个问题。

“抗美援朝战争初期，中国空军司令员刘亚楼曾经来过你们厂，他是什么时候来的？给你们厂布置了什么任务呢？”我的眼神驻留在这个不到50岁的中年人脸上。

“刘亚楼司令员到我们厂的时间是1950年12月，厂志上记载，他是从北京坐火车到沈阳的，刘司令员下了火车就直奔我们厂来了。这里需要说明的是，他当时来的是东北航校机务处第五厂，那是我们厂的前身，我们是1951年6月29日更名为国营一一二厂的。我们的第一任厂长叫熊焰，他既是东北航校机务处第五厂的厂长，也是我们一一二厂的厂长。沈飞人都知道，熊焰是我们厂的奠基人。”

望着我认真倾听的表情，王锋又继续说道，“刘亚楼司令员见到熊焰厂长后，交给了我们一个紧急的任务，要求我们在3个月内生产出3000个飞机副油箱。可是，东北航校机务处第五厂是修理飞机的，没做过副油箱呀！”

“那怎么办？你们熊厂长怎么回答的呢？”看着王锋，我急切地问道。

“那还有什么说的，干呗！熊厂长明白呀，战斗机一旦起飞就会消耗许多油料，为了保证战斗状态和续航能力，飞机必须要携带副油箱呀！熊焰厂长当时就向刘亚楼司令员作出了保证：‘请首长放心，3000 个副油箱的任务一定如期完成，完不成任务提头来见！’”王锋的语气再现了他们老厂长当年的勇气和担当。

“作为沈飞人的后代，我对那段历史有过一些了解。那时候的东北航校机务处第五厂，还有一项紧急任务，就是 100 架苏联的米格 15 飞机零部件要以最快的时间组装成飞机，支援抗美援朝战场。”

“对呀，刘司令员来的时间是 1950 年 12 月，这个时间正是抗美援朝第二次战役的时间哪，那你们怎么干的呀？”没等王锋的话说完，我又急不可待地发问了。

“没有图纸，更没有生产副油箱的经验，熊厂长就和人员进行实物测量、绘制图纸。没有铝板，就选择铁板替代。为了保证副油箱不漏油，工厂调集了全厂最优秀的焊工，用焊‘洋铁壶’的手艺，保证了每一个副油箱没有一处漏点。3 个月时间到了，我们生产了 3027 个副油箱。对了，何止是 3000 多个，以后又增加到 6000 个，最后我们为空军部队生产了近 1 万个副油箱。这里必须说明的是，在第二次下达让我们生产 6000 个副油箱的任务时，铁西的几家大工厂也参与了生产副油箱的任务。”王锋说到这儿时，眉头上扬，难掩自豪之情。

“那 100 架米格 15 飞机的零部件组装任务完成了吗？”我又进一步发问。

“这段历史你问着了，对于飞机的组装，熊焰厂长有一段回忆：当时，苏联用火车给我们运来的100架飞机，大都是米格15，还有少量米格9和米格15BHC，但这些飞机都是卸下了飞机膀子和尾翼装在大木箱里的。装飞机的大木箱运到沈阳后，我们组织了几十人卸火车，开始也没工具，就用铁管子垫在木箱下，一点点地滚动，后来我们有了吊车、拖拉机，运起来也就方便了。没有工具、夹具，我们就自己制作，提前完成了100余架飞机的组装任务，还修理好了105台苏联的飞机发动机。抗美援朝战争初期，咱们的空军飞行员王海、李汉、赵宝桐、范万章就驻守在北陵机场。第一个击落美军F80战斗机的李汉和击落了美军9架战斗机的战斗英雄王海，驾驶的都是我们组装的米格15飞机。”

王锋在给我介绍这段历史的时候，每一句话都洋溢着自豪感，尽管他的年龄与那段历史相距几十年，但他表达的语境就如同他也是那段历史的亲历者，让我这个同在一个城市生活的沈阳人，顿生一种钦佩之情。

正是这份油然而生的钦佩和敬慕，让我在目光扫过博览园的13架战斗机之后，想起了抗美援朝战争后的一份历史资料。

这份资料让敌人心悸，让我们欣喜。

据抗美援朝战争结束后的统计，中国人民志愿军总计击落敌军飞机330架、击伤95架。425架敌军飞机被击落击伤，这对侵略者而言无法接受；而对年轻的中国空军来说，无疑是一段最为骄傲的历史。

在美国人记载的资料里，描绘了这样一个场景：美国空军参谋长范登堡看到这组被击落击伤飞机的数据后，指着天空说：“一夜之间，中国成了世界空军最主要的强国了。”

显而易见，范登堡的仰天长叹，是对他们被志愿军空军击落击伤425架飞机发出的哀叹。而包括麦克阿瑟、李奇微在内的美国将军，哀叹的是号称世界第一军事强国的飞机，遇到了敢于在空中与敌人拼刺刀的中国人民志愿军。他们无法理解，这支年轻的空军力量和中国空军身后刚刚学会了组装飞机的沈飞人所创造的一个又一个奇迹。

抗美援朝战争之前，世界上许多国家都有自己的王牌部队，比如美军的北极熊团，英国的“陆军双徽营”格洛斯特营，他们的名号一个比一个响亮。而在抗美援朝战争结束后，由16个国家组成的“联合国军”的王牌部队，竟一个个地销声匿迹了。一位德国历史学家研究了众多的战例后，最终得出的结论是：“只有中国人民志愿军才是真正的王牌部队。”

无疑，这个结论是正确的。这是因为由我们党领导的军队，之所以从1927年以来不断发展壮大，除了听党指挥、英勇善战之外，还有一个与外国的“王牌部队”本质的区别，这就是无论是中国人民解放军还是中国人民志愿军，都是一直得到人民支持的军队。作为抗美援朝“大后方的大前方”的沈阳，在工业奠基进程中发挥出来的支援前线的力量，足以证明这一点。

当年的美帝国主义侵略者，或许至今也无法理解，作为“前方的后方，后方的前方”的沈阳人民，特别是那些原本只是生产加工简单设备的工厂，那些手握铁锤、焊把的工人，是在怎样的力量的支撑下描绘出了一幅幅全力以赴支援前线的英雄画卷啊!

有一组精心统计的数字可见一斑：20世纪50年代初，在只有近300万人口的沈阳，竟有7400人从工厂、机关、学校、乡村佩戴光荣花成了“最可爱的人”。

作为中国人民志愿军铁路运输指挥中心的沈阳临时指挥所，24小时灯火通明，仅1950年10月12日至16日的5天里，就分批运送入朝的粮草弹药车256辆；从1950年的第四季度开始，从沈阳运往朝鲜前线的军运列车，日装车达到了1000辆以上。

沈阳的铁路是运输大动脉，沈阳的大工厂就是支前模范。

炮鞍13384架、军马掌71万副，表达了沈阳拖拉机厂工人支援抗美援朝的热情；飞机副油箱、高射炮炮车，运去了沈阳鼓风机厂职工支援志愿军部队打赢抗美援朝战争的信心。

为保证抗美援朝前线受伤的指战员及时得到治疗，沈阳医疗器械厂在近3年的时间里，为前线运送了130多万件手术医疗器械。

朝鲜前线急需军镐，沈阳重型机器厂19天生产了20万把军镐送到了前线。

面对美军投下的细菌弹，东北制药厂生产的农药杀虫剂有效抵御了美军发动的细菌战。

不能让志愿军将士空着肚子战斗，沈阳的大街小巷支起了炒面大锅；铁西的沈阳饼干厂通宵达旦连轴转，在一年半的时间里，为志愿军将士生产军用饼干8000多吨。

三五〇五厂的98万套军服，沈阳橡胶三厂的米格飞机轮胎，五二厂生产的82迫击炮、122毫米榴弹和火箭弹，表达了沈阳的工人阶级“前线需要什么，我们就生产什么”的雄心壮志。

这就是沈阳的工人阶级，在生产出各个行业若干个“中国第一”的同时，全国最大的支援前线的铁路编组站，全国最大的救护伤病员的血库，全国最大的志愿军后方医院，全国最大的飞机组装工厂，全国最大的兵员转送站，全国最大的武器弹药生产基地，全国最大的前线物资仓储基地，全国最多的战斗机起落机场，全国最大的军服、药品、食品生产厂都出自沈阳。

沈阳是一座英雄的城市。沈阳工人阶级勇于担当、勇于奉献、勇于牺牲的城市风骨，在抗美援朝中得到了最彻底的彰显，在1951年全市工人工资平均只有33元的情况下，他们节衣缩食、勒紧裤带，一年竟捐献了58架飞机。

就在我撰写这篇稿件时，铁西老工业区的一个朋友为我提供了一个线索。他告诉我，当年他爸爸所在的沈阳桥梁厂，曾派出“沈桥钢梁队”连续在朝鲜战场架桥3年，还有一些人牺牲在架桥前线。

这条消息，让我这个“老铁西”震惊中心头涌起敬佩。

2022年10月初，怀着对英雄的敬仰，我找到了沈阳桥梁厂最后一任厂长张永斌。在张厂长送给我的沈阳桥梁厂《厂志》中，看到了这样一段简短的文字：

1950年11月，我厂组织了246人的‘钢梁队’奔赴朝鲜，每天顶着敌机的轰炸，担负着鸭绿江、清川江、万城、定城的路轨和桥梁的抢修任务……

1950 年 12 月初，“联合国军”在第二次战役中遭到志愿军的沉重打击后，美国政府一边打出“先停火，后谈判”的幌子，一边加剧了对我们前沿铁路的轰炸，致使一些铁路处于瘫痪状态。

1951 年 1 月的一天上午，数九隆冬，位于铁西区的沈阳桥梁厂内锣鼓喧天，全厂职工分列厂区道路两侧，向十几辆大汽车上胸前戴着大红花的工友们挥手，欢送他们开赴抗美援朝前线。

这是一支由沈阳桥梁厂 246 名工人组成的“沈桥钢梁队”，其前身正是我在前文中讲述的在解放战争中架起了北宁铁路线上铁路大桥的那支屡获战功的架桥队，这一次他们开赴的战场是朝鲜的清川江大桥。这座大桥是朝鲜北部最长的铁路桥，1213 米长，是志愿军铁路运输的主要通道。

这是一支特殊的部队，它的全称是中国人民志愿军铁道工程总队。这支部队的成员大都是东北的铁路职工，承担着抢修与维修被敌人破坏的铁路线路和桥梁的任务。“沈阳桥梁厂钢梁队”就是这支特殊部队的先锋队。

1951 年 2 月 3 日，“沈阳桥梁厂钢梁队”接到了抢修清川江大桥的命令。清晨，首先抢修便桥的任务在大桥的南北两岸展开了。当“沈阳桥梁厂钢梁队”队长阴嗣林带着队伍来到江边，准备绑架子、打桩时，结冰的江面上的几个冰窟窿让他顿时怔住了。阴嗣林明白，这几个冰窟窿的下面一定是几颗敌人投下的定时炸弹。刻不容缓，阴嗣林没等中队长曹国旺和张福生发话，马上脱掉棉衣钻入江中，将绳子一根一根地绑到炸弹上，在钢梁队几个队员的协助下，把 7 颗定时炸弹拉到了安全地带引爆了。就是从那天起，“沈阳桥梁厂钢梁队”阴队长不惧生死的故事在工程总队传开了。

4 月 1 日中午，阴嗣林和副队长郝寿朋正在和钢梁队的战友抢修被敌机炸坏的桥梁时，美军数架 B–29 型轰炸机又一次飞到了大桥上空，连续进行了 4 次轮番轰炸，投下了大量重磅炸弹。就在这次敌机的轰炸中，阴嗣林、郝寿朋、李文忠、李盛江等 13 名烈士的鲜血染红了清川江……

有一组数字，今天依然应当铭记。在抗美援朝战争中，为了创建“打不烂、炸不断”的钢铁运输线，全国有 574 名铁路职工光荣牺牲，其中 262 人是沈阳铁路局员工。

还有一组数字，至今依然凸显着沈阳铁路工人的力量。抗美援朝期间，从东北过轨入朝的重车就有 39203 辆，占全国过轨重车的 74.6%，而这些过轨重车都是由沈阳铁路局的职工编发、中转、装车的。

如果将这两组数字描绘成一幅幅对敌斗争的英雄画卷，任何人都会对沈阳全力支援前线的壮举发出由衷的赞美。

这种为保卫新生的人民共和国、保障抗美援朝战争胜利而倾其所有、倾尽全力的无私奉献精神，正是当年辽沈战役之后，沈阳人支援淮海、平津战役，支援全国解放战争的继续。直至今日，这种精神依然在历史的进程中延续着、从未间断。

敬佩之心驱动着我急匆匆寻觅的脚步。

带着找到当年“钢梁队”幸存者的渴望，在半个月的时间里，几经辗转，我终于找到了“沈阳桥梁厂钢梁队”牺牲的工人李文忠、李盛江烈士的子女。

2022 年 10 月 28 日，在原沈阳桥梁厂办公室主任陈向东的帮助下，我拨通了李文忠烈士的儿子李永革在陕西宝鸡的电话。

李永革在电话中告诉我，他的父亲李文忠牺牲时他只有 3 岁。在 16 岁那年，李永革继承父亲的遗志，参加工作来到了桥梁厂钢结构车间，工作没到 1 年，他响应国家支援“三线”的号召与 800 多名沈阳桥梁厂的工人一起来到了陕西宝鸡，组建了铁道部宝鸡桥梁工厂。如今，他已退休 11 年了，但全家至今还保存着父亲牺牲后，铁道部志愿军铁道工程总队颁发给他父亲的“记大功一次”的奖状。

李永革告诉我：“父亲的大功奖状不只是他个人的，也是当年‘沈阳桥梁厂钢梁队’和沈阳桥梁厂的荣誉。我父亲不怕牺牲的精神，是我们必须代代传承的魂魄……”

这时，李永革哽咽了……在接下来的电话中，李永革说出了他埋藏在心头多年的愿望。

“我父亲牺牲后，就地埋在了朝鲜清川江附近的土地上，这些年我一直有个愿望，期待有机会能去朝鲜，到我父亲牺牲的地方祭奠英灵，以了却我对父亲的思念之情。”说到这里，他停顿良久，“唉，即便有机会去，也不知道能不能找到呢！”

“挺身而出、向险而行、不惧牺牲、无私奉献……”听着电话那端的声音，脑海中立刻蹦出这些词汇；这种刻入血脉里的精神力量不正在沈阳工人阶级身上一代一代传承着吗？

决定战争胜负的是人，但武器也是重要因素。说到沈阳是抗美援朝“大后方的大前方”，不能不说到为抗美援朝作出了重大贡献的沈阳五二厂。

在抗美援朝战争初始阶段，以轻武器为主的志愿军要面对的是飞机、坦克、大炮的狂轰滥炸。面对这种局面，沈阳五二厂只用3个月的时间就把20万发破甲弹、反坦克火箭，武装到了志愿军战士的手中。面对一辆辆履带断裂的美军坦克，志愿军战士欢呼雀跃……美军坦克的横行霸道神话在破甲弹的面前破灭了。而研发了破甲弹与火箭筒的吕去病，至今仍然是中国人，尤其是沈阳人心中永远敬仰的第一代弹药火箭专家。

1951年年底，寒风挟持雪花扬撒在沈阳冰封的土地上，而沈阳五二厂的会议室却是一阵阵热烈的掌声。如此盛况，是因为工厂历史上最隆重的表彰奖励大会正在举行，吕去病等7名工程师披红戴花，他们荣获了国家发明创造一等奖。

如此殊荣颁发给五二厂以吕去病为首的7人小组，是缘于他们自行设计和研制成功了我国第一代反坦克火箭弹和发射筒。

在这次奖励大会两个月前，《东北日报》刊登了让沈阳兵工人引以为傲的新闻：

志愿军使用的反坦克火箭弹，成了“联合国军”各式坦克的克星。一个月内，志愿军击毁了敌人的坦克282辆，美军的“秋季攻势”，在我们的火箭弹面前打了败仗。

1951 年 9 月底，为增加谈判筹码，“联合国军”在朝鲜战场上发动了“秋季攻势”，集中了轻、中、重不同类型的坦克 500 多辆，妄图攻占志愿军东线阵地。在他们看来，志愿军的地雷、集束手榴弹、爆破筒是无法与坦克群抗衡的。然而，他们万万没有想到，守卫阵地的志愿军刚刚收到了由沈阳五二厂研制的 90 毫米反坦克火箭弹。正是这批反坦克火箭弹的到来，改变了战场上的态势，经过三天三夜的激战，志愿军第一次创造了击毁“联合国军”和南朝鲜军坦克 38 辆的战绩。

无疑，这是志愿军反坦克战斗中沈阳兵工人研发制造的火箭弹重创敌人坦克最早、最多的战例了。由此，沈阳五二厂吕去病的名字写进了中国的兵工史。

有一个场景深深地印在吕去病的心中，也让沈阳的兵工人深感自己责任的重大。

1950 年 10 月 15 日，志愿军入朝作战的前 4 天，志愿军司令员兼政治委员彭德怀视察了沈阳五二厂，亲自了解了火箭弹的生产情况和装备一个团火箭弹的最快时间，以及钢材供应等问题。

彭德怀司令员奔赴朝鲜战场之后，一个重任——中央技术管理局火箭研究组组长和五二厂技术科长、主任工程师的担子，扛在了吕去病的肩上。

熟悉兵器的吕去病，深知坦克快速的突击力、机动力，强大火力和防护力的作用；他也清楚，研发、生产反坦克武器，对取得抗美援朝战争胜利的作用；他更清楚，彭德怀司令员在入朝前专程到五二厂，询问火箭弹研发生产情况时急切的心情。也就在这个时候，正在研制反坦克武器的吕去病，接到了中央军委下达给五二厂的命令：“3 个月内研发出反坦克武器。”

接到任务的吕去病失眠了。90 天必须限时完成任务——他的研发难度陡增。从那天起，他把工作时间从 8 小时增加到 16 小时。吕去病清楚，火箭弹、火箭发射筒的研发在国内还是空白，但如果前线的战士早一天有了反坦克武器，抗美援朝战争就会早一天迎接胜利的到来。

从接到研发命令那天起，研究、思考、实验，成了吕去病领导下的 7 人小组和五二厂攻关火箭弹和火箭筒的同志们的共同行动。

时针的转动如同催征的战鼓，距离完成任务的时间越来越近了。

1951 年 3 月的一天，吕去病终于长长地松了一口气。那一天，当他把会意的目光投向研发小组每个人的脸上时，收获的是期待成功的眼神。

“同志们，最大射程 1100 米，有效射程 300 米，可以穿透 105 毫米厚度钢板的火箭弹，研发实验结果出来了，这种火箭弹打击敌方 20~30 吨中型坦克绰绰有余。”

然而，吕去病的脚步并没有停止。就在五二厂把 4800 枚火箭弹连同火箭筒发往抗美援朝前线的时候，吕去病的面前又摊开了新型火箭弹和火箭筒的设计图纸。

轻便的火箭筒是吕去病的设计目标，但铝合金产能不足又会给生产带来难题。怎么办？吕去病从实际出发，将51式火箭筒改成整体式的钢制发射筒，但火箭弹能否穿透105毫米的钢板，一直是吕去病的心病。

吕去病又瞄准了弹药对钢板穿透力的研究。

1951年8月，中国第二代反坦克火箭弹——241式90毫米单孔尾式反坦克火箭弹，在吕去病的组织下研发成功了，穿甲厚度达到了理想的152毫米。

五二厂的5000具火箭筒、20万发火箭弹运送到抗美援朝前线之后，一个又一个胜利捷报传到了国内。

新型反坦克火箭弹带来的胜利捷报，鼓舞了吕去病领导的研发设计团队，第一代炮兵火箭弹发挥了巨大威力，让“联合国军”节节败退。

120毫米和150毫米直径的大头弹、长杆弹的问世，又让步兵的小炮显示出了大炮的威力。

由此，沈阳是“抗美援朝装备部”的名号在全国叫响了。

1953年7月27日，在朝鲜停战协定签署的历史瞬间，曾经狂妄至极的美国，不得不以一种难堪的姿态结束了这场他们认为胜券在握的战争。

抗美援朝胜利的勋章挂在中国人民志愿军战士胸前的同时，也同样闪烁在沈阳兵工人的胸襟。正如周恩来总理对于原五二厂在抗美援朝中的贡献所评价的那样：“抗美援朝不能没有七二四厂。”

60年前吕去病研发的成果，今天终于可以见诸报刊、图书文字了。

此后，1964 年，为配合我国第一颗原子弹试验，吕去病又接受了上级让他在两个月内研制成功收集粉尘用的气象弹的任务。吕去病用 57 天时间，提前完成了研发设计任务，生产任务精准达标。

历时两年零 9 个月的抗美援朝战争胜利了。

就在我采访沈阳七二四厂和沈阳北方重工一些企业时，有一个答案总是一次次清晰地浮现在我的眼前，这就是，当年我们雄赳赳气昂昂地跨过鸭绿江的时候，我们明明白白地知道，我们面对的是以美国为首 16 国军队组成的“联合国军”；同时我们也清楚，这支“联合国军”是世界上拥有最先进武器的合成军；而我们的军队刚入朝的时候，没有飞机，没有重炮，没有坦克，但我们用 40 天的时间收复了平壤，70 天时间拿下了汉城，把“联合国军”赶出了三八线，我们靠的是什么呢?

答案最清楚了，是党和毛主席的领导，是中国人民志愿军的浴血奋战，是全国人民的积极支持。而作为抗美援朝“大后方的大前方”的沈阳，特别是沈阳工人阶级全力以赴倾注的力量，也是这段历史必须记录的浓重的一笔。

抗美援朝战争又一次证明了“兵民是胜利之本”的英明论断。同时，中国人民感受到了，这场战争表面上是和武装到牙齿的以美军为首的“联合国军”的战争，实则是刚刚开始工业奠基的新中国与世界第一工业大国的较量，特别是刚刚点燃了中国重工业奠基炉火的沈阳工人阶级，从朝鲜战争的枪炮声中，深刻理解了毛泽东主席的战略部署，“没有工业就没有巩固的国防，便没有人民的福利，便没有国家的富强。”

有一组数字，今天依然彰显着沈阳兵工人光荣的业绩。从1951年6月30日，沈阳五二厂更名为七二四工厂算起，到抗美援朝战争胜利，沈阳军工厂累计为战争前线供应各类弹药100余万发、枪弹4亿余发（枪弹为五三厂生产）。

据七二四厂老厂长佟磊回忆，七二四厂是我国最早的火箭弹研究基地。就在吕去病成功地研制了火箭弹之后，他们又试制成功了射程8000米的488式102火箭。同时，又在1952年研制生产了6管排炮及与苏联“喀秋莎”火箭炮通用的132毫米火箭弹。在抗美援朝前线，让以美国为首的侵略者体会到了志愿军大后方爆发的力量。

无论是我的写作大纲，还是我的采访计划，原本她都不在其中。

在为共和国发展奠基的路上，沈阳的英雄模范犹如满天的星斗，光泽耀眼。在星罗棋布的沈阳大工业企业中，有一直被冠以中国兵工领头羊的辽沈集团（原五二厂、五三厂）。选择谁作为辽沈集团的先锋楷模推荐给读者呢？我选择了“毛主席的好工人尉凤英”和“中国第一代火箭弹专家吕去病”。而就在我撰写沈阳军工人为保家卫国紧急研发、全力生产、有力支援战争的文字即将画上句号时，又一个辽沈集团老工人白桂珍的故事，牵动着我的神经，燃起了非写不可的欲望。

我想见的人，是从辽沈集团工会副主席赫姜令给我讲的一个故事中发现的。虽然他讲的故事是提纯的精华，已经很完整、很感人，但并不影响我一定要见到故事主人公的急不可待的心情。

白桂珍，典型的女性名字，这个名字在20世纪50年代的中国可谓成千上万。我之所以急于见到她，是因为她有别于其他同样称呼的女性。

她15岁参加工作，是一名每天与炸药为伴的弹药装填工。作为她生命和事业的延续，她幸福家庭中的每代人，都有中国兵工家族的继任者。他们揉搓炸药于方寸掌中，获得了“兵工世家”的美誉。

2023年5月16日下午，在白桂珍大儿子苑永志的引领下，我走进了位于沈阳市大东区七二四文化宫附近的白桂珍的家。

难以置信哪！

定格在我心中的白桂珍和她的丈夫苑德华，都已经到了鲐背之年，这个年龄段的人，大都已是皱纹爬在脸上，行动迟缓的老人了，何况“残废一等”的白桂珍呢？可完全出乎我的预料，站在我面前的是同时说出“请进”“欢迎”，并伴随笑声迎接我落座的一对老人。

这就是我要找的白桂珍吗？穿着粉红色的羊毛衫，满头银丝下白净的脸上写满了慈善。如果不是那只睁不开的右眼，我无法将眼前这位老人与“残废一等”和那段烽火连天的岁月联系在一起。

这就是不怕白桂珍有不能生育的风险，也要照顾白桂珍一辈子的转业军人苑德华吗？腰板笔直，快言快语中显露出矍铄的精神状态，言谈中还时不时透出一种风趣。

“你是怎么知道我的呢？70多年前的事了，厂子里很少有人知道了。”没等我说话，白桂珍首先道出了我采访的话题。

看得出来，白桂珍说出了她的疑问，我询问的眼神顿时让她收敛了一直上翘的嘴角。此时，她爱人打量的目光，也同时投放在我的脸上。

显然，采访与被采访的关系，不由自主地交换了位置，我的回答是从辽沈集团工会副主席赫姜令寻找白桂珍开始的。

2022年年底，距离抗美援朝战争胜利70周年只有半年多的时间了，寻找辽沈集团在抗美援朝战争中保障武器弹药生产的事迹，提上了赫姜令的工作日程。就在他翻阅厂史资料的过程中，一封中央兵工总局东北兵工局1951年12月发给五二厂的感谢信，吸引了他的目光。

感谢信怎么还附上了残废等级和名单呢？这个白桂珍，因为什么被批准为“残废一等”呢？白桂珍还在吗？如果在，她又在哪呢？

由此，寻找白桂珍的电话、微信，从赫姜令的手机一次次地发向了他的“朋友圈”。许多天过去了，“不认识！”“没听说过！”“不知道！”淹没了他的期望。就在他觉得希望渺茫的时候，有一天，偶然见到了厂史办的韩玉杰大姐，赫姜令急不可待地对韩玉杰说出了寻找白桂珍的愿望，让赫姜令没有想到的是，韩大姐的回答不但满足了赫姜令的期待，她还告诉赫姜令，他要找的白桂珍还活着！只是不知道白桂珍如今住在哪里。

韩大姐把赫姜令委托的事当成了自己的大事。在她的记忆中，白桂珍的家原来在工厂老俱乐部旁，是一处两间的小平房。那还是白桂珍受伤出院后，厂里的政治部杨主任把自己家的房子腾出来让给白桂珍的，如今那处平房已经换了好几个主人了，到哪儿去找白桂珍呢？韩大姐想到了厂里熟悉的老工友、老兄弟、老姐妹。

期待与寻找走进了同一频道。

2023 年春节过后，韩玉杰把一个好消息告诉了赫姜令。

“白桂珍还在，今年 88 岁了，他老伴也 89 岁了，全家四世同堂，日子过得好着呢！她家就在 ……”

赫姜令如愿以偿地找到了白桂珍。在他得知我的采访的需求后，即刻把白桂珍大儿子苑永志的微信推给了我。

白桂珍老两口听明白了我到访的目的。就在我把手机放在白桂珍面前并按动了录音键时，她的爱人苑德华抢先说话了。

“她的事，她不好自己讲自己，我替她说吧！”

“我老伴参加工作前就是沈阳人。解放前，家里靠给人家种地活着，过的是吃上顿没下顿的日子。1949 年，我老伴 14 岁的时候，听她在五二厂上班的哥哥说厂里要招新工人了。于是，我老伴找到了厂里的人事部门要求参加工作，人家嫌她小，让她一年后再来。1950 年 1 月，她当一名工人的愿望实现了。那一年，她才 15 岁，被分配到碾片车间。开始，车间让她干的活是打筛子，也就是选药，把炸药里的杂质挑出来。”

苑德华的话被白桂珍打断了。

正是讲到故事的关键时刻呀！白桂珍为什么要叫停丈夫的表述呢？白桂珍可能是怕她爱人讲不出当年她的真实感受吧！特别是一个 15 岁的女孩子，在国家财产受到威胁时表现出的那种神圣的责任感，不是亲身经历者是怎么也说不出当时的感触的，她更不想在她心中装了 70 多年的故事，由别人去做“转述者”。

我的判断在白桂珍的表述中得到了验证。

“我自己的事还是我自己说吧！那种经历只有我自己知道。”白桂珍望了老伴一眼。

“看见没？到关键时刻了……好，好！你说，你说！我就是给你做个铺垫吧！”白桂珍的老伴看着白桂珍风趣地说。

“在炸药里挑杂质的工作没干几天，有一天，车间领导来到我们班组，对我们说：‘现在任务紧，碾片机那边需要人，你们谁能去？’我看了一下咱们班组，都是年龄大的，还有两个女同志家里都有孩子。我知道，干碾片机的工作比这边危险，而且是 24 小时三班倒。当时我最年轻了，于是我就举手了。”

“碾片车间是生产发射药的，那时候工作条件差呀，我们的工作间，其实就是把厂房间隔成 4 个组，每组 4 个人，每组只有一个是厂里的工人，其余 3 人都是临时来支援生产的解放军战士，我负责 2 号机台。一个多月以后的一天，那件事发生了。”

“那天是 1950 年的 4 月 15 日，这个日子我这辈子都忘不了。那天我是夜班，当天雷雨交加，我刚吃完饭，就坐到了碾片机台前，我想提前干活，为的是多出点产品，超额完成生产任务。而就在我干了一会儿之后，突然一声巨响，我的眼前一片红光，只见一个火团往上蹿，然后我什么都看不见了。3个正在吃饭的解放军战士一起冲了进来，要把我抬出去，这个时候我大声喊叫着：‘别管我！保护碾片机呀！快！快！保住碾片机，救火要紧啊！’”

“就这样，3个战士把大火扑灭了，碾片机保住了，没发生连环爆炸，工厂也保住了。当战士们把我送到四一〇厂医院紧急抢救时，我已经啥也不知道了。”

“手术做完之后，我慢慢地苏醒过来。慢慢地，我才逐渐知道自己的伤势。大夫告诉我，我的腹部被炸开了一个口子，肠子都翻出来了，左胳膊大面积烧伤，左边眼睛当时也失去了视力。就在这个时候，一阵撕心裂肺的哭喊声传进病房，我听得出来，那是我妈妈的哭喊声。”

“‘大夫，你们可得救救我的孩子呀！她才15岁呀，肠子截去一段，胳膊截肢，一只眼睛看不见，那她将来怎么办哪？你们千万别给她截肢呀，求求你们了，求求你们了！’妈妈的哭喊让我又一次昏过去了。”

“从那天之后，虽然一次次麻醉、手术，我的右眼还是失明了，肠子截去了一段，胳膊保住了，只是截去了一段手指。”

白桂珍边说边挽起左胳膊，露出了胳膊上凹凸不平的疤痕和只有4根指头的手掌。

“大姨，你的命真大呀！”我的感慨脱口而出。

“不是我命大，是组织救了我，你知道佟磊吗？”白桂珍问我，我摇了摇头。

“佟磊是我们当时的厂长。有些事都是我手术之后才知道的，医生和车间同志们告诉我，就在我被送到四一〇厂医院的当天，佟磊厂长就带着厂里的领导到医院来看我了。他对医生说，一个15岁的小同志，在生死关头想的是工厂的设备，想的是救火，唯独没想到她自己，我们厂为有这样的同志骄傲，她就是我们工人队伍中的榜样。她以她的英雄行为保住了工厂，我们就要全力以赴保住她的生命！”

“佟厂长为了抢救我，四处找人为我治病，还特意请来了苏联专家，为我做了换一段肠子的手术，我的胳膊也是有了苏联专家的治疗方案，才保留了下来。”

在国家财产与个人生命之间，当年只有15岁的白桂珍发出了“不要管我，救设备呀，救火呀！”的呐喊。白桂珍的呐喊，是从一个腹部被炸开、胳膊被烧伤的状态下发出来的。今天回想起来，她的这一举动正是对她当年入厂时立志要当个好军工人决心的自我检验。

白桂珍的英雄行为得到全社会的赞美和褒奖。

此时，白桂珍的老伴拿出了由沈阳市委、市政府，沈阳市总工会，东北兵工局1951年2月颁发给白桂珍的“沈阳市劳动模范”和“东北军工劳动模范”的奖状和证书。

那一年，她只有16岁。

16岁，正是无忧无虑、憧憬美好生活、绽放梦幻的花季。而当年的白桂珍，却用鲜血与生命践行着中国兵工“把一切献给党”的崇高信念。

16岁戴上市劳动模范的奖章；青春花季披上东北军工劳动模

范的绶带，在当年的七二四厂，乃至全国的军工战线绝无仅有。

就在白桂珍戴上劳模大红花之后，组织上为白桂珍的人生铺开了新的道路，送白桂珍去北京速成中学学文化。

从小没走进过课堂的白桂珍，开始憧憬方块字的魅力和数字的神奇了。她知道，五彩缤纷的梦想，将会在她掌握了文化知识后更高地放飞。

然而，就在白桂珍编织梦想的时候，又一个意外的打击阻塞了她前行的路径，厄运让她打消了去北京上学的念头。

“那件事的突如其来，让我们家的天塌了。”

白桂珍是这样告诉我的。

“1951 年 8 月 6 日，我出院后在家里休息，突然厂区传来一声轰响，那声如闷雷般的轰响，让我们都惊呆了。凭直觉，我们都预感到，一定是厂里哪个车间爆炸了。没过多长时间，我哥哥白忠义车间的领导就急三火四地来到了我家，看得出来，一定是我哥哥出事了。车间的领导告诉我父母，我哥哥在装填 120 迫击炮炮弹的弹药时发生了爆炸，包括哥哥在内的 3 个人都牺牲了。这样的消息对我们家来说，简直是晴天霹雳呀！让我们如何承受得了呢？我们家就 4 口人，父母、哥哥和我。我残疾了，哥哥又没了。谁家摊上这事能受得了哇？！当时，我的父母哭得昏天暗地。我记得，妈妈在那些日子里就像傻了一样啊，一会儿哭，一会儿笑的。爸爸也是每天望着棚顶发呆，一句话也不说。”

“在这种情况下，我和组织上说：‘学文化一定要学，可是我父母现在的状态，我去北京上学，我也不放心哪！’”

“组织上理解我的想法，把我学文化的地点改在了咱们厂的东机小学。我当时 17 岁。可以想象，17 岁的人与 10 岁左右的孩子在一起学习是一种什么状态？但我不怕孩子们笑话，用了 3 年时间学完了高小的全部课程，又在厂里的职工夜校学完中学的课程。”

白桂珍有文化了，识文断字的白桂珍也有了兵工人远大的理想。于是，她找到组织，要求给她安排工作。

“小白，你去技术档案室一科吧，负责保密技术资料的管理。”人事部的领导征求她的意见。

“我知道保密工作的重要性，感谢组织上的信任，我保证干好。”白桂珍的回答信心十足。

1959 年，白桂珍变了另一番模样，长发及腰，走起路来一副袅袅婷婷的体态。也就在这一年，工作在同一个办公楼的厂武装部干事苑德华走进了她的心里。在一来二去的接触中，苑德华的心里也装进了白桂珍的身影。

“小苑，听说你和白桂珍搞对象了？我可得提醒你，白桂珍可是“残废一等”，那可是东北军工局批准的，她可不能生孩子呀！你可得想好，生米煮成熟饭，那后悔都来不及。”厂里的同事劝他。

“德华，就凭你一米八的大个儿，浓眉大眼的，又是部队转业回来的，找什么样漂亮的女同志找不到哇！你没听老人常说吗？‘不孝有三，无后为大。’小白长得是漂亮，但她可是受过大伤的呀，你们如果结婚了，小白不能为你生儿育女，那你怎么向父母交代呀？”身边的朋友替他担忧。

苑德华的心旌飘忽不定了。就在这个时候，当年曾参与给白桂珍做手术的一位大夫，也验证了白桂珍85%不能生育的传闻。正当苑德华左右为难的时候，白桂珍的一句话让苑德华的心平稳了下来。

“老苑，你不必为这事犯难，我已经和死神较量过一次了，什么样的结局我都想得开。我已经有知识了，我做的是肠子手术，好像与生育没有关系。如果我能生育，我就一个希望，希望我的孩子也能当军工，弥补我哥哥和我没做完的工作。如果我不能有小家庭，我还有七二四厂这个大家庭。这里的兄弟姐妹多着呢！”白桂珍平淡中透出希冀的话语，让苑德华彻底折服了，他决心要和白桂珍同圆一个梦。

1960年1月，尽管东北的大地上正是寒风飘雪的季节，而七二四厂俱乐部旁边的一间小平房里却是暖意融融，白桂珍与苑德华的婚礼正在这里举行。白桂珍接过单位领导送来的脸盆，苑德华接过同事递来的竹皮暖壶，在一阵阵的祝福声中他们组建了一个新的家庭。

白桂珍与苑德华的结合感动了上苍，白桂珍85%不能生育的说法，被白桂珍苑德华大儿子苑永志的出生推翻了。紧接着，女儿和老儿子又相继降临在这个家庭。白桂珍希望孩子们继续当军工人的梦想，在儿孙们身上都“接龙”实现了。

他们的大儿子苑永志从部队复员后，征求父母对他未来工作的意见。

“听妈的话，去七二四吧，那是爹妈的老家，虽然是默默无闻的工作，但干的活和你当兵一样，也是在保卫国家，中国军工可是咱国家安全的保证。”

苑永志二话没说，在炮弹车间一干就是40年。

老儿子苑永红毕业了，白桂珍还是那句话，“还是去七二四吧！有军工，咱们的国家才能有安宁。”从那天起，苑永红在枪弹车间迎朝阳、送晚霞，今天仍是一身军工人的披挂。

白桂珍的孙子苑航从部队复员后，还没等白桂珍发话，苑航就说话了：“奶奶，我知道你要说啥，你是不是想告诉我，去当‘装药工’吧！我明白，世界不安宁，咱们还得时刻准备着。”听了孙子苑航的话，白桂珍和苑德华都笑了，他们把骄傲挂在了脸上。就在白桂珍当年工作过的车间，苑航在炮弹装配的岗位上一丝不苟地工作9年了。

“为什么你们历经如此多的磨砺，近90岁高龄了，还依然耳清目明、脚步轻盈呢？”

白桂珍没有直接回答我的提问，而是把我带入了让她愉悦至今的一件事。

“明年，我就90岁了，你知道我多少年没回厂里了吗？”

看着白桂珍投来的目光，我不由自主地一阵摇头，心里却在默默发问。我问她心情舒畅的缘由，老人家怎么说到回厂里的事了？然而，我的疑惑很快被白桂珍回厂的故事消除了。

“我退休后到现在一直有个想法，想亲眼看看我工作过的厂房、车间。这个愿望几十年从没间断，尽管儿子、孙子也不时地讲述厂里的变化，可我还是想亲自看上一眼才心里踏实。这是因为七二四厂可是我的娘家呀！没想到，我的这个愿望在前几天实现了。”

“5 月 7 号那天，咱厂的工会副主席赫姜令给我打来电话，这个电话让我和老伴先是激灵了一阵子，接着，我们就像个孩子似的美滋滋地乐呵了好几天。我怎么也没想到，赫主席说，过几天他要带我回厂里看看。这对我来说，可是天大的好消息呀！不瞒你说呀，就在等待回厂那几天，我就像一个孩子要出远门似的，翻箱倒柜地找衣服，不知道穿哪件衣服回厂合适。”

“5 月 10 号那天下午，赫主席亲自开车来接我，我回到了离开了近 40 年的‘娘家’。”

“那天，一进厂大门，我的眼睛就不够用了，按现代年轻人的话说，就像走进了一个新世界一样。就在赫主席带我参观了一条条新的生产线的时候，你猜我怎么想？光荣呗！年轻时，做了该做的事，这么多年了，厂里也没忘记我，怎么不让我激动万分呢？尤其是那些现代化的生产线，更是让我眼界大开呀，这可能只有一个老军工才能有如此待遇吧！就是‘外宾’也没这眼福哇！特别是当我走进过去工作的车间时，高兴得我只会一个劲地说，‘变了，变了’这么两个字了。即使是这样，当年那个左边是马达、右边是弹药箱、前面是机器、后面是木板铁皮墙的工作环境，还是永远印在了我的心里。正是这几十年前后的对比，让我看到了什么叫现代化。我的心里也就有底了！这就是我为什么还精神头十足的原因吧！”

显然，白桂珍讲述她回厂参观的故事，就是她见到厂里变化的喜悦心情的完美表达。该是我与两位老人话别的时候了。

就在老两口送我走出家门的时候，我的问话，让他们做出了不约而同的回答。

“心情好呗！”

“说得好！心情好的人都长寿。为啥你们的心情好？是因为你们一代接一代地传唱着中国兵工的热血颂。中国兵工家庭，你们就是一道亮丽的彩虹！”

回望挥手道别的两位精神矍铄的老人，我深深被他们的乐观与坚强所感动，被老一辈军工人钢铁般的意志震撼着。

像前进路上的火车头，也像引领人生前进的路标，劳动模范用他们自强不息、崇尚技术的带头作用，扛起了用智慧和汗水建设工业化大沈阳的重担。

在全国第一个五年计划完成前夕的 1956 年，沈阳市涌现出了全国劳动模范和先进生产工作者 144 人。沈阳成为全国劳模、先进生产工作者最多的城市。

正是沈阳工人阶级为国家大工业奠基的精神，得到了党和国家的肯定和充分信任。由此，辽宁“共和国工业长子”的名字，也得到了全国人民的认可。

在全国“一五”计划的声声锣鼓中，被称为“中国社会主义工业化奠基之战”的156个重点工程项目有24个落户辽宁，6个在沈阳开桩。与此同时，国家还把26个限额以上重点建设项目安排在沈阳。

有一个数字，今天回想起来依然让沈阳人引以为豪：

在“一五”期间的工业门类调整改造中，国家将六分之一的工业建设资金投到了沈阳铁西。

正是国家“一五”计划播下的一颗颗种子，沈阳收获了一颗颗五彩缤纷的钢花铁果。

困境下　迎难而上的脊梁

“特殊”的含义是什么？不同的年代、不同的环境下，有不同的注解。有这么一代人，以特殊的意志改写了特殊的环境。

——题记

抗美援朝战争锻造了沈阳工人阶级的英雄气概，在这场与世界第一工业强国的较量中，我们感受到了现代化战争和现代化大工业的力量。由此，加快沈阳工业化进程，培养自己的大工业，追赶世界先进的工业技术，成了沈阳工人阶级不懈的追求。

仅仅是5年的时光掠过，以中国第一架喷气式战斗机、飞机发动机的诞生为标志的无数个“中国第一”，在沈阳人的手中研发制造成功了。

此时的沈阳，已经发展成为以机电工业门类为主，比较齐全的综合性工业城市，工业总产值位居全国第三位。

然而，天有不测风云。自然灾害接踵而至，饥饿绑架了肠胃，“联盟”的白纸黑字又变成了背信弃义的证明，但饥肠辘辘的沈阳人以自力更生的信念挺直脊梁，上演了今天依旧让人钦佩的正剧。

尤其是在国防布局的号令下达之后，又是沈阳的工人阶级第一个扛起了支援“三线”建设的大旗。他们响应国家号召，拉家带口地搬到了大山深处，建起了一个个军工厂和现代化企业，支撑起了全国战略布局的实施。在新中国工业发展的大路上，竖立起了沈阳工人阶级为国担当的一座座丰碑。

1960年夏天，炽热的阳光照耀在中国的土地上，第二个五年计划的任务单催生的模具，浇铸着一个个钢铁坯件。而就在这个当口，一片片乌云从西伯利亚飞来，行进在奠基路上的中国大工业，突然遭到了一阵阵凄冷的西伯利亚寒流。

1960年7月16日，苏联政府单方面撕毁了与我国签订的600个合同，撤走了1390名在我国帮助建设的专家，并带走了全部图纸，同时，大量减少了成套设备与关键零部件的供应。正是这突如其来的事件，使沈阳担负的156个重点项目中的6个项目被迫中断。随之而来的又是三年自然灾害，国内许多限额资金支撑的生产项目也处于停摆状态。困难考验着中国，也考验着越烧越旺的沈阳大工业的炉火。

2023年5月1日，清晨，春色宜人的铁西区劳动公园里，劳动模范吴家柱、马恒昌、闫德义、王凤恩、蒋新松的雕像前围满了驻足观看的人们。

“看见没？这五位老模范，三位是咱铁西的。”

“三位？你说的是哪三位？”80多岁的人看着60多岁的人问。

“那还用说？吴家柱、王凤恩、马恒昌啊！”60多岁的人说起话来非常自信。

“吴家柱、王凤恩是咱铁西的，马恒昌原本是沈阳中捷友谊厂的，后来被调到齐齐哈尔第二机床厂了。”60多岁的人听了80多岁人的介绍，不住地点头。

“叶落归根啊，中捷厂后来都和咱沈阳机床合到一起了，机床集团就是以机床一厂为主组建的，所以说，还在铁西。”

“不管怎么说，五尊劳模雕塑，有三位是咱铁西的，真牛哇！”

“王凤恩是‘变压器’的，没错吧？就说吴家柱吧，那可是全国技协的发起人啊！做了那么多好事，37 岁就累得去世了，真可惜呀！”一位 40 多岁的人接过了话茬说。

“你年龄也不大呀，怎么对吴家柱这么了解呢？”80 多岁的人露出疑惑的目光。

“我也是听我父亲说的，我父亲就是沈阳气压机厂退休的嘛！”60 多岁的人说起气压机厂和吴家柱的名字，显得很自豪。

“师傅，看样子你对吴家柱也很了解呀？”60 多岁的人转身对 80 多岁的人说。

“只是了解一些，吴师傅如果还健在，今年 96 岁了。”80 多岁的人看着吴家柱的雕像说。

“师傅，说说呗，说说！”“说说，我们也想听。”围在劳模塑像前的人群一时七嘴八舌。

“那好，我说说。”80 多岁的人看着吴家柱的雕像，讲起了珍藏在他心中的吴家柱的故事。

1961 年，在沈阳市总工会召开的一次劳模座谈会上，沈阳气体压缩机厂的吴家柱、沈阳拖拉机厂的林海丰、沈阳高压开关厂的吴大有坐到了一起。

“有一件事一直想与你们商量，现在有些工厂在技术上有许多问题需要解决，咱们虽然扛着技术员、工程师的头衔，可是一个人的能力有限哪，咱们能不能合起来，帮助这些工厂解决问题呢？”

“好哇，我和大有都是工人出身的技术员。吴师傅，你是工程师，名气比我们大，听说你厂子铸件的砂眼问题，就是你解决的。”

“我也听说，你还造出了对焊机，对吧？”林海丰紧接着吴大有的话说。

“那我们成立个技术协作小组，怎么样？”吴家柱看着林海丰和吴大有说。

“好！‘三个臭皮匠顶个诸葛亮’，咱们先开个头儿。”三个人一拍即合。

时光的打字机敲出了 1961 年 6 月。技术协作的第一朵鲜花开在了沈阳拖拉机厂。

林海丰自从参加技术协作活动后，第一个想到的是造一台振动研磨机，就在他把这一想法告诉了吴家柱之后，得到了吴家柱的全力支持。

在吴家柱看来，支持不是靠嘴说出来的。于是，吴家柱有了帮助林海丰先搞出设计图纸的想法。连续几天过去了，吴家柱一个电话也没来，林海丰急了。一天下班后，林海丰骑着自行车直奔气体压缩机厂而去。正当林海丰要说出自己的想法时，吴家柱把几张图纸递给了林海丰。

“海丰，这是我为你的振动研磨机设计的图纸，这个设计我已经找了咱厂的几位工程师看过了，他们给我提的修改意见，我也改过了，你拿回去试试吧！”

“老吴，我今天就是想催你的设计图来了，我以为你每天那么忙，把画图纸的事忘了呢！没想到，不仅图纸画出来了，还征求了专家的意见，你可帮我大忙了！今天晚上我就按你的图纸干，有了好消息，我马上给你打电话。”

一个星期过后，吴家柱接到了林海丰的电话。吴家柱以为林海丰的振动研磨机一定是成功了，但林海丰在电话中告诉他的，是振动研磨机失败的消息。

在林海丰看来，吴家柱听到这个消息后一定会很着急的。然而吴家柱回答他的却是非常暖心的一句话：

“别急，你们拖拉机厂的设备没问题，你等我，我马上就过去。”

下了班的吴家柱，骑着自行车急匆匆地来到了林海丰的试机现场，从图纸到试机设备，从工具到电流电压，一点点地找问题，从星星挂上夜空到月亮与太阳换岗，足足工作了一整晚。

第二天，伴随沈阳拖拉机厂早晨上班的铃声，振动研磨机以均匀的速度完成了去毛刺、倒圆角、去锈、抛光的正常运行。

吴家柱帮助拖拉机厂制造出研磨机的消息传开了，这个消息也传到了吴家柱所在的工厂。一次，在厂长办公室，吴家柱偶然听到了手工磨空压缩机上的阀门在运行中保不住质量的问题，吴家柱即刻向厂长表露出要照量、照量的想法。听到吴家柱要研究阀门问题的想法后，厂里的总工程师对他提出了关切的提醒。

“你是不是看到了杂志上美国研磨机的照片了？那只是照片，缺少文字说明啊，那可是美国人刚研究出来的。”

“那怎么的，美国能研究，咱也能研究！”吴家柱的回话铿锵有力，充满信心。

厂长看到了吴家柱的态度，非常兴奋，他马上告诉厂实验室，让出一台大车床，作为专门制造研磨机的专用车床。

吴家柱发誓要造出国产研磨机，并在实验室摆开了战场。他一边与两个技术员研究着美国研磨机的照片，一边又分析着研磨机的结构，吴家柱对杂志上的研磨机琢磨明白了。

吴家柱的琢磨，变成了一次次披星戴月的实验。

“平台上的磨件一定与平台下的轴转有关。咱们的实验就从这里开始。”10 次、50 次、100 次，装上电滚，直流电变为交流电，经过多次实验，这天实验室里终于爆发出了一阵阵呐喊声、欢呼声，研磨机研发成功了。

吴家柱、林海丰、吴大有在技术协作活动中创造出多项成果，成了沈阳的一大新闻。当赞美与鲜花向他们扑来的时候，吴家柱显得非常冷静。此时此刻，他正在思考一个问题：3 个人的技协小组还是势单力薄，团结沈阳的劳动模范和技术人才，把技协队伍变大，才能发挥沈阳工人阶级的力量。

“毛主席的好工人”尉凤英加入技协队伍中来了，“全国工业战线的一面红旗”王凤恩成了技协队伍的一员，全国劳动模范张成哲带来了铸造工艺的新方法，金属专家葛庭燧来了，电焊专家斯重遥也来了……吴家柱所在的工厂，成了全市技协活动的根据地。

沈阳气体压缩机厂看到了吴家柱组织的技术协作队伍强大的生命力，厂长高兴地为技术活动创造活动条件，第一个把厂里的专家活动室让给了吴家柱的技协小组。

这是一个让许多当年的人无法忘怀，又让许多今天的人非常羡慕的场景：

每天晚上和星期日，许多人拿着图纸、工具以至设备模型，从四面八方涌向沈阳气压机厂，来寻找解决技术问题的突破口。

沈阳第三机床厂的孔庆堂，在生产中遇到了许多解决不了的问题，听说这个技协活动小组后，他马上约了王凤恩、张成哲等10多位技术协作活动积极分子来到厂里，他们仅用了几天的时间就解决了12个技术障碍中的9个问题。

技协的队伍发展到十几个人了，一个接一个的问题在他们面前解决了。但吴家柱还想着一个人，那就是有“刀具大王”之称的沈阳重型机器厂的金福长，在吴家柱的心里，能把金福长请来加入技术协作队伍，那这支队伍的作用就更大。

吴家柱之所以这么想，是因为沈阳的工厂大都是机械行业的，在这些企业中，车刀是生产中的第一工具，许多产品的生产一天也离不开刀具。一把好刀具可以提高生产效率几倍甚至几十倍。自从看过金福长改进刀具的现场操作之后，金福长的名字就深深地种在他的心里了。

吴家柱请金福长“出山”的机会来了。

1961年7月，沈阳鼓风机厂的一个车间主任找到了吴家柱，请他帮助解决车刀不断屑的问题。吴家柱想起了与自己共同发起技协活动的吴大有。在他看来，吴大有不仅是切削技术的高手，也是职工技术协作活动联系技术人才的宣传鼓动者。

几天后，就在吴家柱与吴大有研究扩大技术协作队伍的一次对话中，吴家柱交给了吴大有一个任务。

“大有，你知道金福长吗？”

“知道！刀具大王！我见过他的刀具，沈阳没人能超过他。”

“好，咱们技协已经发展100多人了，但像你这样技术高超的切削人才还是少，咱们机械行业常用的工具就是车刀，这方面你比我清楚。”

“老吴，我明白了，你是让我把金福长请来参加咱们的技协活动，是吧？”

“对呀，联系人才你比我有优势，咱们现在的技术协作人才，三分之一都是你请来的，你们认识吧？”

“认识。在车刀改造上，金福长是我的老师，我们也交流过。据我了解，金师傅每天下班后，就是一个心眼地研究改进车刀的事。”

“那更好了。上次我参加市总工会的一个技术交流会，会上我听到了金福长的一个故事，是沈阳重型机器厂的一个人讲给我的。你知道冷轧辊吧？原来咱们都是从苏联进口，现在人家不给咱们了，说要进口冷轧辊得用肥猪换，要200头肥猪换一个冷轧辊，这也太欺负人了！你还别说，就是因为有人卡咱们，让沈重人长志气了，硬是把轧辊生产出来了！听沈重的师傅说，轧辊制造中有一个关键环节，就是材料。那个造轧辊的材料4米多长，如果淬火时不先钻个孔，材料就有裂痕，怎么办？厂里把任务交给了金福长。金福长开始研制了一个钻头，满以为会成功，对了，他那个钻具叫‘内排屑深孔钻’，但是，那活干起来就不是那么回事了，钻头进去没多深问题就来了。一是钻头被打碎了，二是排出的铁屑就一吨多重，怎么办？这个金福长就是不服输，一个星期没回家，在失败中总结出了 24 个问题，终于研究出了‘深孔套料刀’。他的这种刀可以加工深孔，也就是说，可以在钢材中掏出一根整体的芯棒，功效提高了 10 倍，还节约了钢材。”

吴大有听完金福长的故事，不住地点头。

“老吴，你放心，金福长这个‘刀具大王’，我是请定了。请不来金福长，我不回来见你！”

吴大有把与金福长见面的时间选在了沈阳重型机器厂晚上下班之后。可是，连续 5 天过去了，每天站在沈重大门口的吴大有，直到星光铺在路上，也没见到金福长的身影。

难怪吴家柱把请金福长的任务交给吴大有了呢！ 5 天没见到金福长的吴大有，在第六天的晚上下班后，又等在了沈重大门前。两个小时过去之后，吴大有与金福长终于见面了。

听了吴大有苦等 6 天的来龙去脉，金福长被技协的求才精神感动了。

金福长参加技协活动之后，第一个解决了沈阳鼓风机厂车刀断屑的问题，又接二连三地帮助 20 多个企业改进了刀具。在接下来的技术协作活动中，金福长的刀具受到了沈阳许多企业工人的推崇，他也在技术协作活动中提高了切削技术水平。

1979 年，金福长创造的“等离子加热切削”新技术，填补了我国机械工业的一项空白。由他撰写的《车刀绝技》和《先进刀具选》，由中国工人出版社出版后，一直是沈阳技协活动必不可少的教材。

吴家柱的三女儿吴国芳曾是我的同学，她生前提到她父亲吴家柱的时候，与我说过这样一个故事：

“1961 年我才 8 岁，我清清楚楚地记得，爸爸搞技协的初期，我们家是爸爸和几个叔叔研究技术难题的地方。那两年正赶上自然灾害，每天晚上几个叔叔下了班，没回家就到我家来了。由于粮食定量供应，我妈妈常常煮苞米面粥给他们喝，他们知道我们家孩子多，不论怎么让，谁也不肯喝。为了不影响爸爸他们研究技术攻关的难题，只要叔叔们拿着图纸到我家，我妈就让咱们 6 个孩子和奶奶挤在一间屋子里，把另一个房间让给爸爸他们画图纸，实在太晚了，妈妈就用白开水冲点酱油，给研究技术难题的叔叔们喝。这种招待，也算那个年代对几个叔叔最大的尊重了。”

饥饿并没有影响吴家柱的技协交流活动，他们的心里装着一个大目标：把苏联专家撤走后遗留的技术难题，在他们手里得到解决，不能让发展中的沈阳大工业停顿下来。

那首传唱了 60 年，由沈阳音乐学院原院长李劫夫于 1963 年创作的歌曲《我们走在大路上》，歌词代表了那个时期中国工人阶级的精神风貌。

“我们走在大路上，意气风发，斗志昂扬，共产党领导革命队伍，披荆斩棘奔向前方……”

吴家柱技术协作活动的发展壮大，特别是他们在困难条件下解决技术难题，为国争光的精神，受到了沈阳市委的高度重视，时任沈阳市委书记处书记朱维仁,对吴家柱技协小组给予了充分肯定。

1961 年 10 月，沈阳市委批转了市总工会关于“劳动模范吴家柱等同志发起厂际交流技术活动的情况和对这一活动加强领导”的报告，其中说：“这一活动是模范、先进人物共产主义思想的产物，是一个十分可贵的创举。”

在沈阳技术协作活动的感召下，沈阳工人阶级在困境中爆发出了无限的创造力，让沈阳的工人阶级扛起了一往无前的为共和国工业奠基的大旗。

1963 年新年假期的第一天，林海丰与厂里的两个技协积极分子黄成林、李树青来到沈阳拖拉机配件厂，解决磨床达不到精度要求的问题。

“全厂工人都放假了，你们过了年再来吧！”门卫告诉林海丰。

“我们知道厂里放假才来的。我们这个时候来，就是想把有毛病的磨床修好，年后工人上班就可以用上了。”林海丰说。

“磨床在加工车间，大门都上锁了。”门卫看着林海丰说。

“大门进不去，你把窗户打开一扇，我们钻进去不行吗？”林海丰显得很着急。

他们再三恳求，门卫被林海丰 3 个人的精神感动了，破天荒地为林海丰他们打开了车间的窗户。那几天，他们 3 个人从窗户进、窗户出，每天都工作到夜里 10 点多。饿了吃一口自带的苞米面饼子，渴了喝口凉水，终于让那台磨床达到了精度要求。

就是这种挺起胸膛为沈阳、为中国争口气的决心，推动了沈阳大工业的持续发展。

当年 156 个全国重点项目中沈阳的 6 个项目，曾因苏联单方面撕毁合同而处于停滞的状态。就是吴家柱技术协作小组这种不为名、不为利、发奋图强的精神，使得一系列技术难题得到解决，经过传播、协作又解决了沈阳电缆厂、沈阳风动工具厂、沈阳机床一厂等 6 家企业生产停滞的问题，同时也为新产品的试制提供了技术上的保障。

“中国工人阶级的伟大创举”的评价，成了全国人民给予吴家柱发起的沈阳市技术协作活动的最高褒奖。

之后，沈阳的技术协作活动又像一颗颗种子随风落地，由机械领域发展到全市的机电、化工、轻工、电业、交通、基建等各个领域，扩展到了辽宁的每一块土地。

两年之后，全省有 1678 个大中型企业开展了技协活动，技术协作的积极参与者达到了 15 万人。

1963 年 10 月 4 日，中共中央政治局委员、中央书记处书记彭真，在沈阳专门约见了吴家柱、林海丰、王凤恩、吴大有等 21 名技协活动的带头人，对他们的技协组织给予了高度评价。

彭真说：“开展职工技协活动，是职工和领导相结合办好企业的好办法，是广大职工自力更生，多快好省地提高技术水平的一条好的经验。”“沈阳开展的群众技术协作活动，是真正的共产主义风格。”

技协活动受到了国家领导人的高度赞誉，被评价为“伟大创举”和“好办法”“好经验”。一时间，技术协作活动秉持的自力更生、迎难而上的精神，融入了千千万万人的血脉之中，吴家柱他们前进的步伐也更加坚定了。

1964年，全国有27个省份的工业技术和技协访问团来沈阳“取经”。由此，沈阳的技术协作活动发展到了全国。

2023 年 3 月 6 日，我给吴家柱的女儿吴国芳的丈夫张延安发去了一条微信，请他帮我寻找吴国芳去世前曾保存的她父亲吴家柱事迹的资料。

第二天上午，张延安发来一张 1964 年 2 月 2 日《沈阳晚报》上的一段文字截图，这段 100 多字的文字是这样写的：

雷锋事迹的展览会刚刚开幕，吴家柱和几个群众技术协作活动的积极分子就去参观。吴家柱颇有感触地说，“看过雷锋事迹，检查自己思想、工作，差得太远了，真是惭愧！”吴家柱在留言簿上写了这样几个大字，“永远向雷锋同志学习，为党、为人民做更多的工作，做一个坚强的革命战士。”

也就是这篇文章的结尾，我又见到了这样一段语句：

吴家柱在病逝的前几个小时，还亲自去沈阳饭店，把自己搞成的振动研磨机的两套图纸，送给了来沈阳考察技术协作活动的贵州代表团。

回眸职工技术协作活动走过的道路，有一个认知一直让我心存感怀：从吴家柱等 3 个人，到技术协作的人数成千上万；从机械行业的技术改进，提升到各工业门类的技术攻关；从沈阳技术协作队伍敢于向国外“卡脖子”技术宣战，到全国各省市技术协作组织的发展……时至今天，我们在创造自我核心技术的路上攻坚克难，有一种精神依然还在代代传承，中国工人阶级为国争光、为民族争气的爱国主义精神永远不变。

由此，国内一、二、三线的区划与“三线”建设缜密的战略决策出台了。这是我国最大的从未有过的援建大迁移，迁移的目的地，则是一处处人烟稀少的深山峡谷。而尽管这样，走在这支“三线”主力军队伍中，最早打起了“备战备荒为人民，好人好马上三线”大旗的是沈阳的工人阶级。

在中国人的词典里，有一个成语叫触景生情。如今，许多上了年纪的人，特别是那些参与了沈阳工业建设的老一辈，尤其是那些曾经在我国的大西北、大西南流淌过汗、奉献过青春的老工人和管理人员，每逢见到大西北、大西南的一砖一瓦、一草一木，都会油然而生一种与老朋友重逢的感怀。进而，在他们的脑海中，就会不由自主地蹦出“触景生情”的这个成语，接下来的则是每个人自然而然的有感而发了。

他们想起了什么？他们要说什么？他们有什么感念？当年的历史文献与历史照片，诠释着他们的万语千言。

翻开发黄的史册，我见到了这样一段文字。

1964年5月，毛泽东主席主持召开了中央工作会议，提出了“三线”建设的问题。据此，中央改变了“三五”计划最初的设想，作出了“开展三线建设，加强备战”的重大战略部署。

国家的号令变成了迅速落实的行动。有一份当年10月由国家计委发出的《1965年计划纲要（草案）》，确立了这样的指导思想。

争取时间，积极建设“三线”战略后方，防备帝国主义发动侵略战争。

要争取多快好省的办法，在纵深地区建立起一个工农业结合的，为国防和农业服务的，比较完整的战略后方基地。

“三线”建设的指导思想与总体目标的推出，一时间成了东北、华东、华北等大行政区刻不容缓的头等大事。一个“不讲价钱”“不计成本”的行动，由此在全国展开了。

沈阳在全国“三线”建设上表现出怎样的精神风貌呢？

中共沈阳市委党史研究室党史编纂部部长田宝君，在我的采访中给我发来了这样的文字。

“时任沈阳市委书记的朱维仁，在出席1965年国家计委召开的座谈会上掷地有声：‘沈阳积极支持三线建设，出人出设备，需要什么就支援什么，需要多少就支援多少。’”

铿锵有力的话语很快变成了沈阳人的集体行动，并很快在祖国的大西北、大西南开花结果了。沈阳人为国担当的情怀，又一次让全国人民对沈阳投来了敬慕的目光。

敬慕的目光过后，有一组数字让沈阳人的心里装下了一幅幅激励人心的画面：

“在‘三线’建设期间，沈阳有60个国有大企业向‘三线’地区输送管理人员、工程技术人员4.3万人，援助生产设备1.86万台（套），提供先进技术资料15.8万套。”

更让沈阳人自豪的还有下面的数字：

“在‘三线’建设中，沈阳新建、援建的工厂与科研院所达500多个。”

还是把这些数字量化，让我们记住那个年代沈阳工人阶级的格局。

500个工厂和科研院所是什么概念？500个工厂在“三线”地区的拔地而起，意味着多少资金？又意味着多少汗水与鲜血的付出呢？对于这样的设问，我的脑海中不由得打开了一张沈阳在“三线”建设初期的统计表。

这张统计表，让我这个土生土长的沈阳工人阶级的后代，又一次把目光投向了父辈们，以及他们在开赴“三线”的路途上，挥舞的旌旗和走过的足迹。

沈阳至今还记着他们，走在奔赴“三线”队伍中的第一方阵是一一二厂（今沈飞公司）、沈阳四一〇厂（今中航沈阳黎明公司）、七二四厂（今辽沈集团）、中国科学院东北分院（今中国科学院沈阳分院）、沈阳矿冶研究所。

就在我撰写沈飞支援“三线”建设的稿件时，一些熟悉我的人提醒我，沈阳支援“三线”建设的大军，大部分来自沈阳的老工业区铁西。可千万别忘了，一定要留有篇幅哇！我的回答读者都会知道："那怎么可能忘呢？"

"在1964年的'三线'建设号令下，支援'三线'企业最多的是铁西区的企业。在全沈阳市59个企业参与'三线'建设的大军中，有48个是来自铁西区的大企业。沈阳橡胶机械厂，接到支援'三线'的任务后，把50%的设备、50%的技术人员派到了广西、湖南，建起了两个橡胶厂。因为有了沈阳气体压缩机厂的援建，成都、重庆都有了自己的气压机厂。

就这样，铁西区的国有大企业，在落实国家的'三线'建设任务中，没有私心，不留家底，在全区48个支援'三线'的企业中，有23个企业参与了在'三线'建设沈阳同类企业的任务。就是在这支队伍中，他们选择本企业的精兵良将23304人，派出厂级干部94人、中层干部7000人、技术工人16210人，仅用了三四年的时间，就完成了在'三线'复制沈阳同类企业的任务。"

"有29家沈阳企业的重点车间实行了整体搬迁，受援的省市自治区29个。"

自强的路上，我们收获了勇气与力量播种的硕果。然而，就在我们举起自力更生的大旗，意气风发地行进在社会主义大路上的时候，一些域外的国家却对我们虎视眈眈。苏联在我国边境特别是东北边境陈兵百万，美国也在我们周边一些国家建立了军事基地，对我国形成了半圆形的包围圈，战争的阴霾笼罩着中国。

毛主席明确指出："要搞三线工业基地的建设。要准备帝国主义可能发动侵略战争。现在工厂都集中在大城市和沿海地区，不利于备战。各省都要建立自己的战略后方。”

1965 年元旦的钟声刚刚敲响，一份《国防工业 1965 年工作要点》让沈阳飞机制造厂立刻进入了紧锣密鼓的工作状态。

落实国家航空工业要点的准备工作，对沈飞意味着要迅速落实与全国 16 个省市的 35 个航空工业、企业采取对口搬迁，对口包建和对口支援。

第三机械工业部的红头文件不容延误，落实“三线”建设任务的时间表也刻不容缓。

夜以继日的技术资料整理，对口的原材料、物资准备，援建领导干部、技术人员和职工名单的确定，随迁家属的食宿安排，运输车辆的精心准备，分期分批迁移时间一一得到了确认。

支援贵州〇一一基地的命令下达了，领导干部、技术人员、工人，没有人说自己的身体不好，也没有人说自己的家庭困难，更没有人说自己的家需要照顾，参与援建的 2600 名沈飞人悉数到达了贵州歼击机生产基地。

沈飞是“共和国歼击机的摇篮”，沈飞也是锻造铮铮铁骨的大熔炉。

今天，当我们在这里唤起千军万马上“三线”那段峥嵘岁月的记忆时，就会知道，那些今天一声令下，明天就卷起铺盖卷，全家登上开赴大西北、大西南列车的干部、工人和技术人员，在支援“三线”的队伍中比比皆是。

2023 年 5 月 4 日，当我向沈飞党委宣传部的王锋，提出要收集沈飞人支援“三线”的故事时，王锋用一天的时间为我找到了许多“三线”人的线索。然而，我一次次打到贵州的寻人电话，听到的大都是“人已不在”的回音。

2023 年 5 月 11 日，王锋又高兴地给我转来了贵州云马厂吴伟光的电话。通话中，吴伟光对于我急于找到第一代“三线”人的期待，作了这样的回答：

“无论是从沈飞还是哈飞来到贵州‘三线’的那些老一辈，大都已经伴随贵州大山长眠了。作为支援‘三线’的‘援二代’的我们，也逐步走进了退休的行列了。”

“你知道沈飞的唐文斌吗？他来的时候是沈飞的副总工艺师，也是‘云马厂’的第一任总工程师，沈飞会记得他的。”

1965 年 8 月的沈阳，酷暑并没有影响沈飞人研发新型歼击机的炽热。沈飞的一间会议室里，副总工艺师唐文斌正在主持飞机装配的协调会议，办公室的房门突然被推开了，秘书急匆匆地走到了唐文斌的面前。

“唐总，高厂长的秘书来电话，请您立刻到他的办公室。”秘书说完话转身要走。

“什么事知道吗？”唐文斌问。

“没说，只是请您马上过去。”秘书又重复了一遍。

结束了装配协调会的唐文斌快步向高方启的办公室走去，随着步伐的加快，厂长高方启平日里工作的画面在他眼前闪现了出来。

“什么事能这么急呢？平日里高厂长谈工作，都是找各部门的‘一把手’啊，我是副总工艺师呀，一定是有急事了，否则不会找我的。”唐文斌边走边自言自语。

正在伏案签字的高方启听到有人走进来的脚步声，放下手中的笔，把目光投向了坐在沙发上的唐文斌。

“小唐，谈一下你的工作，我们援建贵州一个飞机工厂的任务，马上就要开始了，打算让你去那里，先组建一个部件装配厂，你要有个准备。”

高方启的话音刚刚落地，党委组织部部长王朝英走进了办公室。

“正好。你来了，我已经和小唐说了，你先抽几个技术员配给他，要选咱们最好的技术员。”高方启对王朝英说。

“小唐，你们要抓紧时间准备，什么时候走，等通知。到了那儿，先搞工厂设计，落实基建项目的同时着手做好生产准备，你还有什么要求吗？”高方启调整转椅角度，又一次面向唐文斌。

“没有，就这样，我去准备。”唐文斌边回答边站起身，走出高厂长的办公室。

这是一次上级与下级的工作谈话，从工作的调换到新岗位的要求，前后不到 10 分钟，但就是这 10 分钟却是唐文斌人生的转折点。

走出厂长办公室的唐文斌心里清楚，高厂长让他去的地方，是坐落在贵州云马山的歼击机制造基地，说是歼击机基地，到目前还只是停留在蓝图上。

这一天的晚上，唐文斌失眠了。他的眼神不停地在早已进入睡眠状态的两个孩子的脸上来回地移动着；就在他的目光与妻子的眼神交织在一起的时候，妻子说话了。

“非得你去吗？”妻子的目光中透出一种探询。

“睡不着是吧？这样的调动对咱们厂的人来说很正常。你想想，咱们三台子的老邻居，这些年一家家搬走的也不少了吧？他们不都是去支援外省建飞机制造厂了吗？还记得吧，5 年前，咱们支援西安建轰炸机制造厂，一下子去了 1000 多个干部和技术人员，还有 4000 多工人，现在西安厂从党委书记、到总经理、总工程师，不都是咱沈飞派去的吗？”

唐文斌的妻子没说话，两只眼睛望着天棚。

“远的不说了，就说这两年吧！为了帮助成都飞机制造厂，咱厂的副厂长黄明、副总工程师老谢，还有屠基达，不也都调到成都去了吗？咱们厂不但支援干部和技术人员，歼 7 的全部资料都给了成飞。这样的事，对咱们沈飞来说，早已经是家常便饭了。就说去年 10 月吧，三机部让我们支援成飞，咱厂派出 4 个技术组去了成都。上个月，高厂长还带队去了一个月。你猜高厂长怎么说的？他说，‘不能靠我们一个工厂出飞机，我们要帮助新厂快出飞机。’再说了，咱沈飞支援‘三线’是毛主席给咱的任务，毛主席说，‘三线’建设不好，他睡不好觉。”

“我明白了，孩子有我呢，你放心吧！”妻子看着唐文斌说。

人的精神与时代的背景有关，如何选择只是一念之间。

1965 年 10 月初，唐文斌率领 12 个沈飞人在贵州那块没电、没水、没路的云马山安营扎寨了。也就是他们到达云马山那天起，一场轰轰烈烈的改天换地的战斗就打响了。开始去的人少，他们就借用当地老乡的仓库住下。人多了，唐文斌就和大家一道上山，砍竹子搭住房。基建队伍开进大山的时候，他们就与山洞里的蝙蝠住在了一起。

渴了，喝一口稻田里的水；饿了，吞一口榨菜米饭。艰苦的生活和工作环境，没能让唐文斌屈服，他知道，自己是云马厂的第一任总工程师，他的一举一动会影响到身边的每一个“三线”人。

凡是到过贵州“三线”的人，都会记住一句话，贵州是“天无三日晴，地无三尺平”。唐文斌带领的“三线”人就是从实现工厂的“三通一平”开始的。

一次次开山放炮，让他们找到了修路的渣石和搭建干打垒房子的石料；一次次翻山越岭，他们引来了清澈的水源；一次次挑灯夜战，他们在大庙里摆开了绘制理想的 GL 板。

仅仅半年时光，柴油发电站点亮了通往工厂的一盏盏路灯。灯亮了，水来了，路通了，幼儿园、食堂、小学校传出了一句句东北方言，一片生机唤醒了曾经寂寞的云马山。

有一个情节让今天仍健在的沈飞老“三线”人谈起来，仍然激情不减。

就在一根根钢筋水泥框架组合起车间雏形的时候，唐文斌就像一个第一次抱起婴儿的父亲,四处张罗着给就要落成的工厂起名。他把云马厂的名字报给了第三机械工业部，并作了文字说明：

“我们之所以将我们的工厂起名为‘云马’，是因为‘云’

代表着云贵高原，也象征着航空，‘马’是飞奔的骏马，‘云马’象征着祖国的航空事业，在‘三线’建设中飞速地发展壮大。”

“云马”的名字在贵州叫开了。1970 年，唐文斌担任厂长的云马厂，生产出了歼 6 Ⅲ的全部飞机部件。

也就是这一年，沈飞再一次伸出了援助的大手，向贵州歼击机基地支援了各项试验设备和一架歼 6 Ⅲ飞机。

1970 年 9 月 18 日，一架贵州 011 基地生产的歼 6 Ⅲ首飞成功。

唐文斌的回忆告一段落了，沈飞人为国担当的故事，一件件地刻进了历史的时空。

有一组记载沈飞人的档案资料，读起来让我们肃然生敬：

“在超过半世纪的时光中，沈飞包建、援建了西安、成都、贵州、汉中十几个工厂和两个飞机设计所，先后向这些航空企业输送了干部、技术人员和工人 2 万多人。在这些人中，担任了国内航空新厂的厂级干部的就有 150 多人，担任车间主任和各企业科室干部的就有 1500 多人。”

沈阳飞机制造厂，蓝天一样的胸怀。

歼 7 放飞并投入了批量生产，意味着什么？再明白不过了！它庄严宣告，中国航空工业体系奠基礼的乐章已经奏响，中国已经成为世界上掌握喷气式飞机技术少数的几个国家之一。

从那之后，沈飞发展的引擎又轰鸣起一个新的时代。

2022年10月，一架运20加油机在空中为歼16战斗机加油的图片，引起了美国等国外媒体的惊呼。

毋庸置疑，分别由西安和沈阳飞机制造公司生产的新型战机，已经飞进了世界先进战机的行列。但许多人并不知道，西安飞机制造公司正是当年的“三线”建设中由沈阳飞机制造公司出专家、出资料、出技术、出设备建设发展起来的。

历史证明，当年的沈阳飞机制造厂和黎明发动机厂为大“三线”建设的汗水没有白流。那些在“三线”建设中牺牲、病逝的沈阳“三线”建设者可以瞑目了。

今天，沈阳许多“三线”建设的亲历者，都会有一个珍藏在心底多年从没忘记的场景。

坐落在铁西区的中国工业博物馆，十几张巨幅照片虽然早已泛黄，但照片里的场景依然清晰可见。

带着了解沈阳国有企业参与国家“三线”建设情况的愿望，2022年10月26日，我在中国工业博物馆的一幅“三线”建设照片前停住了脚步，一组组数字令我震撼，对当年沈阳“三线”建设者的敬仰之情溢满胸怀。

中国工业博物馆的讲解员有力的手势指向了沈阳桥梁厂在陕西建成的铁道部宝鸡桥梁厂的照片。

望着这幅照片，我情不自禁地发问：

“沈阳桥梁厂去宝鸡建厂大约有800多工人，你知道那些当年支援宝鸡的800多工人，平均年龄有多大吗？”

我的提问，显然是难为了年轻的讲解员。

“对不起，我的问题让你为难了。我告诉你，桥梁厂去宝鸡的工人，当年平均年龄只有30岁出头。1964年到今天58年过去了，当年就是20多岁的青年工人，今年都已经80多岁了，何况他们的师傅们呢，可想而知了。”

我无法全部掌握沈阳桥梁厂去“三线”的那些专家、技术员、工人的近况，所以就是有人问我此类问题，我也同样说不出来。我在写这篇文章的时候，曾在2022年11月初打通了沈阳电视台导演汤双雁的电话。我知道她的姨夫巴恩志曾是沈阳机床一厂的总工程师，当年他率领300多个工人举家从沈阳赶到天水，在那里建起了天水星火机床厂。当我问起她姨夫的近况时，汤双雁沉默了许久告诉我：“唉，我的姨夫已经不在了。”

沉默，痛心，敬仰……我终止了与汤双雁导演的电话。《祖国不会忘记》的歌声在我心头唱响：

“在茫茫的人海里，我是哪一个？在奔腾的浪花里，我是哪一朵……不需要你歌颂我，不渴望你报答我，我把光辉融进祖国的星座，山知道我，江河知道我，祖国不会忘记我。”

据我了解，在沈阳人支援“三线”的队伍中，有些身体好的在退休后选择叶落归根回到了沈阳。一位重型机器厂的老工人曾对我说，从“三线”回来的人最渴望看到的，也是第一个想看到的，是他们曾经工作过的工厂、车间和那些记忆中的车间师傅。而绝大部分拖家带口支援“三线”的人都没能如愿，就再也没有回来过。

由此，我想起了诗句“青山处处埋忠骨，何须马革裹尸还。”

这就是中国的工人阶级特有的家国情怀，或者说这就是他们为了“三线”建设，献了青春献子孙情怀的真实写照吧！

正是这种襟怀，才让当年那些荒芜的穷山僻岭，那些人迹罕至的不毛之地变成了国防军事要塞，变成了卫星、导弹的发射基地与重点国防建设工厂。

家国情怀是一种大爱，这种情怀是对国家富强、人民幸福所展现出来的理想追求。沈阳人做到了，并将其诠释得真实而饱满。

就是那些年，沈阳人听到了不绝于耳的赞美。正是这些赞美声，又让沈阳把担当的重担一直扛在了双肩。

风雨中　负重拉纤的热血

“昨天所有的荣誉，已变成遥远的回忆。辛辛苦苦已度过半生，今夜重又走进风雨。我不能随波浮沉，为了我挚爱的亲人。再苦再难也要坚强，只为那些期待眼神。心若在梦就在，天地之间还有真爱，看成败人生豪迈，只不过是从头再来。”

——引用刘欢演唱的《从头再来》代题记

跨越21世纪的前夕，沈阳的大工业犹如上百条大船试探着大海中的吃水线。随着企业转制、并轨的深入，全市40万人下岗涌向了社会。一时间，“钱从哪里来，人向哪里去。”国有企业改革三年脱困的目标，挑战着企业的经营者与广大产业工人。四面八方关注的眼球瞄向了沈阳，瞄向了铁西老工业区。面对生产、生活的困境，沈阳工人阶级辗转走上了改革改制的道路。他们在滚石上山、爬坡过坎的路上，以崇高的奉献精神又一次奏响了创新发展的乐章。

刘欢在1997年演唱的歌曲《从头再来》中倾诉的不仅仅是那个年代下岗工人的心声，也是在为市场经济大潮中苦苦坚守的国有企业而歌唱。

当我把《从头再来》的歌词抄录于此的时候，一个沉睡在心底多年的场景，不由自主地随着歌词在脑海中泛起。

1997年对于国有企业，特别是沈阳的国有企业来说，都是必须铭记的历史时刻。

打开手机，输入“沈阳重型机器厂”，顷刻间，它就会跳到你的眼前。“沈阳重型机器厂”这7个方块字的组合，像它的名字一样有着沉甸甸的分量，会让许多老沈阳人情不自禁地拉开记忆的抽屉。这家沈阳曾经最早、最大的国有企业，至今还保留着重工业龙头老大的体量，谁又能把它忘在脑后呢？至今，在我写作间的衣帽架上，还挂着当年沈重的安全帽呢！

为了讲述国企改革的激荡往事，呈现出沈阳工人阶级的落寞与重生，就让我们从沈重——曾经沈阳最大的国有企业讲起吧！

1997 年的沈重进入了国企改革的攻坚阶段。刚刚经历了经济软着陆的沈重，又被裹挟进了亚洲金融危机的风雨。

就是那一年，我的脚步一次次地踏进沈重的大门。那一年，一连串的问号一直在我的心头萦绕。

一种从未有过的景象呈现在沈重的厂区。如果说沈重是一条大船，那这条大船上启动的锚链，挂满了寒霜冰凌，船身上锈渍斑斑的印记，还清晰地记录着这条大船当年的吃水线。

多少次对沈重的探访，我写下了一首诗，摘录一段，以作为沈重从头再来的铺垫。

“岁月摆弄着力不从心的词典，厂房墙根下围拢的胡须挥霍着祈祷。落叶铺满通向车间的铁路线，疯长的蒿草挑衅着工具箱的锈锁，锈干的铁屑回味着车刀最后的晚餐，冰冷的欠款单熄灭了炉膛的星火，一张张放假通知单，覆盖了昨天生产喜报的原版……”

这是对当年情景的感慨，从不愿说起，但又让我从未忘记。

沈重像一条搁浅中等待救援的大船，不停地闪动着“SOS”信号，而得到的回应是更多铁西老工厂“SOS”信号的回闪。

那一年，铁西老工业区 15 万工人下岗，“度假村”的戏称替代了“东方鲁尔”的赞誉。

“悠悠岁月，欲说当年好困惑。”

困境和坎坷考验着沈重。“三角债”让沈重的资金周转天数超过了 365 天。一年中，工人只能在春节、“五一”和“十一”才能拿到工资的窘迫，使沈重被调侃成“三资企业”。

1998 年春节到来之前，在一部题为《沈阳今年怎么过冬》的专题片里，沈阳人、外地人都不约而同地看到了这样一个镜头：沈重一个常年为领导开车的司机，把小车钥匙交给了外地的催债人。就在这个专题片播出不久，外地几个执法人员又以沈重欠债为由，开走了沈重仅剩的一台面包车。至此，沈重机关的车辆全部用于顶账被开走了。

在铁西区兴华大街北侧，有一个网红打卡地——1905 广场，它的前身就是沈重的金工车间。每每经过这个广场，见到那一对持钎人的雕像，我就会想起当年金工车间主任王继玉与我说过的一件事。

金工车间有个工人叫王中江，家里靠他一个人的工资维持生活。他每天的中午饭是在厂里食堂买 5 个馒头，外加一碗 3 分钱的白菜汤。1 元钱是王中江 5 天的中午饭钱。

绝非戏谈，我在金工车间见到过这样的一幕：

2002 年的一个早上，作为沈重的名誉员工，我穿上沈重的工作服，只身来到金工车间。就在我走到车间转角的时候，一个从未见过的情景让我怔住了。只见一个工人左手拿起一根流水的胶管，正在清洗饭盒里的大米，右手从身边的兜子里拿出一条干海带放进饭盒，然后把盖好的饭盒放在一块烧红的铁块上。

谁见到这个场景都会明白，大米饭、咸海带就是那个工人的午餐。

是什么原因使沈重被消磨得没有招架之力了呢？

凡是在企业工作过的人都清楚，当年企业之间的“三角债”，早已不是一家和几家企业的创伤，它如同一种传染病，在当年还没有对症良药施治的情况下，蔓延是不可避免的。

单一的因为“三角债”吗？

原沈重人事部部长孙元和在当年与我的交谈中，道出过几个数字，这几个数字就连孙部长自己都难以置信。

“说几个数吧！ 1998 年咱厂职工医院 508 人，厂房产处包括维修队 994 人，厂行政福利处 1114 人，还有教育处管理的厂职工大学、技校、厂子弟小学，加上运输处的百余辆运输车，你看像不像一个整编师方阵。对了，你想知道咱厂的设计院有多少人吗？”

孙元和伸出一只手掌让我猜，“50 人？”我的回话遭到了孙元和的否定。

“再加一个〇！”孙元和的话像铁板钉钉。

难以置信，一个工厂的设计院竟有 500 人之多。

“这是真的！你去过金工车间吧？全车间工人总数超过 1000 人，姐夫、小舅子、小姨子同在一个车间不新鲜，最多的有一家五口人都在金工车间上班。这么说吧，我们生产一线与辅助人员达到了 1 ∶ 1 的比例。”

至于企业办社会的问题，时任党委书记胡英宗的回答显得风趣中带着无奈：“企业就是一个生产单位，但那时候的沈重，社会有什么，我们就有什么。除了没有殡葬部门，从商店到医院，从小学到大学，从宾馆到职工饭店，从理发洗浴到电影放映，应有尽有。你想啊，这些费用一旦与生产成本构成计算链，那我们的产品成本怎么能不高呢？又怎么能有市场呢？”

债务、冗员、企业办社会，像三座大山压在了沈重的身上。

1990 年 8 月，燥热滞留在沈重上空。失去了国家指令性生产订单的沈重淡漠了喧嚣轰鸣，即便是过去钢花飞溅的炼钢车间，也稀疏了往日的火热。

沈重硕大的生产胃口在半饥半饱的抽搐中蠕动。解不开的“三角债”如同除不尽的无理数，在无限重复着令人苦闷的数字。

说到沈重的数字链，局外人看到了都会吃惊。20 世纪 90 年代的沈重，每天的煤炭使用量 160 吨，相当于 32 台 5 吨翻斗车逐一排开的装载量。160 吨煤喂养着 9 台煤气发生炉，48000 立方米的煤气在此产生。

1998 年的夏天，沈重 3000 平方米的煤山，塌落成了一块黑色的平原，储煤量不能低于 3500 吨的国家警戒线被彻底突破了。

1998 年 8 月的一天上午，沈重财务处人头攒动。总会计师王锌和动力处副处长赵振明的争吵声越来越大。

“何副总批我们 120 万煤款，到你这儿为啥一分钱也不给？

凭啥？你还有没有组织观念，谁大谁小你不知道吗？”

“120 万够给车间开工资了，保生存、保稳定，是铁峰总经理给我的任务，你才不知道谁大谁小呢！”

“咱厂欠人家抚顺煤厂 600 多万了，你再不给钱，钢炉停了，那可是天大的事！”赵振明气呼呼地走出财务处办公室。

一个半小时过后，副总何家森把总会计师王锌和赵处长找到一起，直奔抚顺西露天矿而去。只带了 400 元钱和空荡荡嘴巴的 3 个人，上演了以情感换煤的桥段。

“我看这样吧，沈重这样大企业的老总、处长到抚顺请我们喝酒，让我们受宠若惊。你们都是老沈重，我也是老西露天矿的人，咱西露天矿和沈重的供求关系已经 40 多年了。进一步说，咱抚顺的煤就是为了保障沈阳的工业生产用的。说句真话，你们生产用煤，我们挖煤也得雇人。没钱，我们拿什么雇人哪？一句话，拿不出钱，煤就别谈了，但酒还是得喝！来吧，在抚顺地面上，尽管是你们请我喝酒，但我还是借你们的酒先喝了这第一杯。”

西露天矿煤场的王经理一仰脖把一杯酒喝了下去，沈重的何副总、赵处长端起酒杯，喝了一小口又放下了。

煤场的王经理又端起酒杯，说出一句让何副总和赵处长两眼放光的话。

“二位领导，是因为我没答应借你们煤，就没心情喝酒是吧？希望你们理解，咱们今天只叙感情，行吗？喝这杯酒之前，我打听一个人，刀具大王金福长，是你们厂的吧？”

煤场经理说到金福长的名字，何副总和赵处长立即来了精神头。

“王经理知道金福长？”赵处长问。

“搞工业的有几个不知道他的，‘大倾斜角切刀’‘深孔套料刀’。对了，我看过他写的书《车刀绝技》，对吧？”煤场王经理说起金福长，显出满脸的兴奋。

“王经理，你怎么对咱们的金福长这么熟悉？”何副总问。

“我原来也是搞机械加工的，金福长当然是我最佩服的人了。”

煤场王经理的几句话，让何副总和赵处长不约而同地举起了酒杯。

“王经理，煤不煤的，咱先不说，就凭你能记住金福长，我们也得先敬你一杯。”何副总、赵处长举起酒杯一饮而尽。

“我记得呢，苏联撤走专家那几年，咱们进口一个轧辊，苏联要我们拿 200 头肥猪换。金福长的刀具解决了你们厂生产轧辊机的问题，这件事争气呀！来，我再敬你们一杯。”煤场王经理说到这儿，眼角溢出了泪滴。

“今天咱们就‘煮酒论英雄’，喝一杯白酒，我给一车皮煤，这是我们两家工字号国企多年的交情啊。怎么样？”没等沈重的 3 个人作出反应，西露天矿煤场的王经理仰起脖子，一杯酒倒进了嘴里。

应该说沈重的何副总、王总会计师、赵处长是有备而来的。他们知道，他们身后有 3 万双眼睛在祈望他们把煤炭拉回来，喝多少酒他们也要挺过去。那一天，他们到底喝了多少三两一杯的老白干，谁也说不清了……直到第二天中午，司机描述了酒桌上的状况之后，何副总才露出了一丝无奈的苦笑。

尽管西露天矿也陷入了“三角债”的纠缠之中，但西露天矿与沈重有多年的工作关系，情感犹在。

西露天矿煤场的王经理兑现了承诺。3 天后，9 车皮 540 吨原煤卸在了沈重煤气厂的火车专用线上。然而，沈重人明白呀，540 吨原煤，沈重三天就会将它化为灰烬哪！

谁能收拾沈重的“旧河山”？谁能把沈重带出低谷？谁又能让沈重的工人拿到工资呢？沈重的上上下下，把期待的眼神投向了王铁峰。组织上顺乎民意，让王铁峰挑起了沈重董事长和总经理的重担。

王铁峰是沈重土生土长的干部，沈重的辉煌装在他的心里，沈重眼下的困境他也了如指掌。保证生产，稳定职工队伍是燃眉之急，而眼前最大的困难是燃“煤”之急。

就在抚顺的 9 车皮原煤落地铁路专用线之后，王铁峰向动力处长赵振明发出了一道指令。王铁峰把赵振明处长带到 3000 平方米的储煤场，对赵振明说，“老赵，该是‘挖地三尺’的时候了。”

“王总，非要这么干，没别的办法了吗？”赵振明问。

“挖地三尺，背水一战，你组织人员、车辆，今天就干！”王铁峰的话不容置疑。

2008 年，我在采访赵振明谈到“挖地三尺”的故事时，赵振明作了这样的一番描述：

“动力处是干什么的？是为沈重保障生产动力的，这本身就是我的活嘛！但我得说，‘挖地三尺’这样的事，只有他王铁峰能想出来，当然，铁锋也是被逼出来的。那个时候，谁愿意接沈重的烂摊子呀！铁峰接了，这一点就让我们佩服。还说‘挖地三尺’的事吧！按铁峰的要求，当天下午我就开干了。咱沈重尽管走到谷底了，但瘦死的骆驼也比马大呀，汽车、铲车，那咱是招手即来。从铁锋下令那天起，我们连续干了 22 天，你猜我们挖出了多少煤？5000 多吨啊！那还没见煤底呢！明白铁峰为什么要‘挖地三尺’了吧？因为他对沈重知根知底呀！”

凭着聪慧与经验解决了燃“煤”之急。接下来，王铁峰想的是，如何重新扛起为国担当的大旗。

沈重人没有自暴自弃，也没有等待救援。尽管他们也曾徘徊过，但沈重人在支援解放战争和抗美援朝战争，支援三线建设过程中，炼铸的铮铮铁骨和流淌着的热血，支撑着他们一次次点燃了冲出逆境的火焰，在缓缓行进的大船上，按照改革开放的目标，升起了改变企业命运的风帆。

1999 年，20 世纪的烛光渐渐暗淡了，沈重人心里挤满了三年脱困的祈盼。老老少少的期许，是把使用了 40 年的炼钢平炉，改造成跟上大工业时代的电炉。沈重人明白，为什么产品的订单一天天减少？老平炉耗能太大，炼不出优质钢是主要原因。尽管如此，沈重人还是有些不舍，正是那台平炉，在共和国成立那年，炼出了沈阳的第一炉钢水呀！

为国担当就要有为国担当的利器。40 吨电炉买来了，沈重人像迎亲一样把 40 吨电炉接进了家门。然而，愁云又堆积在沈重人的眉宇了。安装电炉所需的 7 根 700 米长的高压电缆呢？土建砌筑工程的费用又到哪儿找去呢？

总会计师王锌敲打计算器，跳出 260 万的数字。

260 万，对今天的企业来说不是难事，而对当时的沈重来说可是一笔大钱，总会计师王锌是最清楚的。王铁峰在公司领导班子会上的一句话，成为王锌每个月分配资金时必须遵循的原则：

“我们每个月的工资要本着先退休人员、后一线工人、最后机关干部的顺序分配，这是一条铁律。”

到哪儿去筹集 260 万呢？王锌犯愁了。

“不用愁，挖电缆沟和土建工程都交给党员和机关干部。”王铁峰说。

“王总，车间工人每个月发 300 元工资，机关干部每个月才发 150 元钱，还挖沟搞土建能行吗？”王锌问。

“越是困难的时候，越是需要党员、机关干部的时候，咱们的队伍咱们心里清楚。”

“那电缆咋办？没钱买呀！”王锌问。

“我们的邻居是谁？”王铁峰问王锌。

“电缆厂啊，你要找他们借电缆？”王锌问。

“是，先用电缆后给钱。”王铁峰的话显得信心十足。

1999 年 5 月 19 日早上，党旗迎风飘扬，600 多名党员、机关干部站在电缆沟两侧，一字排开，天蓝色的工作服如同点点星光闪耀。随着王铁峰的一声号令，600 多人跳下两米深的电缆沟，双脚支撑着结实的大地，他们扛起碗口粗的电缆，一寸一寸地向前移动，7 条电缆就这样一条一条地在电缆沟一字排开了，犹如一条新生的长龙。当他们从电缆沟里跳出来，站在残土上舞动欢呼的时候，犹如一组组迎风而立的雕像。

5 天之后，40 吨电炉一次点火成功，钢水跃溅的钢花在告诉沈重人，沈重的大船即将扬帆启航。

王铁峰之所以要把平炉改成电炉，是因为朱镕基总理。半年前总理来沈重视察时说过的一句话，他一直记在心头。

1998 年 12 月 24 日，朱镕基总理来沈重的前一天晚上，王铁峰几乎一夜未睡，他一直在思考一个问题：

“明天朱总理来我们厂会问什么呢？他一定会问，‘年初我批给你们沈重的 1 亿元钱，是否封闭管理了，是否用在新产品开发上了呢？’”

王铁锋想对了。就在第二天，他向朱镕基总理汇报了沈重的发展状况之后，朱镕基总理询问了 1 亿元资金的使用情况，对王铁峰说了这样一番话：

“沈重的情况我比较了解，今后你们要着眼企业，要开发新产品，减员增效，调整产品结构，加强企业管理，在企业脱困上多想一些办法。”

日历一篇篇翻过去了，王铁峰的思绪也在疾速运转，他每天殚精竭虑的依然是解决冗员、开发新产品。

沈重人看得清楚，与沈重历届厂长、总经理比较，王铁峰面临的困境无疑是最多的，没原料、没订单、没资金，技术人员外流，沈重设计院的500多人已经有一半去寻找新的饭碗了。而让他欣慰的是，全厂313名中层干部，尽管每个月只有150元的工资，竟没有一个递交过调离报告。王铁峰知道，这些中层干部都是共产党员，也都是沈重的脊梁。每逢想到这些人，王铁峰又平添了一股冲出困境的力量。

王铁峰开始在解决企业冗员上发力了。如何解决冗员的难题，他是从削平“山头”开始的。

王铁峰最清楚了，在沈重32000人的队伍中，包括厂办大集体的管理部门118个。这么多人，每个月伸手要钱，100多个山头都在发号施令，还谈什么劳动生产率呢？

王铁峰曾经给我讲过一个事：他当上总经理没几天，机关办公楼有一扇窗户的玻璃碎了，为了尽快换好玻璃，厂办通知行政处，行政处通知房产处，房产处通知修缮科，修缮科又通知修缮组，直到第二天下午才安上了玻璃。而为了安装一块玻璃竟来了5个人，推车的、专门量玻璃的、专职镶玻璃的、还有现场指挥的修缮组组长等。王铁峰在给我讲这个故事时，满脸的苦笑无法掩饰。

“不解决冗员，还谈什么摆脱困境呢？不削平这些大大小小的‘山头’，又如何解决冗员呢？”王铁峰的这句话，道出了他削平“山头”的决心。

没多久，沈重91名在管理权限上相互交叉的处级干部，离开了钢铆铁焊的“交椅”就在他的企业“减肥计划”正在实施的时候，市、区政府帮助企业脱困的政策像一股春风帮了王铁峰大忙。

大集体企业按照产品名称分到了市属各行业主管局，医院、学校由区政府悉数接管。这些支持企业脱困的政策让沈重的生产力骤然激增，正如政治经济学教科书中说的那样：“积极因素主导的生产力会爆发无与伦比的力量。”

如同一阵阵春雨铺地，一颗颗沉睡的种子破土爆绿了。

2000 年春，沈阳大街小巷的柳树刚刚发芽吐绿的时候，春风翻开沈重的账本，红笔连片的烦恼越来越少了。

久违的令人振奋的数字，又回到了沈重的账本上：工业总产值 58738 万元，出口创汇 2070 万美元，当年扭亏 220 万元。

又是连续两个春去秋来过后，传来了沈重 24 台双进双出磨煤机中标，大唐电厂、山国电厂 14 亿订单稳妥落地的消息。平日里不苟言笑的王铁峰听到消息后依然是一副不卑不亢的面孔，因为他的心头还压着一项分量更重的任务，那便是新产品的开发。

这一天，向沈重扑来了。

王铁峰与沈重的每个人都有体会，沈重在泥泞中跋涉时，国家一直在牵挂着他们，无论是政府收编辅助人员的减负之举，还是社会分流富余人员的助跑；无论是债转股卸下的“包袱”，还是职工“三险一金”的核算……都倾注了国家兴企业、保民生的心血。

我的手头有一组 2003 年 12 月 5 日拍摄于 17 米数控龙门铣旁的照片，它呈现了辽宁电视台“领跑大振兴”专题节目走进沈重车间的场景。

在这幅照片中，王铁峰与车间工人簇拥在一起，每个人都笑得爽，笑得甜，笑得坦然，似乎要把几年的笑颜一下子全都释放出来似的，仿佛昨天的沧桑一下子在这里画上了句号。那一幅幅笑脸好像是在告诉沈阳：东北振兴，一定会收获更多的笑语欢歌。

王铁峰之所以笑了，是因为有一个好消息在他心里发芽了。一把开发新产品的钥匙让王铁峰找到了。

王铁峰看到了中国工程院钱七虎等 4 位院士给国家经贸委建议制造国产掘进机的一封信。

王铁峰看到那封建议信之后，曾兴致勃勃地征求过国家行业主管部门的意见，但一直没得到肯定的答复。尽管如此，王铁峰对制造盾构机依然痴心不改。

在沈重的总经理办公会上，王铁峰要造盾构机的愿望使会议达到了沸点。

“沈重人的历史就是不断创新的历史，我们的前辈拿下过万吨水压机，制造过中国的大型烧结机，我们也拿下了双进双出磨煤机、立式辊磨机、5 米宽厚板冷热矫直机，这可都是中国工业史上独一无二的产品，谁说我们拿不下盾构机？”

也就是在这次会议上，王铁峰的想法得到了众人的支持。

“铁锋，如果专家们担心我们的技术力量，那我们合资合作总行吧？”

就是从那天起，沈重制造盾构机的愿望得到了中国工程院院士钱七虎的支持。“沈重特邀院士工作站”在沈重的成立，拉开了沈重人制造盾构机的序幕。

2004年至2005年，王铁峰的名字交替出现在沈阳—北京、北京—里昂、里昂—北京三条航线的登机牌上。

2005年3月8日，王铁峰和胡英宗都起得特别早，这一天是沈重的大日子。这一天，德国公司、法国公司，德国 、法国驻华使馆的商务参赞与市政府领导来到沈重，他们与沈重人一样，都在等待一个声音响起。

一阵轻松的音乐过后，会议主持人隆重宣布："沈阳维尔特重型隧道工程机械成套设备公司德国、法国各投资24%，沈重投资52%。"

王铁峰带领沈重人，开发新产品的圆梦行动开始了。

圆梦路上的坎坷、磨砺，研发制造盾构机的困惑与坚毅，早已还原给了盾构机的每一个线条和每一个数据，每一颗螺钉与每一块钢板。汗水与热血交融过的沈重土地，记载着沈重人制造盾构机的那段挫折与艰辛。

王铁峰不想回忆艰辛，正像沈重人把挫折看成了履历，即便是说到豪迈与坚韧，他们也是淡淡一笑地告诉我，如烟的往事早已过去。虽然岁月无痕却从没有忘记……

2006年7月17日，北京钓鱼台国宾馆。沈重一举中标6台大型盾构机的签字仪式正在举行，这是一次盾构机国际竞标史上，中国企业大获全胜的纪录。庆功宴上，一杯杯美酒敬向了王铁峰，敬向了盾构机设计、装配团队的代表高伟贤和曹百库。

2007年5月12日，中央电视台新闻联播节目，以"沈重盾构机抢占国内市场”为题，报道了沈重的盾构机在武汉长江水下60米、长3600米的过江隧道施工的新闻，一组特写镜头让一个个沈重人在屏幕前屏住了呼吸。当他们看到自己亲身磨砺的兵器，犹如一个天下最大的利器所向披靡，所及之处顽石土崩瓦解，粗沙泥浆退身让路的壮观场面时，不禁发出了大声的呐喊。

“三山五岳开道，沈重来了！”

也就是这组画面过后，14台盾构机、16亿元的生产订单，被沈重人收入囊中。

从那一年算起，16年的岁月星辰，伴随沈重走进了北方重工的天地。尽管企业换了名字，但北方重工依然延续着沈重人不畏困苦的精神，这种精神就像盾构机一样，一个劲儿地掘进而从不后退。然而在他们前进的路上，有一块心病仍旧困扰着他们，那就是盾构机主轴承的生产技术还掌控在外国人的手里。

主轴承不是自己的，由此而带来的是产品价格、供货周期、后续服务等，都处于一种受制于人的状态，让他们一直不能释怀。

沈阳金属研究所听到了北方重工的呐喊，他们联合四十几家科研团队合力攻关，让昨天的盾构机有了今天扬眉吐气的风采。

太阳每天都是新的。一个个好消息快速地在媒体间传播。2023年5月30日，《沈阳日报》发布长篇消息：《“沈阳范式”为盾构机装上“中国芯”——我国首台盾构机用上3米级主轴承》。

同一天，北方重工党委副书记梁秀给我发来一条消息：“截止到 2023 年 5 月 30 日，北方重工生产制造的盾构机，已经达到了 310 台。”

两个月后，梁秀在给我介绍当前北方重工参与的新时代“辽沈战役”时，兴致勃勃地给我描绘了三幅画面：

“老沈重你来过多次了，但那时候的生产指挥都是靠电话、靠报表、靠会议，今天，鸟枪换炮了！咱们现在的生产指挥中心是数字化当家。别的不说，一块 12 平方米的电子屏幕，我们将各个车间的生产运营情况尽收眼底，在这个大屏幕的影像后面，就是我们的生产大数据平台，它会对生产运行中的状态自动作出评估，并能对存在的问题，及时地提出调整改进的意见。这套系统的延伸，可以直接与质量控制和成本核算系统对接。一句话，数字化正在不断地把北方重工带进国际市场。”

“昨天是 2023 年 7 月 27 日吧，第八届中国国际矿业展览会在咱们沈阳开幕了。在这次矿业展览会上，咱们北方重工的盾构机、矿山设备、冶金压延设备和智能化无人值守料场，这些产品引起了到会者的极大兴趣。特别是，咱们盾构机的每一个部件都已经百分之百地实现国产化了。”

梁秀给我端出的第三幅画板，是北方重工最近研发成功的螺旋立式磨机，这种新的矿山设备，具有世界上最大的装机功率，相比传统的矿山设备的工艺，可以节能 30%~50%。

看得出来，已经 40 多岁的梁秀，在给我描述北方重工的新产品的时候，掩饰不住的喜悦挂在眉梢，语速与面部的表情像一位三十几岁正当年的汉子。

由此，我看到了一个全新的景象，“老字号”正在铺开北方重工一路创新的路径。

讲完了沈重，咱们再讲讲另一个老字号——沈变是如何挺立潮头、不惧风雨、负重前行、实现蜕变的吧。

应该说，“老字号”企业为新时代书写了浓重的一笔，也为沈阳老工业基地的青春焕发赢得了满堂彩。

在沈阳的土地上放眼望去，浑河两岸企业林立，各类工业母机和新产品试车发出的轰鸣，犹如沈阳“原字号”鸣响的清脆的笛声。

说起沈阳的“原字号”，沈阳人往往会不由自主地把目光瞄向铁西，瞄向经济技术开发区的开发大道。发生在特变电工沈阳变压器集团有限公司身上的一个故事，会让你体会到沈阳老工业基地依旧传承着“国家利益高于一切”的情操。

2021 年春天，国家电网白鹤滩——江苏 ±800 千伏特高压直流输电工程传来消息，急需 9 台高端换流变压器。

特变电工沈阳变压器集团有限公司知道，这项工程是国家“西电东送”的重点工程，也是继三峡工程之后中国水电的一张新名片。

老当益壮的沈变公司，又一次摩拳擦掌了。

沈变集团明白，在国家的重点工程面前，只要是“沈阳”两个字跳上招投标的屏幕，国内的变压器行业无人与他们争雄。然而他们也知道，每一项“国字号”工程对技术与时间的要求，难度是可想而知的。

沈变公司没一点含糊，他们知重负重，在研发制造 ±800 千伏变压器的道路上发力奔跑了。

数字，留下了 ±800 千伏变压器整装待发前的大事记：

2021 年的 7 月 30 日，±800 千伏变压器进入试验阶段。

2021 年的 11 月 28 日，±800 千伏变压器试验成功。

2021 年的 12 月 14 日，首台 ±800 千伏变压器披红戴花，在全场员工的阵阵掌声中，从沈阳经济技术开发区驶向重点工程的目的地。

几天后，沈变集团 ±800 千伏变压器研发成功的消息，在各种媒体上“开花”了。一时间，一些“老沈阳”询问的电话，发出了不尽相同的声音。

“沈变公司，是不是原来的沈阳变压器厂啊？”“沈变 70 年也没研发出来的 ±800 千伏变压器，他们十几年就研发出来了，可能吗？”“说是全部国产化技术，真的吗？变压器的套管还是从国外买的吧？”……一时间，猜测乃至质疑的声音不绝于耳。

该是给沈变公司正名的时候了。

拉开沈变公司记忆的抽屉，20 年前的故事浮现在眼前。

农历癸未年的腊月初，距离 2003 年年底只有两天时间了。一个让人始料未及的消息，从沈阳市铁西区北二路的保工街路口，向沈阳的四面八方疾速扩散，让刚刚端起热乎乎的腊八粥的沈阳人，平添了一种不解和疑问。这条疾速升温的信息，一时间占据了各媒体的主要版面，也成了沈阳大街小巷谈论的主要话题。

听到这个信息，有人瞪大了眼睛，有人摇头不解，有人追溯消息的来源，有人陷入了对往事的回忆。

迎接2004年春节的爆竹，已经在街路庭院铺开缤纷的屑花，但新疆特变电工收购沈阳变压器厂的消息，依然在社会上疯狂发酵。

记得当时有一次我在铁西区兴华公园晨练时，听到了一些退休老人有关沈阳变压器厂并购引起的争论，记录如下：

“听说没？变压器厂卖了，卖给新疆了。”

“说什么呢？变压器厂卖了？这怎么可能？‘是小变压器’吧？‘大变压器’根本不可能。”

“什么‘小变压’‘大变压’的，不就一个变压器吗？”

“孤陋寡闻了吧！大变压器的厂名叫沈阳变压器厂，小变压器在沈阳的后面有个‘市’字，这就是大小的区别。”

“是‘大变压器’，就是北二路上的那个，错不了，不信是吧？一会儿你去看看我是去了，沈阳变压器厂的厂牌前面多了4个字‘特变电工’。”

“按你这么说，沈变真卖了？”

“兄弟，那叫重组，也叫改制，有什么大惊小怪的。”

“行啊！卖就卖吧！肉烂在锅里，不卖给老外就行啊！”

“那当然是了，但我还是不信，那可是亚洲最大的变压器厂，‘瘦死的骆驼比马大，船烂还有三千钉’呢！”

“那是你不了解沈变。”

“我不了解沈变？你可真敢唠，王凤恩没有不知道的吧？劳动公园那5个塑像就有他一个，对吧？全国工业战线十面红旗之一，也有他一个吧？王凤恩家住哪儿？不就是兴华街十马路吗？我就住那个院。还有‘五千号’知道不？咱国家最早的最大的变压器，都是沈变制造的。三峡大坝的变压器谁造的？也是沈变！说我不了解，不怕风大闪了舌头哇！”

“你说的没毛病，看样，你也是沈变的吧？退休几年了？”

“退休几年怎么了？ 10年了！”

“这不结了吗？我说的是你不了解沈变最近这几年怎么样了。”

“这几年沈变怎么了？”

从文字上说，“怎么了”这3个字，是对原有形态发生变化而产生的疑问句，那么，这个“怎么了”又是从什么状态中转化而来的呢？

回眸远眺，长江上的第一座大坝葛洲坝，宛如长龙卧波一般，镇守着四季平安的黄金水道，而正是葛洲坝水电站发出的强大电流，通过变压器工作后的电压、电流和阻抗变换，点亮了夜空中数以万计的灯盏。

1985年，葛洲坝水电站进入了竣工前的设备安装阶段，谁能担起36万千伏安500千伏自耦变压器的制造任务？葛洲坝电厂再三评估，把期待的目光落在了沈阳变压器厂。然而，他们在聚焦沈阳变压器厂的同时，又在国外订购了一台相同容量的大型变压器。

葛洲坝电站购置备用变压器的消息，传到沈阳变压器厂之后，全厂上下表现得异常坦然。因为他们知道，葛洲坝寄托着全国人民的希冀；他们更明白，世界上最大的低水头、大流量、径流式水电站的建设，在一些老外的目光中是羡慕与质疑，而36万千伏安500千伏变压器由中国人自己制造，在外国人眼中更是嫉妒与猜忌。尽管如此，葛洲坝还是向国外正式订购了一台同样标准的变压器，以备不时之需。

葛洲坝电站的做法沈变人理解，因为他们知道，这是全国最大的水电工程，出不得半点闪失，从保证葛洲坝工程安全发电的全局出发，正是葛洲坝建设者想到的万全之策。然而，也正是由于葛洲坝订购了外国变压器的消息，让沈变人有了一个新的念头，那就是沈阳变压器要与外国变压器争个雌雄与高低。

沈变人骨骼里的热血涌动着期待。

1986年6月，沈变的500千伏变压器在葛洲坝电站一次调试成功了。而此时，外国的变压器还处于制造阶段，可能是沈变的500千伏变压器调试成功的消息打乱了外国人的阵脚，当外国的500千伏容量的变压器运到葛洲坝之后，在系统上运行不到10分钟，就被强大的电流击穿了。顷刻间，外国几百万美元的变压器，随着一股黑烟飘逝而去了。

很快，沈变人参与研制的“锦辽500千伏输电设备”与“葛洲坝36千伏安500千伏自耦变压器”再传捷报，分别获得了国家科技进步一等奖、二等奖。

用自强与自信迈开的脚步，让沈变人扛起了中国变压器先行者的大旗。

墙上的年历换了十几本，一路急行军的沈阳变压器厂，跨进了21世纪的大门。就在他们以冲刺的速度迈进市场经济的门槛之后，他们发现自己前进的脚步越来越慢了，而且每走一步都气喘吁吁。什么样的病症，让他们不能自我调节，更不能自愈呢？沈变人开始回望自己留下的脚印。

病症找到了，如同许多国有企业的通病一样，计划经济下的冗员、企业办社会，像两个沉重的铅袋拖住了他们的双脚，也拖慢了他们前行的脚步。

沈变想明白了，就是那十几年，全国各地新建了100多家大大小小的变压器厂，走进市场之后，沈变逐渐丢失了也疏远了一直对他们产品叫好的朋友，即便是往日里，与他们以兄弟相称的变压器生产制造厂家，也与他们摆开了竞争的擂台。

而就在这一次次的产品价格的比拼中，困难、麻烦夹杂着障碍和烦恼，一股脑儿地向他们涌来。生产资金周转时间的拉长、资金不能正常回笼的困惑，还贷与产品制造时间延缓的压力，如同一个个沉重的包袱压在他们身上。

坎坷磨砺，像一条条前进路上的荆棘，挡在了沈变人跋涉的路上。

2003年，一个由外省资产评估部门审计后给出的报告，让沈阳变压器厂睁大了惊诧的眼睛。

“2002年，沈变总资产17.7亿元，负债16亿元，负债率达到了93%。”与此同时，一笔10亿元人民币的银行债务，让沈变人借款还债无门。而早已由事业单位改制为企业的银行，毫不留情地向沈变亮起了欠债还钱的红灯。

沈变人的家底抖落在阳光之下了，冷静地思索过后，他们开始正视自己了。他们知道，光环已随岁月而去，走进市场就要面临风雨，眼下的窘境正是他们要着实面对的课题。千万次地问询之后，他们把走出困境的希望寄托在与强势企业的重组上。

时空前行的春风，仿佛听到了沈变人急切的愿望，阳光透出暖暖的温度，把一丝丝寒霜化作了滋润的水滴，沈变人重组的机会来了。

德国西门子公司、浙江正泰公司与新疆特变电工向沈变表达了重组并购的意象。

2003年9月29日，沈阳市的工业管理部门分别向德国西门子公司、浙江正泰电器公司、新疆特变电工发出了10月2日公开投标重组并购沈阳变压器厂的通知。

重组并购的日子一天天逼近，抉择的目标也日趋明了。按一般常理，抉择的日子越临近，思考的脉搏就跳得越快。而就在德国西门子公司自认为并购沈变已成竹在胸的时候，沈变在各种因素的影响下改变了主意。

2003年10月4日，沈变人的周围响起了并购的前奏曲。

为期3天的投标，亮出了3家竞标者重组并购的标底。新疆特变电工举起了 4.4 亿并购沈变的资金收购方案，德国西门子公司给出的收购价是 2.37 亿元，浙江正泰电器公司喊出了 3.5 亿的收购价格。

三选一，正常出牌的机会来了。谁的收购价位高，谁就是并购企业的主人。然而，沈变人的思维却与众不同。因此，花落谁家的木槌并没敲响，沈变人还在抉择，还在等待。

如果说，1948 年沈阳解放是沈变人获得新生起始点的话，那么，2003 年的沈变已经长成一条历经风雨的壮汉了。对于这个多少年来一直为国家的发展倾洒汗水的汉子，在由谁收购、与谁重组面前早已表露出鲜明的态度。那就是，私营企业也好，国有企业也罢，到头来都是中华人民共和国的企业，不管是私营企业，还是国有企业，他们几十年积累的研发、生产技术都是大中国的研发、生产技术。站在这个基点上的重组只有一个方向，那就是，无论是谁并购，都不能影响国家电力技术的安全。

有板有眼的话语，道出沈变人选择并购者的第一标准。这话语如铁板钉钢钉，发出了不容置疑的声波。一声声激荡的音符，分明是沈变人敲打自己铮铮铁骨的回声。

应该说，沈变人从骨骼中发出的声音与我们国家的利益是合拍的，爱国的仁人志士都听到了，他们回报给沈变人的是同一个频道上的大合唱。

这一年 10 月上旬的一天，一场围绕沈变由谁重组的论证会正在进行。几位专家的发言像重锤击打在工字钢上，发出了穿云裂石的回响。

《中国经济时报》记者唐福勇，在当年采写的文章《沈阳变压器重组：特变电工后发先至，西门子落空》中有过这样一番描写，这里摘录如下：

这一改变的起因，在于政府与各方对沈变地位与国资评估各有看法。

一些业内专家认为，沈变是国内最大的变压器设计制造企业，拥有500千伏变流升压变压器和 ±500千伏直流换流变压器的设计制造技术，是国内两个直流换流变压器的生产制造基地之一，直接为三峡枢纽工程提供交流500千伏、84万千伏安升压变压器。而且，沈变已经拥有国际同行中，最新最好的生产条件和试验条件，是我国大型核电站、火电站、水电站和超高压电网，所需的大型变压器的生产制造基地，在我国乃至国际电力设备制造业中占有重要地位。

专家们认为，德国西门子在交直流电力设备制造技术方面，具有国际领先地位，特别是在直流输电设备制造技术方面，具有垄断地位。而如果西门子收购沈变成功，一方面意味着西门子收购沈变后，很可能会对中国变压器市场形成垄断；另一方面，由于电力工业是国民经济的基础工业，电力设备制造业对国民经济的发展和安全保障具有重要的战略意义。若西门子收购成功，将对我国电力设备制造业的发展格局产生重大影响，甚至会影响到我国电力设备国产化战略的实施。

都看清了吧？唐福勇在文字的运用上是严谨的，我们不妨再将这段文字重新作一番认真的推敲。

这段文字两个自然段。第一自然段中，记者开头用的是“一些业内专家认为”，第二自然段的开头则用的“专家们认为”，“一些业内专家”与“专家们”显然是有着量的区别。“一些业内专家”可以作几个专家来理解，而“专家们”的“们”则可以理解为复数，也就是许多的意思。而正是“专家们”的意见，道出了他们站在国家利益之上的思考。进言之，则是明确表达了为什么不同意西门子公司并购沈变的明朗态度。

显然，“专家们”的意见让我们钦佩，更让我们敬慕。

当年那些“专家们”与沈变人对待并购鲜明的态度，如同一场声部不一但主题相同的大合唱。因此不管怎么说，与谁重组的目标已显而易见了。

选择的目光已变得越发清澈了。首先，与国内企业重组；再有，谁尊重沈变的无形资产，谁就是我们的选择。当然，沈变人对接受谁的并购，也是有一番细致了解的。

沈变人心里有本账，这本账记录的是新疆特变电工成长发展的业绩和他们参与重组并购以来清晰的脚印。

一张特变电 15 年发展的成绩单，装进了沈变人心头认可的档案库。

新疆特变电工的总资产在 2003 年已达 60 亿元，是中国变压器行业首家上市公司，也是集输变电、新能源、新材料于一身的国家级高新技术企业。

在三家参与重组投标的企业中，新疆特变电工是唯一认可沈变技术和商标无形资产的企业。

2023 年 6 月 6 日，特变电工沈阳变压器集团有限公司党委宣传部部长李雪在接受我采访时，给了我一份重组沈阳变压器厂时，特变电工董事长张新的发言记录。其中一段是这样的：

“我们认可沈变，沈变在我们眼里一直是一头大象，在我们心目中，沈变一直是中国输变电的老大，参与沈变重组的竞标，就是为了肩负起民族老品牌的使命，到头来，就是为了国家能源能有个安全的保障。如果我们投标成功，我们就可以成为全国最大、技术最高、人才最多的中国输变电企业。”

今天看来，张新对沈阳变压器厂的尊重，不只是单一地为了投标成功，也不只是从企业利益单方面的思忖，更大的是从国家电力安全的长远的考虑。20 年之后，张新的话得到了验证。

2023 年 6 月 6 日上午，我采访的脚步踏上了沈阳经济开发区的第十六大道，就在变压器集团党委宣传部的佟学博要领我走进工厂大门的瞬间，我的眼球被工厂大门外的厂名吸引了。

那是厂门外一块约 20 米长的厂标，“沈阳变压器集团有限公司”几个大字，从左至右一字排开，镶嵌在左侧的实体墙上。

一个变压器工厂的厂名如何让我为此驻足呢？那是因为，你如果不细致落目，是很难看到“特变电工”一行小字的。代表沈阳变压器集团上级的“特变电工”几个字，竟只有“沈阳变压器集团有限公司”几个凸显的大字的四分之一。

从一个厂名的书写和排列上，我看到了张新对原沈阳变压器厂的尊重。

新疆特变电工对沈变的历史和无形资产的尊重，取决于对沈阳变压器厂的认知。他们希望与沈阳变压器厂一道，跻身中国最大最强输变电企业的目标，让沈变人看到了重组后的希望。

相互信任的手握在了一起，正确的抉择。

2003 年 10 月 31 日，沈变职工代表大会的 305 名代表作出了郑重的抉择，赞成将沈变公司与变压器厂有关的部分资产出售给新疆特变电股份有限公司。

2003 年 11 月 13 日出版的《沈变厂报》在发表重组并购消息的同时，配发了一则评论：

由于企业债务负担沉重，加之体制、机制不灵活，企业的生产经营举步维艰。犹如一艘搁浅的大船，不经外力推动，已无法回到大海中搏击风浪。

路再难也要向前走，山再高也要勇登攀，这种无畏艰险的精神是沈变人的优良传统，也是我们走向成功的重要保证。我们相信，只要肯坚持就会有胜利，勇往直前地向前走，走下去，我们的前面一定是春天。

春天在哪儿？春天来了吗？

春天来了！沈变人的春天是从心里开始萌芽的。

2004 年的元旦向大地招手的时候，那些老沈变人关注的不是日历上数字的叠加，而是他们当月的工资能不能按时发放。

2004 年 1 月的日历，已经撕去十几页了。随着发工资日子的一天天临近，老沈变人的脉搏跳动着七上八下的节拍，期盼像上足了劲的钟表发条，一圈圈地逼近了发工资的日子。

发工资的日子到了，全厂职工当月的工资一天也没延误，而且是一分钱不少地发到了每个人的手中。老沈变人笑了，笑声中相互传递着说不清的眼神，而就在这转动的眼神中，也有疑惑与担忧。

“这个月的工资算发了，下个月怎么样呢？很难说。”

“看吧，老鼠拉木锨，大头在后头呢！”

担忧与翘望的目光，在交织中走过 30 天，第二个月发工资的日子又如期而至了，惊讶与愉悦让老沈变人将憋不住的话语袒露无遗了：

“主任，这工资是不是算错了呀？我的工资比上个月多出 300 多元，这怎么可能呢？”

“没错，全厂工人的工资都涨了！超额完成生产任务的，工资还有翻了一倍的呢！还有个好消息呢，你不是关心并购后的设备技术改造吗？告诉你吧，这个月特变电工总部又给咱们厂投资了 4.5 亿的技术改造资金呢！”

“投 4.5 亿？那加上特变电工收购的费用 4.4 亿，那可是近 10 个亿了！”

技术改造资金的到位与工资的增加渐渐解开了堆积在老沈变人眉宇间的疙瘩。

2004年9月，中国国际装备制造业博览会在沈阳举行。200多位各界来宾走进了改制后的沈阳变压器集团股份公司，惊叹的视野掠过之后，一张张订单飞向了并购后的沈变，沈变如同一个大病初愈的汉子，收到了一张张显示身体健康的化验单。

看得出来，新疆特变电工在收购沈阳变压器厂之前，早就做好了让沈变耳目一新的功课了。而要做到让老沈变人接受沈变的新公司之前，他们把营造积极向上的心态和秩序摆在了第一位。让老沈变人在情绪、认知、价值观和行动上达到了完美的契合。

2023年6月6日，我随着沈变公司党委宣传部佟学博的脚步，跨进线圈车间的门槛时，惊诧的一幕让我怔住了。

眼前几位穿着白上衣、白裤子、白运动鞋的技术工人，如同几个海军战士站在舰艇上巡逻，太漂亮了！脚下的通道像铺上了锃明瓦亮的大镜子似的。顿时，我放轻了脚步……面对此情此景，我不禁心生挂牵，那些过去的老沈变人能适应吗？他们如今的工作、生活过得怎么样了呢？

沈变公司工会主席肖峰和党委宣传部部长李雪读懂了我的心思，6月10日上午，找来线圈车间副主任张鸿和绕线A组班长张军，他们向我敞开心扉，道出了沈变重组后的切身感受。

“我们是第二代沈变人，我们的父母都是沈变第一代的奠基者。从上沈变幼儿园开始，我们就是沈变的家里人了。尽管20年前的职代会，通过了接受新疆特变电工的重组的决议，但那时候，观望、疑惑也曾在我们的心头一次次泛起。我们观望什么呢？那就是有一条，与我们重组的新疆特变电工是股份制企业，这样的企业还会不会传承我们沈变人几十年创造的辉煌？他们与我们重组之后，还能不能扛起中国电力设备的大旗？也就是说，中国变压器行业领头羊企业的地位，能不能保持下去？这是我们第二代沈变人20年前的思考，这也是我们的父辈们最关心的问题。”

张鸿的话还没展开，张军拦下了他的话茬：

“就说4.5亿技术改造资金落实到了各个改造项目之中这件事吧，让我们想不到的是，一个个项目公司制度制定之后，分门别类的项目公司建立起来了，超大型项目、大型项目、中型项目、配套项目，按照大集团经营、小单位核算的原则，实现了独立运营、自负盈亏。正是这种资源的整合，极大地降低了采购成本和资金的占用率。”

“就在重组后的第一年，让我们亢奋的消息接二连三地传来了。说真话，那个消息让我们都一时目瞪口呆了。2004年，我们重组后的销售收入达到了10亿元，利润实现了6000万元。当我们把这个消息告诉父母后，我们的父母落泪了。”

听得出来，张军说到这儿的时候，声音有些哽咽了。

“我们的父母都退休了，但沈变重组后的命运一直挂在他们心上。说真话，我们回到家的时候，父母最期待的是，重组后的沈变有新的项目。我记得也是那年，有一个工程叫‘贵广一回’，就在我们完成了‘贵广一回’项目之后，国家电网又把‘贵广二回’的项目交给了我们。为什么呢？因为国家电网的许多部门亲眼看到了我们的能力，二话不说，又给了我们20台产品的生产合同，总价值是 8.5 亿人民币。”

“从那以后，重组后的沈变就像把春光留住了一样，一件件新产品的研发让我们忙得不可开交，1000kV 的变压器是特高压输电的核心设备，是世界上电压等级最高、容量最大的变压器，咱们造出来了。”

“2012 年，为核电生产的 500kV、750kV 变压器，我们也提前交货了。一句话，沈变又为沈阳添彩了。”

“我记得清楚，当时主管全厂生产的肖总看到我们提前完成任务的报表之后，自己掏钱把我们班组 60 多个工人请到一起，喝了一顿大酒，庆贺我们生产任务提前完成。”

“喜悦是藏不住的。更有意思的是，我父亲原来是老沈变机电车间的，我母亲是沈变技校的数学老师，也是在那个星期天，我回家看父母，他们听说了重组后沈变的业绩，非要与我喝上一杯。”张军说起喝酒的故事，依然显现着一种自豪感。

“改革、改组、改造，加强管理的成果显现出来了。说句实在话，这个过程是心态从观望到认可、从认可到和谐的过程。我和张军既是老沈变的员工，也是新沈变的创业者。我们最清楚，这些年，老沈变的光荣传统传承下来了。新沈变的工作章法，又让我们看到了改革的活力。”

“什么样的改革措施，让张鸿与张军说起重组后的沈变呢？”我的一句插话，让张鸿的回答呈现出了如数家珍的状态：

“重组前，就说购置生产原料吧，是每家购置每家的，现在是特变电的企业统一购置，省钱吧？现在的工资表每个月都公开透明了，公平吧？没猫腻是吧？你说，工人的心态是不是顺了？还有一件事，说起来总有一股热血往上涌，那就是咱沈变的‘升旗仪式’。”

张鸿的话，让我想起了沈变党委宣传部佟学博给我讲的如今沈变每个月一次的升旗仪式。

那是让今天的沈变人拥有强大力量、提升雄壮气魄的庄严时刻。每当升旗仪式的日子到来，全场职工就集合在厂区广场前，唱响中华人民共和国国歌，面对冉冉升起的国旗，以及周围飘扬的厂旗、产品质量大旗，行庄严的注目礼。

升旗仪式的举行还不仅于此，每年“五一”“七一”“八一”“十一”，表彰工厂劳动模范、优秀共产党员和先进党支部、优秀复员转退军人以及企业新产品的庆典，升旗仪式都是必不可少的内容。而常说常新的则是对为国家电力行业创造的新产品、新技术的嘉奖与赞美。

“2021 年 7 月的升旗仪式上，时任沈变公司党委书记、总经理马旭平宣布了一条公司的决定，奖励套管公司总工程师闻政 100 万元。”

100 万人民币的奖励，这个数字可是一个工人 10 年的工资总和呀！是什么样的业绩，让闻政获得了如此大奖呢？

天下人的梦五彩缤纷，闻政的梦是把套管的容量加大、长度延长。

闻政，1995 年从哈尔滨理工大学毕业。那一年，沈阳变压器厂刚刚易名为沈阳变压器有限责任公司。12 年的草黄草绿、露往霜来，32 岁的闻政以设计主管的身份跨进了改制后的套管研发团队的门槛。

阅历与视野的扩展，让闻政的心里收藏了最小的只有巴掌大、最大的 30 多米长的各类套管的形状，500 千伏以下的套管，在她那里更是屡见不鲜的产品。

三十而立的种子，拱出了闻政思绪的脑海，一棵绿芽长出了新的叶片，她要改变图纸的变压器符号，让 1995 年以来一直滞留在心里的套管形态，来一番数码与容量的更新，以此改变老外傲视的眼神。

绝不是乏味，也不是枯燥。有一件事，让她思考的念头从未间断。那是闻政刚参加工作时与师傅的一次对话。

“师傅，前些日子的产品投标，听说咱们没投上，什么问题呀？”

“还有什么问题？嗓子眼有问题呗！”师傅说。

“你说的是套管不行，是吗？”闻政听明白了。

“你想啊，这套管一头连着变压器，一头又连着高压线，像不像咽喉？要说容量小的套管咱能干出来，人家要的是高端直流套管，咱们没有。”师傅的话显出一种无奈。

“配件产品咱们可以买呀！”闻政瞪大了眼睛说。

“说得轻巧，那不是有钱就能办到的事，按常理买货的应该是上帝吧？可你如果对那些老外说，我们买的产品要及时到货，他们就会向你投来斜视的眼光，而且会以傲慢的语言告诉你，‘买我们套管的人多着呢，排号等着吧！’”师傅边说边摇头。

“师傅，按你的说法，500 千伏以上的套管我们全靠进口吗？我就不信了，总有一天，我们会有自己的套管的。”闻政向师傅投去了一种信心十足的目光。

憧憬的梦在闻政的脑海里一次次地演绎，信念、意志与向往托起了她研发制造高端国产套管的决心。哈尔滨理工大学积淀的知识，十几年的设计经验与套管的研发技术和积累，一点点地在闻政的心头积聚着。随着日月的穿梭，知识不断丰富着闻政的技术储备。而正是脑海中套管设计知识的不断充盈，让闻政要登上中国套管设计巅峰的欲望，更加强烈了。

许多人发现，闻政在套管设计研讨会上的语言风格变了，随之而来的是设计思想的成熟。正因如此，沈变公司从上到下，寻找套管设计领头人的目光，从不同的角度瞄准了她。2014 年，闻政在众人的瞩望中接过了套管公司总工程师的帅印。

此时的闻政，对套管的设计已经从陌生走向了娴熟。就在她要带领她的设计团队一展风采的时候，机遇并没有给她开辟新径，一些国内大的电力设备还在沿袭着选择国外套管的老路。

2020 年新年的钟声敲响了，国家电网要组织国内变压器大型企业对特高压的套管技术进行攻关。而在国家电网确定的专家名单中，沈变公司成了技术攻关的开路先锋。

这是一副沉甸甸的担子。10GW 直流输电工程用 ±800kV 干式直流套管解决世界设计领域难题，担子落在了闻政瘦弱的双肩。

闻政是聪明的，从国家电网布置的攻关项目上，她看到了国家电网发展的远景，而远景的蓝图，正是国产化特高压套管核心技术的应用。

憧憬的梦在闻政的心头编织了十几年。让她庆幸的是，攻关项目得到了兄弟设计单位和沈变套管公司同行的鼓励和支持。鼓励如同春风在研发攻关的路上吹拂，旋律和谐的脚步声直抵心扉。这让闻政有了如沐春风之感，加快了套管设计研发的脚步。

“±800kV 干式直流套管的设计，一定要在咱沈变人手里第一个完成，我们就是让那些轻蔑我们的蓝眼球，重新端正他们的视线，我们要用我们的设计能力告诉他们，今天的沈变，还是中国大地上电力设计的第一梯队。”

如同一场冲向套管主峰前的战前动员，闻政的动员与众不同：

“我们现在能做的套管都是低端套管，也就是说，我们只有500 千伏以下的交流套管，这就是我们冲向高地的起始地。有一个消息要告诉大家，老外的套管也不是货真价实的。国家电网把这个设计任务交给我们之前，有些进口的直流套管已经出现了 38 处故障。此时，我们拿出国产套管正当时，我们沈变在那些老外面前展示风采的时候到了。”

闻政的几句话，字字牵动研发团队每个人紧绷的神经，一场“夺取特高压套管设计，沈变先行”的设计方案，在每个人心头各负其铺开了。而设计的开端是电场设计和结构设计，并以此作为突破口，正是整个设计的难点。

2023 年 6 月 6 日，套管公司的安泽峰副部长告诉我：“套管在变压器里承担着电流传输和引线支撑的作用，足够的机械强度是设计中要充分考虑的问题。”

设计人员都明白，电压等级越高，电场就越复杂。但如何想办法从结构上实现均匀，让热点的分布符合材料的特性呢？

追求梦想的航程，从来没有一帆风顺。材料的实验结果与设计出现了距离。于是，不厌其烦地调试套管结构设计，成了设计团队攻关的重点。然而，套管的结构设计却一直不遂人愿。

“大家想想，我们的热点分布，是不是符合材料的特性呢？”

闻政的一句话，直击设计上的要害了，从结构上重新思考成了设计的突破口。

十几天过后，顺着闻政的思路，难题终于被攻破了。但实际操作中套管的浇筑量，又成了一个亟待破解的难点。

这一难点又是如何被攻破的呢？设计部副部长安泽峰给我讲了这样一个故事：

2020 年的 8 月，骄阳似火。仿佛每一块钢铁都在高温下不由自主地滴着热汗。利用真空浇筑干燥罐进行的套管浇筑的试验，进入了第六次闯关的阶段。

就在干燥罐启动之前，副总工程师王慧民的眼神一直透露着几许期待。他急匆匆地对闻政说：“闻总，还等什么呢？我们已经没有时间等待了，要提高浇筑质量，有一条必须坚持，那就是全程跟踪监测套管的数据，否则我们还无法下手。”

闻政听出来了，试验已经容不得我们一个场景一个场景地关注了，再回过头说，设计不达标，就意味着国家电网的希望要落空了。

浇筑固化的试验开始了，12 米深的干燥罐，一时间成了套管团队的关注点。总要安排人站在真空干燥罐前，瞭望干燥罐的运行状态，如同几个护士在轮流看护一个睡在育婴箱里的孩子。

行内的设计人员都知道，每一次的浇筑试验，都要经历 10 天的时间才能完成。面对干燥罐的运行，每个人都投来了祈盼的目光。他们祈盼，每一次浇筑都是最后一次。这是因为，浇筑成功是套管团队共同的期待，同时，他们的祈盼还在于，尽量减少由于浇筑给企业带来的研发成本。安泽峰告诉我，浇筑的每一次失败，都意味着 80 多万元的研发成本打了水漂。而解决这个问题的唯一渠道，就是全程跟踪浇筑过程，监测到真实准确的数据。

工艺部的副部长助理傅生麟，扛起了数据监测的担子。

自从干燥罐启动之后，枯燥缠着他，乏味与他寸步不离。伴随干燥罐在 240 个小时的运行，傅生麟重复着观望、记录，记录、观望……这一简单却又让人腻味的动作。

10 多个日升月落的时间过去了，上万条数据与十几支记录数字的碳素笔见证了傅生麟和沈变套管研发团队一定要制造出国产特高压套管的坚定信念。

胜利总是会向意志坚强的人招手致意的。

2020 年 9 月的一天，随着套管芯子的卷制一次成功，闻政的套管研发团队簇拥在了一起。

就在那年的最后一天，由沈变成功制造的 ±800kV 干式直流套管，交付了国家电网。

一年后，国家电网传来消息，±800kV 变压器在驻马店平稳运行。

又是一年，国网豫南电站发来消息，沈变公司的特高压±800kV 直流工程供电超过 100 亿千瓦时，状态良好。

2021 年的 12 月 5 日，±800kV 特高压干式直流套管通过了国家鉴定，消息传到闻政的手机上，她只是淡淡地一笑之后，向发来祝贺信息的朋友回了一句话：

“±800kV 特高压的套管的研发制造，破题的一定是沈变，这一点我们深信不疑，中国的特高压套管一定会派上用场，为中国服务的！”

闻政的感悟为何如此坚定？是畅想还是展望呢？

应该说，闻政简短的语句，源于对祖国满满的深情。对于中国变压器行业技术发展的引领者、标准制定者与行业人才基地的称号，沈变人格外珍惜。

就在闻政收获了特高压套管研发果实的这块土地上，投资 6.4 亿元的中国最大的套管研发生产基地的建设，正处于收尾阶段。

沈变党委宣传部部长李雪在给我发来的微信中，对正在建设之中的套管基地，做了这样的介绍：

“这是一块占地 3.38 万平方米、建筑面积 2.7 万平方米的研发制造套管的基地，年产各类套管可以达到 4360 根。这是在中国的土地上，电压等级最高、产能最大、实验能力最强的套管生产基地。这也是我们中国大地上，以自我核心技术研发、制造、输出套管唯一的生产园区。至于你问我，什么时候套管基地剪彩，我得到的消息，大概在 2023 年 7 月。”

显而易见，无论是闻政对套管生产基地的展望，还是李雪对套管基地竣工的憧憬，交织的都是一个信念，那就是建设自己的套管生产基地。这不仅仅是为了满足沈阳变压器有限公司和特高压集团的生产所需，他们还有一个更大的抱负，让中国电力能源从此摆脱对国外套管的依赖，为我们的民族工业创造出自我核心技术。

再清楚不过了，沈变人的信念来源于中国工人阶级一心为国家争光、为民族争气的爱国主义精神的传承。具体点说，则是他们对祖国电力发展蓝图的深刻领会与认知。由此，我想起了闻政对我说过的一句话：

“‘十四五’期间，国家电网建设将会在雅砻江流域、松辽、冀北、黄河几字湾、金沙江上游等九大陆上清洁能源基地和海上风电基地，展开新的建设蓝图。”

看来，祖国电力发展的蓝图，沈变人早已熟记于胸。

“苦心人，天不负。”上苍总是愿意用暖暖的光线照耀为祖国点亮灯盏的建设者。

正是因为沈变人的未雨绸缪，才有了套管基地建设的布局。而这种布局，更来源于沈变人扎扎实实的脚步。由此，在我们期待套管基地竣工的彩旗迎风飘舞的日子到来之前，还是把沈变人一路洒下的汗水做一番盘点。

2021年9月17日，对沈变集团来说是一个美酒伴鲜花的日子。以12亿元人民币的价格，沈变的14台高端换流变压器和29台电抗器，中标白鹤滩电力工程。

一年过后的2022年12月20日，白鹤滩——浙江的±800kV高压直流工程竣工投产。

也是这一天，世界上技术难度最高，单机容量最大的白鹤滩水电站正式投产发电。

白鹤滩水电站曾经苦心规划了70年，但建设大军没有开进之前，仍然名不见经传。

2017年白鹤滩水电站全面开工建设了。6年后的今天，“世界水电行业的珠穆朗玛峰”“继三峡水电站之后的世界第二大水电站”“世界最大的清洁能源走廊”与“超级水上印钞机”等一顶顶桂冠，让“白鹤滩”火遍了世界各个媒体和网站。

如此浩大的工程，上自发电机组，下至转轮数以万计的零部件，都气宇轩昂地挂上了“中国制造”的标签。沈阳变压器集团公司研发制造的从交、直流变压器到大小不一的套管，正是这浩大工程中电压电流的平衡器。

尽管改制后的沈变，犹如一棵挺拔的大树挂满了累累硕果，但我与许多沈变人一样，依然对套管生产基地分娩的日子心存期待。

沈变党委宣传部佟学博是懂我的。他发来的一条消息，让我把期待的眼神投向了沈阳经济技术开发区的第十六大道。

2023年7月15日，时任特变电工沈变公司党委书记、总经理马旭平，以清脆的男高音宣布："特高压套管研发制造基地正式投产。"

马旭平的一声"正式投产"的声音落地，在我们的眼中，铺开了一幅全新的画卷。

这是一条从中国特高压电网引申出来、由特变电工自我拓展播种的中国第一块套管生产的百花园。在这块可以收获高端套管的园区里，世界上最大的一流的特高压套管试验大厅，会让你屏气凝神中赞叹不已；就在你移步定神的同时，你会看见数字化三维符号，正牵引着智能化设备的引擎，发出高新技术闪烁的信号。以机器人开道的自动装配生产线,随着一个个条码与视觉线的交织、识别，一种扬眉吐气的自豪感，会在你的心头情不自禁地生成。由此，我们可以设想，如果在以往的日子里，曾经对我们拉起了"卡脖子"屏障的那些老外，看到今天的场面，会颜面扫地，还是心悦诚服呢?

中国第一条特高压套管生产线的问世，意味着搬掉了困扰我们多年的技术加生产两块大石头。可以想象，也可以断言，这块中国唯一的套管生产线的产品落地，将会让我国输变电产业的安全大大提升。

沈变火了，那火苗越烧越旺。

亢奋中的沈变，依然把握着理智的方向盘。就在新时代"辽沈战役"冲锋号吹响的时候，沈变人的档案中又写下了一个个记录荣誉的方块字。

世界级新产品已经有 154 种写进了沈变集团档案的索引；变

压器产品的62项世界第一，让他们一次次登上了一览众山小的峰峦；创造发明捧来的6项国家科技进步奖，“中国工业大奖”“国家高新技术企业”“全国工人先锋号”的颁奖词，让他们在一次次掌声中，豪迈地扬起了头，绽放出“中国第一”的笑脸。

也就是欢庆套管基地落成的视频，在手机上四处传递的时候，沈变人又从大海上发来了又一条喜庆的消息。

“海上风电柔性直流输电用联接变压器，研发成功了！”大海上无人值守的换流站平台，从此增加了一道安全屏障。

从2003年至2023年，改制后的沈变走过了整整20年。20年来的沈变，一往无前，新产品日异月殊，但沈变人对国家的责任和使命始终如一。

沈变的发展没有尾声。东北振兴的路上，今天的沈变人依然一路啃着硬骨头，跋涉过深水区，续写着新的荣光与质量品牌璀璨的履历。

振兴路　科技支撑的雄风

昨天，是激情与汗水浇筑了一砖一瓦；今天，是使命与担当支撑起了祖国的强大。

——题记

沈阳的大工业，在曲折前行的路上迈动着发展的步履，发展与奠基同步是从未改变的旋律。特别是党的十八大乐章唱响之后，工业数字化、网络化、智能化搭建的桥梁，加速了沈阳制造业的转型升级。在打造重大技术创新策源地发展目标的引领下，一个个以科技创新推动产业创新的企业，在振兴的大路上纷纷按动了发展的"快进键"，飞驰在新时代东北振兴的"快车道"，打造具有国际竞争力的先进制造业新高地，成为沈阳老工业基地为共和国工业奠基的新目标。

就是在这条道路上，一支支瞄准了世界高新技术峰峦的团队，以把核心技术握在自己手里为己任，一路栉风沐雨，迎来了沈阳振兴路上扬眉吐气的掌声和发自心头的礼赞。

沈阳自动化研究所和沈阳新松机器人公司在振兴路上激流勇进的故事，正是新时期新征程上，沈阳科技工作者奋发向上，用科技创新激发老工业基地迸发新活力的缩影。

他叫赵洋，中国最普通的名字，但他的作为却卓尔不群。

2020 年 10 月 6 日，一道来自北京的指令，变成了沈阳自动化研究所研究员赵洋手里的一张从沈阳桃仙机场飞往海南三亚的登机牌。

今天，飞机早已是便捷的交通工具了，许多坐在飞机舷窗边的乘客，远望机舱外棉团似的白云，都会向往那视野开阔的万里云天。而沈阳自动化研究所研究员赵洋，思维的方式或许与他人不同。自从他与水下潜水器结缘之后，每次眺望舱外的白云，总会由白云想到大海的波澜。由此，蔚蓝色的大海成了他今生的最爱。

此刻的赵洋，双目闭合靠在座椅上。在有些人看来，一定是旅途的劳累让他进入了梦乡。而这恰恰是赵洋回首往事的一种状态。随着飞机在气流中颠簸，他回忆的思绪一下子跳到了 30 多年前的一天。

这个故事，赵洋很少与别人说起，而随着他年龄的增长和工作领域的拓展，有关他名字与工作契合的故事，让他常常陷入一种自我欣赏的状态。

他清晰地记得，还是上小学的时候，有一天放学回家，他突然向母亲提出一个问题：

"妈，咱班同学的名字大部分都 3 个字，我的名字怎么两个字呢？"

望着儿子对姓名的疑惑，身为机关干部的母亲，给他讲述了"赵洋"名字的来历。

"赵洋啊！你是不是因为看了《十万个为什么》这本书突发奇想呢？据我所知，你看的这套书不会有'赵洋为什么叫赵洋'吧？关于你的名字，专利权是我和你爸独有的，知道吗？"

此时的赵洋，眨了眨眼睛，大惑不解。

“你出生的时候，你爸爸跟我说：‘这孩子按照我们老赵家的辈分传‘承’字，那就叫赵承海吧！’听了你爸爸给你起的名字，我思考了一会儿对你爸爸说，‘老赵哇！你搞了一辈子化学研究了，你是不是觉得名字也和元素周期表一样，也要按照原子序数先后排列呀？什么海呀、江的，都没有洋大，听我的，就叫赵洋吧！’”

1995 年 7 月的沈阳骄阳似火，赵洋急匆匆地把高考志愿填报单递到了父母面前。

“明天就要交报考志愿单了，你们看，我报哪个学校、哪个专业好呢？”赵洋期待地望着父母。

赵洋的父亲看了一眼报考单，转手递给了赵洋的母亲，两个人发出了会心的一笑。

“赵洋，我和你妈知道，你会来征求我们意见的。要我说，电气化和自动化是我们国家工业发展的必由之路，这个专业哪家好？据我了解，咱沈阳工业大学的工业自动化很有名气，你可以试试，你说呢？”

赵洋的父亲说着又把目光投向了点头称许的老伴。

后来按照父母的意愿，赵洋报考了沈阳工业大学自动化专业，毕业后分配到沈阳自动化研究所。

2005 年，29 岁的赵洋获得了被沈阳自动化研究所选拔的机会，他所学的专业与工作实践又有了新的契合点。走进科学家云集的殿堂，赵洋的视野又一次得到扩展，加之连续几年在东北大学学习充电，赵洋插上了软件研发的翅膀。

又是一个炽热的日子拥抱了赵洋。

2016 年 7 月，沈阳自动化研究所的领导把赵洋叫到自己的办公室，交给了他一个沉甸甸的任务。

“赵洋，所里决定，由你代表我们所参加国家重点研发计划——全海深载人潜水器研制的申报任务！这是国家科技部十三五即将立项的重大任务，我们与中船重工集团等单位联合申报，我们所承担载人潜水器控制系统的研制任务。你要认真思考，把全海深载人潜水器控制系统的任务特点、研究内容、成果凝练好，确保这项重要科研任务申报成功！”

“我和我的团队，不会辜负国家和所里的希望的。”就是从那天起，赵洋开始书写深海载人潜水器控制系统的大文章了。

经过科技部组织国内顶尖专家的层层把关，这项科研任务成功获得批准立项。赵洋在项目中担任副总设计师，分管控制系统的研制工作，承担了“奋斗者”号“智慧大脑”的设计重任！

赵洋的回忆被飞机播音员的预报打断了。

“女士们、先生们，本次航班就要抵达目的地海南三亚了，请各位旅客系好安全带，不要随意走动。”

赵洋睁开眼睛向舷窗外望去，一片深蓝色的大海就在脚下无尽地蔓延。此时的赵洋，嘴角露出一丝微笑，情不自禁地自言自语道：

“还是我母亲说得对，再大的海也没有洋大呀！有人说马里亚纳海沟深不可测，我就是要和马里亚纳海沟来一番深度的较量！马里亚纳海沟，我来了！”

人来到世界上或许都带着一种使命，赵洋的使命就像他的名字一样，与海洋结下了不解的缘分。

许多人要问："奋斗者"号的蓝图，是什么时候在赵洋团队的脑海中刻下第一道印记的呢？

2023 年 6 月 30 日，我的提问又一次勾起了赵洋的回忆：

"我之所以对接受'奋斗者'设计任务的时间如此记忆犹新，缘于两件事。一是，那年我走进了人生 40 岁的门槛；再就是，接受组织给我任务的那天我彻夜未眠。我之所以心潮翻涌，是因为'奋斗者'号的研发是一项集大成的任务，进而言之，这次任务是国家海洋战略中的一项我们关注了许久的必答题。如果把'奋斗者'号比作一个自由的'海人'，那我们要完成的是'海人'大脑的设计。从载人潜水器的角度说，这个控制系统不但要采集潜水器各种传感器的数据，还要执行对潜水器各种设备的控制和对整个潜水器的运动控制。同时，水面监控、应急航行、系统仿真的作用也在设计之中。"

听到这，我本来处于静止状态的神经，又不由自主地画上了一个问号：

"这可是当下最强大脑的设计，你的团队能胜任吗？"

"中国科学院沈阳自动化研究所之所以自信能够承担如此重大的科研任务，是缘于我们水下机器人领域的超强实力！那就是，在此之前我们创造了中国水下机器人领域的诸多项第一！"

"天将降大任于是人也"。

在我与赵洋的几次交谈中，心如止水是他留给我的第一印象。

“你虽然此前参加过‘蛟龙’号与‘深海勇士’号载人潜水器的研发，实现了下潜4500米的目标，但你只是研发队伍中的一员，‘奋斗者’号的目标是中国最先进的载人潜水器，你又肩负着副总设计师的责任，特别是你还将亲自到深海去探索，想到这些，你不觉得胆怯吗？”

“不会胆怯，正像‘奋斗者’号的名字一样，我们沈阳自动化所的科研人员，都是抱着为国家奋斗的志向走进这个队伍中来的。知道吗？航天英雄杨利伟绕地球飞行，他的脉搏仍然是每分钟70下，杨利伟就是我的榜样，他能为祖国探索太空，我也能为祖国探索大海的秘密。我们知道，压力会伴随着我们设计过程的每一步，难度也会纠缠我们设计的脚步，但我们设计的就是系统控制，控制不了自己的思想压力，就没有参与设计控制系统的资格。”

赵洋的脚步放开了，是从“奋斗者”号的体重要比以往潜水器的载人球舱缩小三分之一开始的。

赵洋知道，在我们的地球上，海洋面积占了71%。探索如此浩瀚的大海，为什么不把载人潜水器设计得大一些呢？设计之初，许多人都向赵洋提出过这样的疑问。

从科学家的角度出发，赵洋的回答一语中的：

“海水越深，水压越大，以万米深海计算水压已超过了111兆帕，将近海平面标准大气压的1100倍。如此巨大的压力给‘奋斗者’号的材质提出了更高的要求。如果载人球舱增大，相应的浮力材料也要增重啊！”

困难不会因为你有雄心壮志而与你妥协。载人潜水器球舱缩小三分之一的要求，给赵洋的设计团队提出了一个必须面对的问题，那就是：在保证 3 个潜航员位置不变的前提下，所有控制系统设备都要缩小。这就意味着，以往被证明适用于深海探索的各种设备都要重新设计，技术数据都要重新计算。一句话，一切都要重新再来，而再来的路上困难重重。

回到设计原点的赵洋团队，按照各自的分工，以奋斗者的姿态展开了全新的对载人潜水器控制系统的设计。

信息采集模块是载人舱内的核心设备，这个模块负责采集控制系统近一半的传感数据。由此，信息采集模块攻坚成功，会对研发控制系统起到一个提振士气的作用。

敲击着电脑按键，模块设计在紧张地进行着。信息模块缩身的造型，在一个个设计师的敲打下成功推出了。在新模块与旧模块的比较中，新模块的体积只有原模块的五分之一大，重量也减轻了三分之一。

一次次的海试过后，许多同行曾经问过赵洋：

“你们的采集模块，不管在什么条件下都那么稳定可靠，能说说原因吗？”

“原因只有一条，自主研发！”

海试归来的同行们注意到，平日里淡定自若的赵洋，在说这句话的时候，嘴角微微上扬，内心的喜悦与自豪在脸上轻轻掠过。但笑声并没能让赵洋停止脚步。

新的向往让赵洋的团队生发了新的憧憬，有些想法甚至有些“疯狂”。

“陆地上的自动驾驶汽车能实现的功能，我们也应该具备。”这一想法，如同一块石头扔进湖水，泛起层层涟漪。

“陆地与海洋环境千差万别，能实现吗？”

正是这一想法引发了赵洋的深度思考。在赵洋看来，虽然陆地与海洋的环境不同，但这一想法的提出，对设计思路无疑是一个新的启示。把陆地上已经实现的智能设备，融入载人潜水器中，想尽办法变换我们的思维方式，幻想也会变成现实。

赵洋对团队的鼓励，落到了潜航员观测的项目上。由此，他的设计思路也进一步展开了。

“大家想一想，‘奋斗者’号就像一个大钢球。海试的时候，它会以每秒一米的速度向海底下潜，一秒是什么概念？一秒就是说5个字的时间。如果我们的潜航员不能及时观测到周围的环境，或者说，我们对海底的深度掌握不准，那潜水器就有撞击海底的危险。正是这些危险因素的存在，上千年来，人类没有几个人探索过世界最深的海底。安全避碰功能是必须完成的控制设计。”

在赵洋看来，超乎以往设计理念的设计，拿出中国人的核心技术，保障深海载人潜水器的安全，应该是他们这个设计团队齐心协力追逐的路标。

就是在这种理念的带动下，赵洋选择了3台测量离底高度的设备，在不同的观测位置下，同时开展工作，对海底展开了不同角度的测量。噪声条件下测量的数据什么样？回波强度不一致的条件下，测量的数据有哪些变化？……在这种基于不同数据的采集基础上，一个通过识别筛选的正确数据产生了，也正因为如此，航潜员连同载人潜水器的安全有了保障。

赵洋在为我讲述设计成功后的系统控制状态时，还为我模仿了一句载人潜水器在接近海底前的自动语音提醒——

“多普勒已经探测到海底，请关注离底高度。”

无疑，这大海深处发出的声音，来自赵洋团队的智慧与汗水。用赵洋的话说，这不仅是团队智慧的力量，也是中国科学院沈阳自动化研究所的力量所在。尽管如此，赵洋并不满足，他把追求控制系统的完美贯穿于设计的始终。

主动向控制系统的精度挑战，是赵洋酝酿了许久的愿望。在赵洋的设计思路中，这个愿望是随着控制系统设计的不断提升而产生的。

应该说，赵洋与许多科学家一样，对控制系统的每一步设计都是慎重的。他曾对我说过，在最初接到任务的时候，没想过把控制系统的指标进一步提升。在他看来，当年的“蛟龙”号的控制精度，已经是一个巨大的突破了，“奋斗者”号能与之前的潜水器保持同一个精度，这已经是一种进步了。

然而，在水下与陆地实验过程中，同事们不畏严寒、不怕酷暑，忍受着 3 月料峭春寒中刺入骨缝与五脏的寒冷，忍耐着 6 月江南的骄阳似火，在湖泊试验中汗流浃背，一遍遍地调整验证控制参数，摸清了“奋斗者”号的关键性能数据，让赵洋有了把“奋斗者”号的控制精度达到极致的决断基础。

正是在这种决断下开展的20多次试验，以及一次次的试验数据分析，控制系统的指标精度产生了飞跃式的进步。比较以往的最佳设计方案，大大地提升了一个数量级，一种胜利后的喜悦同时挂在了赵洋设计团队每个人的脸上。

理想与步伐同步，自信与成功相伴的时刻到来了。

2019年12月23日，中国科学院沈阳自动化研究所的电控实验室，赵洋设计团队的10双眼睛，从不同的角度聚焦在“奋斗者”号控制系统仿真平台上。大家互相凝望又相互交织的目光中，都在传递着心头的一句话：“我们的设计系统成功了。”

而这句话，正是来自“奋斗者”号各个系统设计的国内各路专家，在见证了“奋斗者”号控制系统仿真平台测试的成果之后，发自内心的认可。也正是这种认可，让控制系统设计团队的每一个设计师，如同在观望一棵破土而出的秧苗那样，目不转睛地注视着生机盎然的叶片。

就在这个时间段里，好像有一个指令，同时拨动了每个人的心弦，围绕控制系统仿真平台的目光，在同一时间，齐刷刷地聚焦在赵洋的脸上。这是一种用目光的温暖拥抱。从接受设计任务那天算起，已经有3个春去秋来的时光，在他们身上悄悄走过了。

望着每天与他一道披星戴月、合力攻关的同志，赵洋的心扉不由自主地打开了。难以名状的语句堆积在他的喉头，说什么呢？说大家辛苦了？但凡走进沈阳自动化研究所的人，每天就是把辛苦当日子过的。说祝贺？载人潜水器的总装和联调测试还在路上。

说什么好呢？赵洋的脑海中快速地回放着团队每个人设计路上勤勉的剪影，一句话从胸腔迸发：

“今天，我们的仿真平台测试得到了国内专家的认可，从今天起，大家可以正常下班了，但我还有个希望。希望大家能到幼儿园、学校接一次孩子；也希望大家为父母、为老婆孩子做一顿饭；希望没结婚的小伙子，别忘了拎两瓶好酒，到未来的老丈人家看一看，好不好哇？”

一时间，掌声、笑容弥漫在电控实验室里。

10月的三亚，骄阳与阴雨交替、变换。

走下飞机的赵洋，径直前往码头，登上中国科学院的“探索一号”科学考察船，尽管“探索一号”船舱的格局让他耳目一新，可他一有时间就围着固定在船尾的“奋斗者”号前前后后看个不停。

“太漂亮了，从‘奋斗者’号的正前方望去，好似一个红白绿相间的巨大的太空船。”赵洋感觉到有一个声音冲出了他的心底。

“这是我随‘蛟龙’号下潜以来见到的最让我心动的下潜器了，可哪天我才能驾驭它，去一望大海的深邃呢？”

赵洋期待的日子来了。

2020年10月10日，“探索一号”从三亚出发，搭载着“奋斗者”号向马里亚纳海沟驶去。

马里亚纳海沟将是此行的目的地，这一消息让平日里从不喜形于色的赵洋，一次次挑动着眉梢。

在赵洋的下潜履历中，他曾多次随“蛟龙”号出海，而这次赶往马里亚纳海沟，会下潜到多少米呢？真正的马里亚纳海沟真是像一些人记载中的那样吗？

马里亚纳海沟是世界上海底潜望者梦寐以求想抵达的地方。那是位于西太平洋的一片公海，上百年来，只有美国与瑞士等少数几个国家的探险家在那片海域留下过记忆。

按国际上一些海洋研究学者和深海探险家的说法，马里亚纳海沟之所以很少有人涉足，是因为那片海沟全长 2550 千米、宽 70 千米，大部分水域深度都在 8000 米以上，在已知的海底深处，温度和含氧量低，水压高，200 米以下是一片黑暗的海底世界。如果没有一台安全的潜水器，是很难面对海底世界巨大的压强的。为此，有些外国专家曾经断言："想去马里亚纳海沟探险，比登上月球还难。"也正是这种断言，阻碍了世界上许多国家探测海底世界的脚步。

显然，赵洋不是在大海的探索中裹足不前的人，他庆幸自己被选为到探索马里亚纳海沟的探索者的一员，急于登上"奋斗者"号下潜到海底深处，成了他每天的期待。而就在他的愿望与日俱增的时候，16 号台风的到来，让他的憧憬再一次延迟了。

在他随着"探索一号"驶出香港附近的万山群岛时，16 号台风"浪卡"卷起五六米的海浪，把排水量 6000 吨的"探索一号"搅动得不能自主，像一个橡皮艇在风浪的推搡下，忽上忽下地颠簸摇摆。后甲板上数千千克重的压载铁框，也在海浪的拍打下移出了原来固定的位置，只有"奋斗者"号依然固定在船尾的位置上。"探索一号"的船长告诉赵洋，这是"探索一号"母船进入大海之后遭遇的最恶劣的一次海况。

经过十几天的海上航行，“探索一号”在10月21日6时到达了既定的目标海域。与此同时，赵洋期待的“奋斗者”号下潜的命令下达了，然而，让赵洋失望的是，他已经连续4次驾驶着“奋斗者”号下海了，最深的下潜纪录才4500米，而就在几天过后，他的下潜纪录又被同行们一次次刷新了。

接下来，“奋斗者”号下潜的纪录，被赵洋超越了。

10月21日开始，“奋斗者”号下潜深度不断刷新，5400米、8000米、9000米。

11月27日，“奋斗者”号成功下潜10058米，冲破了万米海底的大关。

此时的赵洋很清楚，之前的万米大关的海底冲刺，只是在这个深渊西部凹陷区的下潜，10058米的海底深度会是“奋斗者”号抵达的终点，还有海底东部凹陷区，等待着载人潜水器的莅临，然而，东部凹陷区的下潜定在哪一天，谁又是这次深海探索的组成人员，还是个未知数。

2020年的11月9日，现场指挥部下达了11月10日参加下潜的人员名单，一组由赵洋担任科学家试航员，由中国船舶科学研究中心张伟和中国科学院深海研究所王治强参与的下潜团队组成了。同时，赵洋得到通知，从第二天早上载人潜水器下潜开始，他们下潜的全过程会被中央广播电视总台进行现场直播。

性格沉稳的赵洋，此刻思绪愈加凝重与坚毅。凝重是意识到肩上的责任，要把奋斗者的成就完美地展现给全国人民；坚毅是因为，作为设计建造者，他对这艘潜水器的每一个细节都了如指掌，心中充满了信心，明天一定能够取得成功！

“作为‘奋斗者’号的副总设计师，明天，我要亲自操纵这些整整齐齐美观实用的设备，把中国人探索海底世界的本事告诉中国、告诉世界，中华民族没有办不到的事情！”

11 月 10 日早 5 时的铃声响过之后，赵洋穿上防寒服，边嚼着饼干，边背上工作包，来到了下潜车间。遵照母船发出的指令，对下潜前的准备又进行了一番检查之后，向指挥部发出了“请求下潜”信号。

“可以下潜！”

“探索一号”指挥船发出了下潜的指令。

此时，灰蒙蒙的大海正在以轻柔的浪花，期待着太阳跃出海平面的历史一瞬。

此时，中国的城镇、乡村、楼宇里的电视机，早已锁定了央视直播的频道，他们像当年期待杨利伟一飞冲天一样，目不转睛地等候着这一光荣时刻的到来。

“奋斗者”号被巨大的起吊门架轻轻拉起，布放在下潜的海面上。

“下潜开始！”

就在这铿锵有力的声音响起之后，守候在电视机前的男女老少共同见证了“奋斗者”号下潜这一庄严的历史时刻。就是这个时候，沈阳的一对老人正在全神贯注地看着“探索一号”布放“奋斗者”号的画面，继而，老两口的争执由此发生了：

“我的眼睛可一直盯着大船哪，怎么没看到赵洋呢？要我说，船上没有，肯定在潜水器里呢！”

“老头子，你净瞎说，到大海深处去考察这么大的事，咱儿子不和你说，也得和我说呀！”

“那要看什么事。这可是和飞船上天一样的大事，所以咱儿子才连父母也不告诉了呢！这是纪律，懂吗？”

就是这样，赵洋把父母的希望变成了为国家探索深海秘密的行动，凡是涉及国家机密的任务，他从未向父母与家人透露过一丝一毫。也正是因此，国家把探索马里亚纳海沟的重任交给了赵洋。

“奋斗者”号下潜之后，赵洋他们看见了什么？不同的海底深度又是一种什么样的画面呢？赵洋用“妙不可言”4 个字概括了他的所见所闻。

2023 年 6 月 29 日，面对我对大海深处好奇的叩问，赵洋对“妙不可言”的海底世界作出了绘声绘色的诠释：

“随着‘奋斗者’号入水，许许多多的气泡向我们的潜水器涌来，我们好像处在碳酸饮料的包围之中了。而当我们下潜到 200 米深度时，光线逐渐变暗了。这个时候，我们通过观察窗，还可以见到许多发光的物体，这些物体就像一颗颗流星，在我们的观察窗前一闪而过。”

“当我们下潜到 2 千米之后，一片漆黑把我们包围了。我们能看到的只是舱内深度计的数字在不断攀升，随着时针的转动，我们听到了一个声音的提醒：‘长程高度计已探测到海底，请关注离底高度。’”

此时，我们兴奋地打开潜水器的灯光，通过两舷的观察窗，寻找着我们渴望的海底世界。

“‘奋斗者’号接触海底的时刻到来了。我们的观察窗外一时间变成了烟雾飞扬的画面，激动得让我们睁大了探索的眼睛。我们仿佛乘坐太空船落到了外星球的表面。我真想大喊一声：‘马里亚纳海底世界，我们中国人来了！’烟雾散去之后，我们的眼前呈现的是，淡黄色的上千年的海底沉积物，在我们看来，这些沉积物比金子还珍贵。还有什么说的呢？我们立刻操纵机械手，把抓取的沉积物装进了备好的取样器中。”

“接下来，我们的海底巡航开始了。”

海底上游曳的生命，改变了以往赵洋对海底荒芜的认知。应该说，海底生命的发现，让赵洋和与他同时下潜到海底的两个年轻人，忍不住发出了一声声惊呼和赞叹。

“看哪！那个小海参是透明的呀，它们体内的肠道都那么清晰。对了，你们看，那就是海底沟虾，长得就像小蜈蚣一样啊！多毛类生物也很多呀！”

“‘何止呀，你们看见了吧，还有贝壳呢！’但我们不能确定它是从海面上掉下来的，还是在海底自生自长的。就在我们的机械手抓取海参的时候，那些小海参会迅速地蜷曲着身躯，向前快速地游动，但它毕竟跑不过‘奋斗者’号聪明的机械手。对于上面说的这些生物，我们的机械手当然没有放过。‘奋斗者’号在海底深处还采集到一些岩石样本，就在我们巡航的时候，前面突然出现了一个高耸的、看不到边际的乱石堆，给我的感觉好像浮在空中一样，但随着‘奋斗者’号向它缓缓驶近，我们看清了，那些石头都是安安稳稳地坐落在海底的。而取得这些岩石的碎块，分析岩石的成分，测定它们的年代，将会对板块学说带来一个有效的验证。”

“赵老师，你在万米深海巡航的过程中，没见到鱼吗？”我的发问迫不及待。

“没有，据我们了解，鱼类在深海的生存极限是距海平面8200米至8400米。万米海底，已经失去了鱼类生存的环境。”

“万米之下的海底鱼类不能生存，那你们在海底巡航时，吃饭问题又是如何解决的呢？”

赵洋告诉我，就在他们下潜到海底的时候，海面指挥船上的记者，也提出了同样的问题。

“应记者的要求，我们‘奋斗者’号的3个人合拍了一张在万米水下吃炒面的照片，我们相信，在电视机前观看直播的观众，都同时看到了这让人惬意的场景了。”

“如果说，我们对海底的发现用‘妙不可言’去形容的话，那么，我们中国人把人类第一盒炒面、第一个荷包蛋带到了万米深海，边吃荷包蛋和炒面，边观测万米深海，那岂不更是‘妙不可言’吗？”

“奋斗者”号返航了，千千万万人聚焦的时刻到来了。

2020年11月10日，北京时间下午5时（当地时间晚上7时），带着人类深潜到马里亚纳海沟10909米的纪录，“奋斗者”号安全返回到“探索一号”科考船，而就在赵洋第一个走出“奋斗者”号舱门的时刻，浪花的拍打声与人群的欢呼叫好声，合成了中国深潜勇士的英雄交响曲。

2023 年 7 月 4 日，我给赵洋发去一条微信：

“赵老师，你就是‘奋斗者’号上的奋斗者，正是由于你的团队，在控制系统的设计上创造了神经网络优化的算法，才实现了‘奋斗者’号在海底复杂地形下的巡航、定点航行和自由的悬停定位。沈阳为你们自豪，中国为你们骄傲！”

赵洋在给我回复的微信中，写下了这样一句话：

“参与‘奋斗者’号控制系统的设计，为‘奋斗者’号安上了一个‘聪明的大脑’，亲身实现了中国人最深的海底下潜纪录 10909 米，让我们倍感荣耀。这种荣耀，来源于我们前辈蒋新松老师倡导的‘海人’精神，也源于沈阳大工业发展中不屈不挠的担当精神对我们的熏陶。我们是国家队，就要承担国家的事，请沈阳、辽宁的父老乡亲放心，国家深海战略的坐标，就是我们明天新的起点。”

2000 年 6 月，绿荫拥抱炽热的沈阳。走在世纪转折路口的中国科学院沈阳自动化研究所，从冬到夏酝酿的知识创新的实施方案颁布了，顷刻间，沈阳自动化研究所人的目光同时聚焦在改革方案的每一个方块字上，一场 40 余年未有的变革，敲击着每个人的心扉，像春雷，也似春雨。

一个叫张雷的人，在春雨的滋润中，契合着“春雷”的火花，走出了人生新的起点。

张雷，西北工业大学 1991 年毕业的硕士研究生，家庭、学校、社会，年复一年的锤炼与滋养，铸就了张雷坚韧的骨骼。就在知识改造世界的种子接连长出学涯攀升叶片的时候，中国科学院沈阳自动化研究所向他打开了接纳的大门，在这块尊崇知识的土地上，张雷走进了以一台电脑编撰软件方程的世界。

在张雷看来，这个可以一键呼来又可以一键挥去的大千世界，如何能将自己设计的软件编程，变成大工业发展的支撑，在他的脑海中始终挥之不去。

挥之不去的憧憬，被张雷演绎得更加具象了。输入一个信号，移动机器人的手臂抓起指定的目标；点击一个数字，工业机器人的轮子停靠在预想地点，这画面在张雷的脑海里不断地迭出迭进。一个个钢筋铁骨抓千斤、铁肩钢履驮重担的机器人，给张雷的逻辑思维和创新能力埋下了伏笔。

尽管如此，作为软件工程师的他，只能是守着电脑，把一个个遐想装进记忆的抽屉。然而，令人神往的钢铁侠的形象，却总是不由自主地从脑海中时不时跳出来，节奏有序地舞动着肢体。就当这种画面在他眼前闪动的时候，张雷竟不自觉地用自己的手掌模仿着机器人的动作，嘴里还默念着下一个动作的节拍。当机器人的动作完成之后，他仍然没能从他设计的动作中解脱出来，完全处于一种发愣的状态。直到静止的画面告诉他，他所编程的机器人，已经处于等待新命令下达的状态之后，他才自言自语地重复着蒋新松所长曾经说的话：“机器人是机器，不是人。”

期待目睹自己设计的机器人大摇大摆地在自己眼前缓缓走过的愿望，在张雷的心里越发强烈了。对未来的展望，让张雷又一次次地坐到了电脑前，把他设计的机器人软件程序，不声不响地刻进自己的记忆。

1993年7月的一天，沈阳自动化研究所领导的办公桌上，摆着两张韩国仓储物流公司老板的名片，沙发上坐着两个人。一通韩语过后，翻译道出了他们此行的目的。也正是这个目的，让接待韩国仓储物流企业的自动化研究所领导，想起了1990年前后的两件往事。

“我们想知道，你们对机器人研发的设想是在什么时候？还有，听说你们最近已经完成了金杯汽车公司所需要的第一台移动机器人，是这样的吗？”

翻译的问话，让接待韩国仓储物流企业的领导想起了正在外地进行学术交流的蒋新松所长1987年在单位全体研发人员大会上说的一句话——

“要结合中国国情，研究特殊环境下的机器人，并把它作为中国机器人技术发展的突破口。”

作为中国工程院院士和有着“战略科学家”称号的蒋新松，简单的一句话，勾画出了中国工业发展的趋势，博得了沈阳自动化研究所绝大部分科技人员由衷的掌声,同时也遭到了一些人的质疑。

“中国已经有那么多人口了，还有研究机器人的必要吗？”质疑、不解，随着中国社会大踏步的发展烟消云散了。

蒋新松提出具有前瞻性构想的那一年，中国第一台具有点位控制和速度轨迹控制的SZJ—1型机器人样机，在沈阳自动化研究所研发成功了。

理论总是引领社会发展的先行者。

1992年的一天，沈阳金杯客车公司副总工程师傅世枢迈着急匆匆的脚步，走进了中科院自动化所的大门。没来得及喝上一口茶的傅世枢，一口气就倒出了胸腔积淀的苦水。

原来，此前，金杯汽车公司与国外一家企业签订了合作生产面包车的合同，并签订了引进国外公司的全套汽车生产线的法律文书。可就在新车销售广告铺天盖地地扬撒出去的时候，那家外国企业承诺的自动导引运输车，却如泥牛入海没有一点消息。心急如焚的金杯汽车公司在无奈的等待与盼望中想起了蒋新松，特别是沈阳自动化研究所的牌匾中“自动化”那3个字。

金杯汽车公司急切的心情与蒋新松的愿望合拍了。就在金杯公司找上门来之前，蒋新松又面对市场经济的发展，提出了“两头在内，中间在外”的研发理念。也就是说，技术和市场由所里掌控，加工制作靠有能力的企业完成。就是这一发展策略，让自动化研究所坚定了自己创造出自动导引机器人的决心。在他们看来，我们有前些年研发成功中国第一台工业机器人样机的基础，研发生产出金杯公司急需的工业机器人，也一定有成功的把握。

就这样，自动化研究所研发部门的工作人员走进金杯了。他们夜以继日地工作，下决心研发出自动导引机器人，摆脱长期受制于人的局面。他们的愿望合成了同一个目标，那就是打破技术垄断，创造出自我核心技术。

时钟催促着研发工程部专家团队的脚步。

只是墙上的年历刚刚撕下一半的时候，研发工程部几个人紧锁的眉梢已经舒展了。在一年多的时间里，由张雷 5 个人组成的专家团队，披星戴月地研发出来的第一代智能移动机器人，顺利地应用到了金杯汽车公司的生产线。由此，金杯汽车公司上上下下精神大振，中国科学院沈阳自动化研究所的名字，被写进了金杯汽车的广告词。

中国科学院沈阳自动化研究所帮助金杯公司研发出智能导引车机器人的故事，让韩国的这家仓储物流企业的老板连连点头称赞。

更让韩国仓储物流企业震惊的是，当他们知道沈阳自动化研究所的所长蒋新松是中国知名的科学家，还是中国工程院院士，且正是在他的支持下才有了第一代智能移动机器人横空出世时，不禁连连发出了一声声感叹，“幸运哪！幸运！我们能认识你们是我们的福分！”

故事源于一次偶然的朋友相识。

1993 年的春天，自动化研究所一位工程师经朋友介绍，认识了一位韩国仓储物流企业的业务主管。自动化研究所的那位工程师并不知道，这位韩国人正是几经辗转，奔着自动化研究所而来的。一阵寒暄过后，韩国仓储物流企业的主管道出了希望自动化研究所帮助他们改造仓储运输工具的渴求。正是这种渴求，让沈阳自动化研究所的工程师，回忆起了他们曾经研发生产的自动导引车的历程。

可能是由于职业的关系，听到这个消息的韩国汽车生产企业，顿时产生了极大的兴趣，一种按捺不住的惊诧挂在他们的脸上。

在韩国人看来，沈阳自动化研究所，既然能设计汽车装配线上的 AGV，也就一定能完成用于物流输送方面的 AGV。

可能是韩国物流企业的主管，急于要改变企业物流仓储状态，回到韩国的那位物流企业的主管，迫不及待地把在沈阳听到的 AGV 机器人在金杯公司发挥的种种作用，向老板作了汇报。由此，出现了本文开头，韩国仓储物流公司的老板见到沈阳自动化研究所领导时递上名片的一幕。

再清晰不过了。一方面，是沈阳自动化研究所的工程师为沈阳的工业机器人的发展而骄傲，把沈阳自动化研究所研发成功的 AGV 机器人挂在了嘴上。另一方面，则是韩国仓储物流的主管，急于改变仓储物流状态的愿望。

自信与愿望融合的种子发芽了。

1994 年 12 月，沈阳自动化研究所签订了向韩国仓储物流企业出售两台自动导引车和出口 AGV 技术的合同。

合同正式生效了，哪个部门能担起重任呢？自动化研究所把履行合同的任务交给了卞瑰石，由他担任课题组长，与软件工程师张雷、电气工程师王宏玉和机械工程师李凤君组成的 4 人专家团队。这支专家团队，从接受所里交给他们的任务那天起，就感受到一种无形的压力在一天天向他们逼近。在他们看来，以往都是一些国家把中国当市场，如今，这一合同的履行，将意味着中国在 AGV 机器人方面要打开韩国市场了。于是他们有了前进的动力。

动力是驱使进步的催化剂。经过 5 个月的奋战，AGV 的机械自动化设计完成了。然而，负责自动导引车软件设计的张雷，还在设计的路上。

缜密的逻辑思维是软件工程师的看家本领，张雷的逻辑思维与众不同。

AGV 机械硬件设计敲定的消息，又让张雷紧绷的神经抽动了一下，此时的他不由自主地看了窗外一眼。

在张雷的记忆中，接受所里交给的任务时，窗外正是雪花飘舞的时节，而今天映入眼帘的，已经是一条条鹅黄色柳条在春风中摇曳的景象了。

飘逸的柳条并没有让张雷的心思得到舒缓，他又一次把抵达成功彼岸的设计敲上时间的印记，输入了他存留的档案中。没人能知道张雷今天的动作此前重复过多少次了。正如张雷所说："'大概齐''差不多'，不是我设计的理念。"自从金杯公司的机器人走进装配车间之后，张雷对自己的设计标准又提出了新的标定线。这是因为，在张雷的认知中，自动化研究所虽然在 20 世纪 80 年代就制造完成了中国第一台机器人。但第一台，不等于最好的一台，后来居上总是一条发展的铁律。就是由于这种理念在他心头的生成，面对韩国自动导引车的设计任务，让张雷的思维又有了一个新的维度。

"我可以自信地说，设计自动导引车对沈阳自动化研究所来说，难度不在话下。而追求一种全新的设计，推出让用户耳目一新、让世界刮目相看的产品，才是我的追求。"

"平心而论，围绕 AGV 技术展开的设计，我们有坚实的技术储备，35 万美元的技术转让费，也是我们沈阳自动化研究所，把知识转化为生产力收到的第一张大额支票。但让我们心头热血涌动的是什么呢？不是 35 万美金的收入，而是中国的机器人走向国际市场的通行证，这才是知识创新的落脚点。”

2023 年的 7 月 6 日下午，在我与张雷的交谈中，张雷上面的一段话，引出了他在设计韩国自动导引车时的思考。而正是这种思考，把自动导引车设计生产出中国样板的愿望，一直如同他设计的自动导引车一样，牵引着他走过了 10 个月软件设计的路程。

张雷的记忆定格在了 1996 年 5 月，这天，韩国汉城仓储物流企业库房里人头攒动。

像期待排练已久的大戏上演一样，几十个韩国人站立在仓储库房的过道两侧。只见没有司机操纵而又拖满货物的自动导引车，准确地停靠在一个个指定的地点，于是，一阵阵掌声响起，人们兴奋的目光一直追逐着自动导引机器人。掌声过后，围在自动导引机器人身边韩国人之间的交谈，道出了他们对来自中国的机器人“表演”的赞美。

韩国的翻译告诉张雷，围观人群中兴趣最浓的是仓储物流企业老板请来观看自动导引机器人的客人。在这些客人中，大部分人并不知道这个机器人的“户籍”是中国。当仓储物流企业的老板告诉客人，这是一台中国沈阳自动化研究所研发生产的机器人时，围观的人群边摇头边爆发出了难以置信的惊呼：“了不得呀，中国的发展太快了。”

可以想象，彼时彼刻，韩国人对“中国制造”的赞美之词，令试车现场的4人专家团队是怎样的喜悦，又是怎样的自豪哇！

“这是我们中国人自己设计的，这也是我们中国研发制造的完全的自我核心技术，我们为沈阳自动化研究所骄傲。”

该是把我的文字转回到这篇文章开头了。

需要提及的是，无论是沈阳自动化研究所响起的“春雷”，还是春雷过后的一场春雨，都起源于中国科学院报给党中央和国务院的《迎接知识经济时代，建设国家创新体系》的报告。而正是在这份报告被国家批准后，中国科学院沈阳自动化研究所根据这份报告进行了深谋远虑的规划。

应该说，1999年的6月，沈阳自动化研究所作出自1958年成立以来的一项关于知识创新的重大决定。这项决定是在沈阳自动化研究所原工业机器人工程部的基础上，汇合所内市场部、机器人样机厂、试验厂等部门，成立了沈阳新松机器人自动化股份有限公司。

这项决定，对时节正进入6月下旬的沈阳自动化研究所的员工来说，犹如一声春雷爆响，也犹如一片春雨洒地。

应该说，这是一个把知识与市场经济融合，让知识在创新过程中为国家的发展服务的良好举措。而这个决定，对一些常年只见图纸符号，见不到蓝图变成的工业衍生品，尤其是靠国家投资研发产品的科技人员，无疑是一个强烈的震动和机遇。

机遇，总是留给那些积极参与变革的人。张雷，就是希望以知识创新为国家服务的先行者。

许多自动化研究所的研发人员都记得，成立新松机器人公司的消息发布之前，有些人已经开始考虑自己的去留了。

一天中午，一个与张雷相识多年的同事，在食堂碰见了张雷，谈起了即将成立的新松机器人公司。

还没等那位同事的话音落地，张雷就来了一个自我亮底。

“你是想问我，是留在自化所，还是去新公司对吧？”

“对呀，这是一次人生的抉择，你没思考过吗？”

“我早想好了，去新松机器人。”

“你可得想好哇，咱们现在的身份，那可是中科院沈阳自动化研究所，你想过没有？偌大的沈阳，有中国科学院招牌的研究机构有几个呢？进一步说，在中国科学院的门下，无论科研经费，还是工资收入都是有保障的，新松公司那可是要独立门户，走进市场。”

“你说的意思我听明白了，就是说，到新松机器人公司，将意味着自己到市场找饭吃，有可能会有找不到饭的时候，这些我都想过了。”

“那你还往那里钻？我再说一遍，那边叫公司，这边叫研究所，你现在 30 多岁正是好时候。”

“正因为我处在人生的好时候，遇到了好机遇，所以，绝不能错过！”

张雷听得明白，这几句话是好心的规劝，也是一种从生存角度善意的引导。张雷的那位老同事并不糊涂，他对张雷的劝导尽管发自心底，但对张雷来说，已然显得很苍白了。

此时的张雷在选择去留的问题上，早已是一种“任尔东西南北风”的状态了。

在张雷看来，那位熟悉他的老同事，虽然每天都在同一个单位，做的都是研发工作，但很难有人能读懂他此时此刻的心思。在张雷的期待中，把所学与所用结合，学以致用，如同一个满足了反应条件的化学反应一样，正在一天天变得无法阻拦。特别是那些了然于心的移动、工业的各种机器人的形象，又在他的眼前开始翩翩起舞了。

在同事们的眼里，张雷是一个愿意倾听别人意见的聪慧之人。有一件事许多人并不知道，中国科学院那份要以知识创新的报告发表之后，张雷如获至宝，一字一句地看了好多遍。正如他所说的，他边看报告边不由自主地自言自语。

“新时代来了，新时代是知识创新的时代，这里的每一句话，都是我的所思所想啊！”

在知识创新的命题面前，张雷的所思所想又是什么呢?

在这篇报告文学中，全面展现沈阳新松机器人的发展壮大，以数字化武装起来的机器人支撑沈阳大工业的重新振兴，是我的写作大纲的重点。但张雷要离开中国科学院旗下的自动化研究所，转向自筹自支的企业，去寻找自己新的用武之地，给我这篇文章内容带来了新的思考。我决意要敞开张雷的襟怀，让读者听到他热血鼓动的心跳。

2023 年 7 月 15 日下午，我又一次把录音机放在了张雷面前。

“一些人会觉得，每天风刮不着、雨淋不着的工作可能是一种幸福，但我的想法是，在这种环境下一辈子过着论文复论文的日子，或者是根据工作要求造出一个样机来，这样的工作我并不满足。”

“我是地地道道的沈阳人，这些年，我听到也看到了，沈阳的重工业在发展过程中出现的问题。我眼看着我的家乡，一些全国闻名的大企业发展的步伐放慢了，我心里很难受。我真心地想把学到的知识，特别是到自动化研究所之后开阔的眼界、积累的知识，变成让沈阳的大工业重新振作起来的力量，把知识变成社会价值与经济效益。”

“为此，我也常常问自己，沈阳自动化研究所这块牌子挂在沈阳，沈阳人肯定会问，他们这些人研究出什么自动化了？自动化不就是应该研究工业的自动化吗？哪些工业自动化是他们研究出来的呢？这些疑问或叫期待也好，就是我要去新松机器人公司的动力。”

“我的这些话，有些人可能不理解，那是每个人思考的角度和出发点不一样。正如我们有些同事，已经分配到新松公司之后，又把人事工资关系转回了自动化研究所，这样的选择，我也理解。与这样的人相比，我可能算另类。我的这种想法也好，思考也罢，算作我执意要来新松公司的思想基础吧！我曾参与的金杯汽车机器人和韩国仓储物流机器人的研发，这是两个非常成功的案例。具体说，我之所以要去新松公司，一方面，有我的研发成果对我的激励，另一方面，家庭、父母、妻子对我的支持，也增加了我去新松公司闯荡的信心，让我有了一个强有力的支点。”

说到家庭的支持，张雷给我讲了一个发生在他们家里，而又是围绕着他的抉择引发的故事。

2000 年 3 月的一个星期天，听到自动化研究所要成立新松公司的消息之后，张雷当着妻子和两岁儿子的面，把征求意见的电话，打给了在外地工作的父母，他拨通了父亲的电话后，故意打开了手机的外放键。

电话另一头传来的声音清晰透亮，意见言简意赅。

“儿子，我和你妈都在东北大学学的理科，可我们如今都在政府从事管理工作，除了学历之外学非所用。我们的年龄告诉我们，想学以致用，已经没机会了。我相信，无论是留在这儿，还是去新成立的新松公司，你会作出正确的选择，这个意见也是你妈的意见。”

此时，张雷如同在众目睽睽之下，听到了主持人公布了与他别无二致的选择题答案那样兴奋，他即刻把抱在怀里的儿子高高举起，嘴里大声地念叨着：

“儿子，你爷爷、奶奶想到我的心里去了，知道吗？快长啊，长大了，你就能看到爸爸设计的机器人了。”

如同胜利后的愉悦，张雷收不住的笑脸与妻子笑弯的眉眼碰撞到了一起。

“我还没听到你的意见呢？”张雷把怀里的儿子，交给目光一直落在他脸上的妻子。

“我的意见很清楚，志同道合就是我的原则。再说了，我律师的身份，已经给你作出榜样了。”

张雷理想的翅膀张开了，就在他以自动化研究所软件工程师的身份，飞向新松机器人公司的同时，他又把一段他当年接受记者采访的谈话，原汁原味地发给了我。这段与他当时的身份并不契合的话语，让我看到了张雷的大将风度。

“沈阳新松机器人公司是一个企业，企业要谋取利益的最大化，但是要做一个好企业，应该把企业自身利益的最大化和国家民族的利益相互契合，这才是一个有家国情怀的企业；与此同时，一个好企业要把解决国家的所需所想，放到企业的利益之上，才配得上在与国外企业进行产品输出时，冠上中国的名字。”

2007 年 3 月的一天，张雷点开邮箱，看到一封美国通用汽车公司文森特先生发来的邮件，表达了他想了解新松公司移动机器人的愿望。

一封简单的电子邮件，在张雷看来并不简单，它身后必将会是一个集团对移动机器人的瞭望。

张雷的判断果然应验了。

几天之后，带有美国通用汽车公司全球总部印章的、要求考察新松机器人的正式函件发给了新松公司。接下来，美国通用汽车全球总部一拨儿接一拨儿的考察团纷至沓来。

张雷看得明白，世界上汽车生产技术居首位的美国通用汽车公司总部，能一次又一次地来到沈阳，对移动机器人作深入细致的考察，足见新松机器人在美国人心中的位置了。

让人们想不到的是，新松机器人打开的第一扇窗是美国通用汽车公司，这个世界上老牌汽车企业。而更让许多人不解的是，世界机器人企业林林总总，沈阳新松机器人如何能得到美国通用公司的认可呢?

疑问的解答者自然是张雷了。

用张雷的话说，是沈阳新松机器人高效的控制流程、准确的机械动作和机器人在各种气候条件下都能始终如一的工作能力，以及低廉的制造生产成本，撼动了这个世界上汽车行业的老大。

更让许多人始料不及的是，认准了沈阳新松机器人的美国通用汽车公司，不仅把新松机器人的产品在美国本土落地，而且，美国通用汽车总部还统一策划，让分布在世界各地的通用汽车厂的生产线都相继引入了新松公司的移动机器人产品。

视美国通用汽车公司的推荐信如神明的其他一些国家的汽车厂商，也在移动机器人的比较中，把目光投向了中国沈阳。

只是 3 个年头的春去秋来，墨西哥、加拿大、美国、俄罗斯、韩国、印度等许多通用汽车公司的汽车生产线，如同接到了一纸命令一般,全部使用了由沈阳新松机器人提供的汽车底盘合装机器人。

一个个沈阳制造的机器人，带着新松人知识创新的成果跨海越洋，在许多国家安营扎寨了，也带去了沈阳新松公司汽车生产线、双举式机器人领先世界的风骚。

如果说，在新松公司成立前，张雷的世界里只有软件设计的样机与研究论文的话，那么，在新松公司面世之后，张雷的世界里又多了一个储藏的平台，那就是知识创新带来的或是移动、或是工业的机器人。这些珍藏在电脑中的软件数据符号，大都是游动在不同国家的机器人工作照，这无论是对新松公司或是张雷本人，都是一笔可贵的精神与物质财富。

这些机器人的面世，无论是对于作为软件工程师的张雷，还是担任物流部技术总监，以及移动机器人事业部总经理的张雷，都有滴滴汗水可寻。

仅仅不到10年的工夫，新松公司自主创新的AGV标志性产品，已经成为国内汽车柔性装配的主流。新松机器人公司名声大噪了。

头牌产品形成了拳头，闻者无不向新松公司投以敬佩的目光，而时任公司移动机器人事业部总经理的张雷，却不敢有半点的松懈。

“从打开美国通用汽车公司的窗口开始，我们的机器人实现了向国外输出的第一步；正是从墨西哥开始的汽车底盘机器人技术的输出，带来了十几个国家仿效墨西哥的联动效应。”

“按常理说，我们应该为此骄傲，但这种骄傲除了外人的称赞，就是我们与日俱增的危机感。回望我们新松公司成立之初，全国有名气的包括我们自己在内的机器人公司只有3家，但到了2015年，全国注册的机器人企业，已经达到近千家了。”

前面有世界先进机器人创造企业的峰峦，后面有新型机器人研发队伍的追赶，张雷不敢怠慢，他又向公司提出了“以移动机器人作为先发牵引，以工业机器人占领国内外市场”的发展战略。

在公司的全力支持下，吸引全世界目光的机会来了。这一机遇的到来，是在新松公司的技术储备达到了全面革新后发生的。

对移动机器人青睐的目光，开始向中国聚焦。

2017 年 8 月 23 日，零上 32 摄氏度的高温，推搡着一层层热浪直扑京城。

不怕高温围阻，冲开密不透风的酷暑，被誉为机器人领域的“达沃斯论坛”“中国汉诺威展”和“机器人奥运会”的第三届世界机器人大会在北京召开，这次大会以高新技术迸发的磁力，吸引了千姿百态的机器人前来参展。

毋庸置疑，大凡能在机器人展厅有一块展区的，都是世界上最先进的机器人制造企业，由此，他们才认准了“创新创业创造，迎接智能社会”的大会主题。

大会的主办方没有按报到先后的顺序排列座位，在大会的新闻通稿上，我见到了这样几行字：

“在本届机器人博览会上，新松、广数、哈工大机器人集团、ABB 、KUKA、发那科、安川……近 150 家中外名企悉数登场。”

明眼人都看得清楚，新松公司还是稳坐在国内三大机器人企业的头把交椅上。许多人都看到了，会议当天，各路喜好机器人的雄才骄子和发烧友，早已把北京亦创国际会展中心的各个展位团团围住了。

在沈阳新松机器人的展区，两个小机器人正在做着悠闲自在的展臂动作，引来了参观人群长时间的驻足。此时，正在回答参观人群提问的新松公司领导张进，发现有几个人的目光一直盯着自由穿梭的小机器人。参观的人群走了一拨儿又一拨儿，那几个人都丝毫没有移步的意思。而且，他们还在一边观看一边低声讨论，时不时还在借助手势，抒发着对小机器人产生的浓烈兴趣。

在张进看来，这几个人绝不是随性而来的，他们一定是肩负着某种使命走到这个展位的。想到这儿，张进随即给正在会议厅开会的张雷打去电话，请他回到展厅解答参会人员的疑问。

接到领导电话的张雷，即刻找到了那几位“痴迷”的参观者。

“先生，你们有什么需要我们帮助的吗？”

“痴迷者”打量了一下张雷，笑而未答。

张雷又向“痴迷者”靠近了一步，指着自己的胸牌含笑低语：

“我叫张雷，是新松公司移动机器人事业部的总经理。我看得出来，大家对我们的移动机器人很感兴趣，是吧？有什么想法可以敞开说，我们会尽力帮忙的。”

可能是移动机器人事业部总经理的职务吸引了那几个“痴迷者”，张雷的话刚一落地，有个人就接上了话茬。

“我们是冬奥会组委会的工作人员，看了你们机器人的表演，让我们萌生了一个新的念头。我们在想，你们的机器人能不能走上冬奥会的舞台呢？如果可能，那么2018年冬奥会的闭幕式可就会别开生面了。”

简单的一段话过后，冬奥会的几名工作人员，都齐刷刷地把目光落在了张雷的脸上。

此时的张雷，思考的细胞全部活跃起来了，他的思路立刻被“冬奥会”3个字打开了，如同一台平静的风机，突然按动了加速键，快速地转动起了叶片，他的眼前也浮现出了前不久为中央歌剧院做过的机器人演出的情景。此刻，有一个声音环绕在了他的耳边：

“这些人的想法，一定有高人指点。”

张雷的判断是正确的。

原来，就在这次世界机器人大会布展期间，冬奥会的演出方案也紧锣密鼓地进入到推敲讨论阶段。就在几天前的一次演出方案的内部通气会上，一位参与方案评审的专家提出了一条建议，引起了许多人的兴趣。

“今天的世界，正在向人工智能的时代迈进。中国在这方面的许多新技术，也引起了世界的青睐。咱们的移动机器人已经名声大振了。我们完全可以试一把，具体说就是，完全可以把我们的移动机器人植入我们演出的舞台！”

这位专家的建议，像在平静的湖面投去了一个石子，泛起了一连串的涟漪。今天，冬奥会组委会的几个工作人员围着新松机器人展位驻足，进而提出要把机器人搬上冬奥会舞台的探讨，就是专家建议的展开。

张雷的思忖，随着冬奥会组委会工作人员的设想发散了。一个个舞台机器人的画面，无序地涌动在张雷的眼前，长时间挥之不去。有两条线分别从张雷与冬奥会组委会工作人员的脑海中，同时向一个方向流淌出来，形成了交会点。那就是，一个想要用舞台机器人与真人秀同台齐舞，一个是要设计出舞台机器人与真人秀，进而，在同一个时间地点同频共振。而交会点的融合，呈现着同一个愿望。那就是运用这种新的形式，在世界级的冬奥会上，刮起中国智能技术发展的雄风。

应该说，张雷与冬奥会组委会的工作人员的憧憬，让英雄所见略同的构思得到了快速提升。只是几句志同道合的话语落地，张雷与冬奥会组委会工作人员之间信赖的双手，就情不自禁紧紧地握在了一起。

兴奋之余的张雷又有了几分胆怯。

张雷激动的心静了下来。然而，对于在冬奥会大场景下展示新松机器人的美好愿景让他的心血又涌动起来了。他在思考着，即便是我们的恳谈相当如意，但把美好的愿望变成舞台上不出半点差池的展演，又怎能轻易实现呢？掐指细算，距离冬奥会演出还有不到 6 个月的时间。

“那天的见面，只是双方的一次务虚的交谈。一旦方案确定，舞台机器人的设计、机器人的制造、与真人秀的配合……”

张雷设想的问题越来越多。

此时的张雷，与其说是胆怯，不如说是他在眺望前景时深感责任重大。而大就大在，一旦此事成行，那时候我们担负的可不是机器人大会展位上的责任了,展会上如果出现了机器人止步的问题，充其量代表的是沈阳新松公司，而在冬奥会上出现了问题呢？

张雷的思考越来越深。

“尽管我们在此之前，曾向墨西哥等十几个国家输出了 AGV 技术。但这件事如果成行，那可是要把我们的机器人，在同一个时间段通过电视的转播，呈现在全世界面前，同样也是代表祖国，但压力却完全不一样。”

张雷越想越多，他不敢想下去了。

张雷把自己的想法向公司领导作了详细汇报，在他的想象中，领导的表情应该是严肃的，但让张雷想不到的是，领导从头至尾的表情都是舒展的。

“我原想，只是请你给客户解释一下有关技术方面的问题。没想到哇，你的几句话，为我们新松公司招来了顶级的大客户哇，这是机遇主动向我们招手了。一句话，就说你们敢不敢接受这个任务吧！”

“如果这项任务确定，那就是代表国家出征，当然愿意接受了。我甚至想过这个任务如果能圆满完成，那将是这次世界机器人大会，我们接到的最大客户了。”

“好哇，张雷，你做好准备吧，公司全力以赴支持你。这项任务完成了，将会为我们新松公司开辟一个移动机器人的新领域。当然，困难会很多，老子在《道德经》里不是有一句话嘛：‘胜人者有力，自胜者强。’你不是总想着为生你养你的沈阳作贡献吗？机会来了，一切都看你的了。”

张雷奔跑在“自胜者强”的路上了。经过一次次的论证，一次次的精细推敲，冬奥会组委会演出的方案、机器人的设计制造技术也随之完成了。当他在北京市昌平区预演地发现一些问题后，他立刻想到了正式演出场地韩国平昌将会出现的问题。

张雷对问题的思考缜密到了极致。正式演出场地上又是一种什么条件呢？机器人上场之前，会不会有上一场不经意间的物品遗落呢？那么多机器人，只要其中一个被地面上的小螺丝钉绊一下，就会造成多米诺骨牌效应，那样的场面又该如何收拾呢？

张雷把自己的担心说给了导演组的一位导演。

“设想一下，如果在韩国平昌的冬奥会闭幕式上，我们的机器人真的出现了不可预见的多米诺骨牌效应，电视台会终止播放吗？”

“你想过没有，世界级的冬奥会上，会有多少个国家级的电视台在现场同时转播？停播那是不可能的，根本不可能！”

“我知道了！”

张雷知道了什么呢？

要争取最高的演出成功率。于是，他们在北京昌平预演基地开始排练，从每一台机器人的每一根神经、每一条指令到每一个动作的生成，每一秒钟每一个工作人员的站位，到每一个真人秀表演过程，每一个人与机器人动作的配合，一遍、两遍、十遍、百遍地操练，查找着一切可能出现的问题。

一切从国家的利益出发的思考，让张雷和他的团队寻找问题的视野又一次扩大了。正因为如此，容易发生问题的环节也找到了。张雷看得清楚，在预热地昌平前两周的排练中，导演团队的每个人眉头都是紧锁的，紧绷的脸上看不到一点儿笑容。张雷明白，他们的排练没有达到导演组的要求。

面对问题，张雷表现得坦然自若，用他的话说：“能在预演和排练中发现问题，那就是走向成功的一半了。”问题在他的脑海中一条条地被梳理出来了。

“灯光干扰需要调整。”“机器人的体温要与演出场地当时的温度适应。”“演出环境周围的电子信号干扰，要有新的应对办法。”“提前了解韩国平昌体育馆的演出条件与天气。”“预演过程证明，不管是昌平还是平昌，激光导航都是首要解决的问题。”……一个个问题记录在他的工作记事本上，足足上百个。怎么办？一个接一个地解决。解决一个销号一个，销号一个再操练一次，直到每一个问题不再出现为止。

就这样，导演组紧绷的眉头舒展了，一张张笑脸投给了张雷排练的团队。但是，张雷并没有一丝一毫的放松，他知道，激光导航问题是他要解决问题中的重中之重。一次次韩国平昌体育馆现场环境条件的考察，让张雷的团队萌生了解决这一关键问题的办法。

了解机器人构成的人都知道，激光导航系统是机器人的眼睛。经过多次到韩国平昌奥林匹克体育场考察，他们发现现场周围参照的直线距离将近 100 米，演出场地人流很多。那么，如何在这种环境下让机器人依然看得见，不会因为拉长的距离，让机器人辨不清方向呢？一种全新的导航控制计算方法，在张雷与其团队的努力下研究出来了。就是这种方法，保证了机器人能够不受光照复杂条件的限制并精准定位。

尽管如此，张雷依然没有放松紧绷的神经。即便是每一件运往韩国平昌，乃至于从平昌运到表演场地的器材，在装运过程中可能由于震动引起的偏差他都考虑到了。这一切的一切都缘于张雷的团队为祖国争光的动力，缘于他们心里揣着的那分责任。

新松机器人惊艳全球的时刻到来了。

2018 年 2 月 25 日，一个冰雪覆盖的日子。

韩国当地时间的晚上 8 时，第 23 届冬奥会闭幕式在韩国平昌奥林匹克体育馆举行。让中国人自豪的情景出现了，当奥运会会旗交接到北京市市长陈吉宁手里之后，新松公司的机器人和 24 名舞蹈演员，配合默契而又曼妙复杂的舞美动作，让现场以及全世界坐在电视屏幕前的观众，发出了一声声赞美的欢呼，也为世界带来了一场融汇科技与文化的视听盛宴。

张雷告诉我："那个时候，我与我的团队都趴在现场的圆形舞台的台阶下，眼睛一动不动地看着每个机器人的表演，如同在看着我们抚育的每个孩子。一生中从没有过的心动过速的感觉，在那个时刻发生了。要知道哇，我们的机器人是在中华人民共和国国歌响起的时候滑进闭幕式演出现场的。在那样一种场景下，作为一个中国人，就是最幸福的时刻了。那时候，我真想带领我的团队高唱一首《我和我的祖国》。"

"谁能想到，仅仅是 90 秒的换场准备时间，整个 8 分钟的演出竟没有出现一丝一毫的差错。让我们更想不到的是，演出结束之后，整个平昌奥林匹克体育场沸腾了，叫喊声、赞美声伴随着现场一面面摇动的五星红旗，汇成了我们胜利了的动人画面。就是这激动人心的画面全世界都看到了。也就是那个时候，我和我的团队都落泪了。因为我清楚，这样的让中国人自豪的机器人表演，在世界上仅我们新松公司一家。"

张雷说对了，这样的机器人表演仅此一家。但在许多了解新松公司发展历程的人看来，虽然只是短短的 8 分钟表演，实则是新松公司 23 年来知识创新的重大成果。它给沈阳正在进行的新时代“辽沈战役”三年行动一个重要启示：沈阳大工业的发展，已经走进了“沈阳智造”的黄金期。

张艺谋导演对沈阳新松机器人的评价是这样说的：

“第 23 届冬奥会闭幕式‘北京 8 分钟’的表演，获得了十全十美的成功，它最大的亮点就是智能机器人；它最大的难点，看起来没什么，其实挺复杂。它的背后是严谨的测算、编程、校对和一次次排查。”

张艺谋这位中国人佩服的大导演，把最大的亮点和最严谨的工作态度的评价给予了沈阳新松机器人。就是他这句话，道出了新松公司一路创新的足迹。

面对新松人的脚步，我们看见了沈阳新松公司走过的道路。正是在他们走过的路上，我们看见了一棵棵翠绿的树木上，压满枝头的累累硕果。

已经是新松公司技术总监的张雷告诉我：“沈阳新松公司走过的道路，无论是从时间的节点上，还是从前进的脚步上，留下的都是在东北振兴的大路上以科技支撑国家大工业发展的足迹。”

从新松公司成立之初的 40 人，到今天的 4000 多人；从 AGV 技术走出国门，到今天我们的机器人在汽车制造、新能源、半导体、核工业、航空航天、医疗卫生、工程机械、化工、国防等方方面面的大显身手，又一次证明了一个真理——科学技术是第一生产力。

正是新松公司以一路创新的气概，锻造了新松公司这个英雄的群体，留下了一连串的数字。正是这些数字，为新松公司的成长提供了佐证——

100余项行业第一的绶带，披在了新松公司的身上；在国家重要科技攻关的擂台上，新松公司戴上了800余项光荣的奖章；在国家创新发展的功劳簿上，1300多项专利，为新松公司写下了浓重的一笔。

有一个情景，让新松公司总裁张进记忆犹新。

2022年8月17日，习近平总书记在辽宁考察期间来到了新松公司，对企业自主创新和产业化发展取得的成绩给予了肯定，勉励新松一定要坚持自主创新、久久为功。

新松公司总裁张进自豪地向总书记汇报说："新松机器人从控制系统、关键技术到核心零部件，全部都实现了自主可控。"

沈阳新松公司在自主可控的路上，又一次展现了夺目的风采。

2023年7月7日，第八届中国沈阳国际机器人大会拉开的序幕，为沈阳机器人产业迎来了升级换代跨越发展的机遇。

有一种优势是沈阳独有的，也是很难替代的。沈阳既有中国科学院沈阳自动化研究所这样的机器人研发的"国家队"，又有机器人头部企业的沈阳新松公司。他们合力创造出来的机器人产业，谁人又能与其争雄呢？

当我把这些话落到纸面上的时候，一种为家乡沈阳自豪的情愫油然而生。

关注机器人发展的人都知道，今天沈阳的机器人，已经在工业、协作、移动、特种、服务五大类产品中占据了主导地位，尤其是移动机器人已经走进了全球移动机器人的一流行列，深海探测机器人的作业能力早已受到了世界水下机器人业内的一致推崇。国家机器人创新中心、机器人行业的国家技术标准创新基地也都印上了沈阳的标记。

也正是因为在沈阳发挥了强大优势，机器人行业得到了在土地、投资、转型升级等方面积极的政策支持。

7 月 11 日，就在我结束对沈阳新松公司的第一次采访，走出新松公司办公楼的时候，公司技术总监张雷与我有了如下简单的对话：

“右边正在建设的是我们产业园的第四期，这块园区建好了，我们就是‘一园四基地’了，你知道我们的机器人园区总计多大吗？”张雷的提问显出了一种神秘与自豪。

“有 40 多万平方米吧？”

就在我的话脱口而出的时候，张雷的眼神与我的目光不约而同地碰撞到一起了，此时此刻，一种相同的慨叹有感而发。

“在沈阳这个惜地如金的城市，你们这么大的机器人产业园，全国也不多吧？”我说出了张雷要说的话。

“这是一种战略思考，新松的员工都为此自豪，也正是这种良好的研发环境，促进了我们新松研发项目的快速提升。我们的张进总裁在公司落实东北振兴三年行动中，报告了这样一件事，我们新松打造的新能源车载充电器智能生产项目，已经通过了欧亚两大区域专家团队的验收了，这种新能源车载充电器大型生产线，已经成功交付了。”

是啊，正是新松公司研发生产的一项项核心技术，让他们面向世界挺起了胸膛。由此，新松公司才创造了产品出口 40 多个国家和地区，也才有了为全球 4000 余家国际企业提供产业升级服务的业绩。

新松依然还在向上，新松人的脚步走在了以科技支撑大工业的路上。然而，这条路上又何止新松公司一家呢？

这是沈阳一家只有 4 年发展史的新企业，4 年里，他们铸就了“太行 110”重型燃机从改进到成功运行的里程碑。就是这座里程碑，书写了他们惊天动地的壮志。

2020 年 5 月 13 日，漫舞的红旗下，一阵阵英雄交响曲，撞击着每个人激昂的心扉，40 多双眼睛的目光聚焦着“太行 110”重型燃机“铸心”新长征党员突击队的战旗（以下简称“突击队”）。就在“太行 110”燃机项目经理陈克杰，将突击队的战旗摇向空中的瞬间，会场上顿时爆发出了“太行 110！”“太行 110！”撼天动地的呐喊。

呐喊声中，陈克杰的思绪回到了 2019 年 12 月的一天。

这天清晨，上班路上的陈克杰，望着窗外晶莹的雪花一片片地贴在车窗上，他放慢了行车速度。随着雨刷器铺开清晰的视线，陈克杰的回忆也越发清晰起来。

“雪花漫舞迎新年，雪花可是咱东北人的乡愁哇！再有一个月我就 60 岁了，就要退休了。我的工作已经进入倒计时了。”

此时的陈克杰，一种掩饰不住的留恋涌上心头。

陈克杰清楚，企业的员工 60 岁退休，在中国这块土地上已经是一项实行了多年的劳动政策。尽管如此，这项政策对已近花甲之年的陈克杰来说，总有一种说不出的纠结。

“为什么这日子过得这么快？世界上的万物都在变化之中，可这一天的 24 小时，为什么对谁都一样呢？”

由此，他埋怨这场冬雪来得太早，他又抱怨这春夏秋冬亘古不变的季节轮换，岁月的脚步走得太快。一种希望时间放慢脚步的憧憬在他的心田辗转。而最让他依恋的是，他为之奋斗了近 20 年的 110 兆瓦重型燃气轮机，还没有完成改进的任务，主机装配还没有形成设计的雏形……

陈克杰越想越多，回忆的镜头越拉越长。

自从 2006 年组织上把 110 兆瓦重型燃气轮机的任务交给他算起，15 个年头飞逝而去了。严格说，从 2002 年开始，该机的研制就已经列入国家的“十五”863 计划了。

陈克杰与燃气轮机有缘，研发制造我国自主核心技术的重型燃气轮机是他的夙愿。正因为如此，造出自主核心技术的重型燃气轮机一直驱动着他永不停歇的脚步。许多人并不知道，陈克杰跳动的血脉中，还有时不时跳出来的怆然和挥之不去的伤感，曾经与他描绘过燃气轮机蓝图的几位老同志，已经先后在研发的路上带着对燃气轮机研发成功的热望永久地合上了双眼。

望着车窗外已经稀疏的雪花，陈克杰停止了雨刷器的摆动，边开车边自言自语：

"刷不去的记忆呀，就在这条研发燃气轮机的路上，这个项目的顾问组去世的院士就有3位了，还有为这个项目提供技术支撑的负责人，前后已经有多位专家不在这个世界了。有的人还没到退休年龄呢！"

陈克杰想不下去了，几个离世专家的形象一时涌在眼前，好像一组列队的群像，操着不同的方言，向他倾诉着同一段话：

"老陈，我们知道，'太行110'的成功近在眼前了，越在这个时候任务越重啊！我们还等着这台燃气轮机发电的好消息呢！你可是这台燃气轮机研发的组织者和参与者，任务没完成，你可不能退休哇！"

天气放晴，金色的光线缓缓地铺上车窗，折射到陈克杰的脸上，不知不觉中，他的汽车拐进了公司的大门，就在他的汽车刚刚熄火的同时，董事长办公室打来了一个电话，请他上班后第一时间去姚玉海董事长的办公室。

"姚董事长，你找我？"

"啊，陈总，坐吧！有件事想和你谈谈。"

"是我退休的事吧，我有准备，这个月之内我会把工作交接好的，你告诉我交给谁就行。"

陈克杰的话还没说完，就被姚玉海一阵爽朗的笑声打断了。

"陈总，你想多了，我怎么会提前一个多月找你谈退休的问题呢？但今天，我要找你谈的事，确实和退休的事有关。说这件事之前，我想问你一件事，就是原来在中国航发黎明做的这台燃气轮机，为什么非要分出来，单独交给我们这个新公司来完成呢？"

“董事长，你不是考我吧？咱们新公司成立到今天已经半年了，凡是到新公司的人都清楚哇，这是一项国家的战略决策，其目的就是把军品、民品分开，让黎明一心一意地抓军品，我们专心致志地生产民品，各得其所呀！”

“好！看样子，国家的战略在你的心中思忖得很清楚哇！是这样，国庆节前，我们的‘太行 110’已经被国家能源局列为首批燃气轮机创新发展的示范项目，已经进入国家序列了。这件事你也很清楚，我想问你的是，如果你站在我的位置上，如何排兵布阵呢？”

陈克杰望了姚总一眼，脸上露出一种严肃。

“要我说，关系到国家的示范项目，就要让那些为国家的项目脚踏实地工作的人去完成。如今，我们的项目正处在改进阶段，一些问题已经很清楚了，那就要以问题为导向，请各个部门各司其职，一件件去落实。最后，全公司合力攻关，保证设备提前下线。”

“好！说得好！你 2006 年就开始接触这个项目了，严格说，从 2002 年，你就开始思考这个项目了吧？那时候，你还是技术中心的副主任呢。我要说的是，110 兆瓦重型燃机的来龙去脉，你比谁都清楚，所以，我今天要郑重其事地通知你，经组织研究决定，推迟你的退休时间；你还是‘太行 110’项目的全权负责人，要保证‘太行 110’重型燃机成功运行。一句话，‘太行 110’一天不成功，你就一天不能退休。就是这个项目成功了，你什么时候退休，也要听从组织的安排。”

陈克杰因为燃气轮机的事，与姚董事长有过许多次对话，而今天姚董事长的每一句话，都如同一把重锤击打着他的心门。在陈克杰看来，那颗退休的种子刚刚埋进心头，就被姚董事长吹来的强劲的春风刮走了。

此时此刻的陈克杰有一种感念，这种感念在他的心头已经埋藏了许多年了。他不由得想起了15年前，组织上让他负责重型燃机研发任务的场景。而正是这个场景，让他此刻的语言掷地有声。

“听组织的，继续把‘太行110’的工作干好，不完成任务不回家！”

陈克杰的一句话，让姚玉海关注的眼神一下子显得轻松了许多。只见他站起身，把一只大手伸向了陈克杰，两个人的大手紧紧地握在了一起。

回到办公室的陈克杰，好像有一种第一次见到这种办公环境的新鲜感，他似乎觉得周围的一切都是他从未见过的。他移动着目光，看着办公室的每一件物品。忽而又凝神望着窗外，忽而又静心地坐在椅子上，闭目沉思。几分钟过后，陈克杰拿出工作的记事本，目光落在几个重点符号上……

也不知道从什么时候开始，温暖的光线又被飘逸的雪花遮盖了，好像他走进公司办公楼前的那一缕缕光线，是专门向他扑来的。尽管如此，陈克杰望着轻柔的雪花，心头生发了一种说不出的静谧感。

把一颗心静下来，捋一捋“太行110”下一步工作的头绪，成了陈克杰思考的主题。就在斟酌主题的过程中，有一个想法一直在他思考的主题前跳来跳去。那就是动员“太行 110”的全部研发人员和技术专家，在进一步改进燃气轮机设计的基础上，优化燃气轮机叶片间隙，做好燃机控制系统的调试，严格把握好这台设备的质量关。

陈克杰知道自己作为“太行 110”重型燃机项目经理，扛起的担子有多重。他有一种认知，早在他从黎明工学院专攻发动机的专业毕业之后就播种在他的心里了。正是这颗种子，随着他工作阅历的不断丰富，扎下了结实的根须。

他清楚，几十年的工业发展历程告诉他，一个国家的燃气轮机技术直接决定着工业实力和设计制造能力，这种高端设备的技术含量和设计制造难度，是所有机械设备设计制造难度的第一位。造出中国自己的重型燃气轮机，就如同登上了装备制造业的金字塔一样。

想到这儿的陈克杰，顿时觉得眼前一亮，他不由得站起身，放眼远眺了一会儿飘舞的雪花，嘴里默念着一句话：

“美、德、日能登上的山峰，我们也不在话下，等着吧，我们的 110 兆瓦重型燃机，走进自己国家发电站的日子不会很远了。”

陈克杰之所以期待国产的燃机早日走进国家发电站，是因为在他的心里一直有一个数字在时不时地敲打着他，那就是，世界上五分之一的电量都是靠燃气轮机联合循环发电实现的。

让中国的重型燃气轮机取代国外的重型燃气轮机，让中国电力为中国制造叫好的愿望，又一次推开了陈克杰的心扉。

陈克杰的胸怀是坦荡的。在中国航发燃机推进“太行 110”项目前进的路上，他如同联系上下的一条纽带，把项目经理的职责履行得不差毫厘。

“改进‘太行 110’的总体设计，启动燃气轮机的总装线，两个拳头同时出击”的方案，成了中国航发燃机上上下下的共识。

2020 年春天，对中国人来说非同寻常，新冠疫情的突袭，让许多企业关上了大门。尽管如此，燃机公司的装配线，依然没有耽搁日月穿行的时间。

还记得本文开篇时叙述的 2020 年 5 月 13 日那天的场景吧？就是那一天，陈克杰从公司党委副书记袁平手里接过突击队的大旗之后，6 个突击小组就奔赴各自攻坚的战场了。

把自己的情感全身心地融入 110 兆瓦重型燃机，20 年不离不弃的陈克杰，又在他的耳顺之年信心满满地扛起燃机公司突击队的大旗，可以断言，这幅雄风不减的画面，在国内的研发队伍中实属少见。正是中国航发燃机上上下下对他的信任，才有了陈克杰勇扛大旗的肝胆,才有了突击队大旗下集合起来的一群冲锋陷阵的好汉。

就在我采访“太行 110”身世的过程中，公司的张鑫鹏不止一次地告诉我，在公司无论是“成熟的目光”，还是“青涩的眼球”，说起“太行 110”项目，都会绘声绘色地描述陈克杰那支突击队一路踏响的足音。

2023 年 8 月 24 日，公司的张鑫鹏和刘东明，在我抛出了“突击队”的话题后，给我讲了一个让我热血沸腾的故事。

故事发生的时间是公司的突击队成立后的第三天，也就是

2020 年 5 月 16 日上午，正在成都一个工厂负责监督加工质量的公司跟产人员，把一个紧急电话打给了项目经理陈克杰，接到电话的陈克杰，放下电话就找来了公司总工艺师张宝成和副总设计师李景波。

“宝成、景波，首先应该说，咱们在成都加工厂的跟产人员是非常负责任的，据咱们的跟产人员反映的问题看，是加工件上有划痕，好在刚发现问题就引起了跟产人员的注意，你们想一想，如果这批加工件走进总装线，又是一种什么结果呢？”陈克杰的话语中含着一种急切。

“他们加工的是透平盘，是咱们这台设备的关键部件，停工吧？”张宝成看着陈总问。

“我告诉他们了，马上停工，不找出问题不能加工！”陈克杰果断地说。

“陈总，发现晚了可就都前功尽弃了呀！我知道你的意见了，我马上和宝成去成都，找出问题所在。”李景波的言语中显现出一种紧迫。

“对！马上订机票，选最早的航班，发现问题尽快处理！”

已经是晚上 10 时了，下了飞机的张宝成和李景波，没顾得吃上一口饭，就急匆匆地走进了成都的加工车间。

如同一对医生在给病人会诊，张宝成和李景波在加工后的盘面上仔细端详了很长时间，就在他们两个人目光交织的瞬间，对盘面上的问题有了准确的诊断。

“是拉刀的划痕！”“这种划痕是拉刀的刀齿造成的。”

“把拉刀找出来，否则加工出来的配件都是废品。”张宝成坚定地说。

“这可是咱们中国第一台 110 兆瓦重型燃气轮机，要不是今天找出了问题，明天那可就是一大堆废品哪！”李景波的语气更斩钉截铁。

“二位老总，拉刀上有那么多的刀齿，怎么找哇？”跟场人员说。

“怎么找？一把一把地找！先把咱们认为有问题的拉刀找出来，然后采用试盘反推法，一定能找出来。”李景波边说边看了一眼总工艺师张宝成。

“那得什么时候哇！你们下了飞机还没吃饭呢！先填饱肚子再找也不晚。”跟场人员把眼神落在张宝成和李景波的脸上。

“买两盒方便面，给陈总再准备点咖啡，今天晚上一定把那把有毛病的拉刀找出来。”张宝成的话显得不容置疑。

李景波查验拉刀的“反推法”成功了。就在天边刚刚露出鱼肚白的时候，那把有问题的拉刀摆在了他们面前。

“二位老总，拉刀的生产厂家联系好了，可现在是疫情期间，物流已经停止了，怎么办呢？可别影响 10 月份的设备总装下线哪！”跟场人员脸露难色。

“对呀，突击队授旗仪式上，陈总可是代表我们表了态的，还记得吧？姚董还给我们朗诵了毛主席的七律诗《长征》呢！这么办，我去拉刀的生产厂家。”张宝成的话语干脆利落。

“你去？怎么去呀？”跟场人员瞪大了眼睛。

“怎么去？我背着这把刀去！”张宝成显露出来的不可撼动的气势，跟场人员向他投去了敬佩的目光。

张鑫鹏与刘东明在给我讲这段故事的时候，我的脑海中闪现出了一个威武的画面，张宝成身背20多公斤重的拉刀，不惧疫情，单枪匹马，一路匆匆。

下了飞机的张宝成，几经辗转来到江南一个商品重镇时，已经是第三天的清晨了。此时，饥肠响如鼓的张宝成，找到一家小吃店，要了一碗豆浆、几根油条，刚坐下来，想去厕所方便的信号让他急忙站起身来。

“老板，这附近有厕所吗？”张宝成问。

“出门向左，走200米就有公厕。”饭店老板答。

张宝成站起身，把装着拉刀的一个长方形纸壳箱背在身上。

“先生，我看你这东西不轻啊！放在这儿，丢不了的。”饭店老板的目光透露了一种试探。

“不行，这东西可不能离开我。”张宝成的话掷地有声。

张宝成背着拉刀去厕所的举动，引起了饭店里两个食客的怀疑。就在他起身走向厕所时，一个食客一直跟在他的身后，而另一个食客则把疑惑的电话打到了当地的公安机关。

张宝成从厕所走回饭店坐下来之后，两个陌生人一左一右地站在他的身旁。

“同志，看你背的这东西挺重啊，什么好东西呀，上厕所还背着？”陌生人甲问。

“当然是好东西了。”张宝成边吃早点，边瞥了陌生人甲一眼。

“兄弟，好项目，咱们有钱一起赚呗！”陌生人乙边说话边摸了摸张宝成的纸壳箱。

“你怎么这么好奇呢？谁同意你随便碰人家的东西了，太不讲究了！”张宝成的话音显得很气愤。

“兄弟，我用这个看看你的东西，行吗？”陌生人甲边说，边把警官证递到了张宝成眼前。

“啊！你们是警察呀！看吧，就是个工具，上飞机前办的托运，在机场已经检查过了。对了，我也有工作证。”张宝成边说边把自己的工作证、身份证递给警察。

“还是打开看看吧！这是我们的职责所在，请你配合一下。”看着张宝成工作证的警察乙，边看边说。

“这东西恐怕你们没见过吧？这是一把刀，但不是你们管制的刀具，是车间里用的拉刀。这一排排的是刀齿，都看见了吧？”张宝成的话语中透出了几分自信。

“看明白，也听明白了，知道我们为什么看了你的身份证、工作证，还要看看你这纸盒里的东西吗？实话告诉你吧，你工作证上的职务是总工艺师，而且是中字头大企业的总工艺师，说什么我也不相信，一个总工艺师，怎么能自己背着这么重的拉刀出差呢？”警察甲说话的语气显示着一种敬佩。

“当时是特殊时期，生产正忙的时候，这拉刀出毛病了，我必须去找厂家换一把。跟你们说吧，不是国家的大任务，我也不会背着拉刀自己出来的。急呀！”张宝成的几句话，让两个警察不住地点头，并帮助张宝成重新包装好了包装拉刀的纸壳箱。

故事的结局，每个读者都可想而知。

正是张宝成的敬业精神和工作态度，感动了当地的警察，他们主动把张宝成送到了汽车站，登上了前往拉刀生产厂家的汽车。张宝成找到厂家后才知道，生产一把新拉刀需要 3 个月的时间。他们了解到这是国家项目，时间很紧迫后，想出了调整拉刀齿升量、修磨拉削部位的办法，使改进后的拉刀 100% 达到了质量要求，为后续榫槽的加工争取了宝贵的时间。

我相信，当读者看到张宝成、李景波这样的专家为了查找配件上的一道划痕，接到电话后马不停蹄地飞往 2000 多公里之外的加工现场，直至演绎了技术专家千里背刀找厂家的桥段后，许多人都会为此赞叹不已。进而，许多人会把这个故事写进东北振兴先锋人物的传记。也许，还会有人把这个故事描绘成新征程路上的劳动模范捧给新时代的花篮。

然而，这样的故事在公司董事长姚玉海、总经理卢继斌和主管经理刘松的眼里，早已经司空见惯了。用陈克杰的话说，我们燃机公司这个团队，大部分是从中国航发黎明划分出来的，为共和国的大工业奠基是他们的光荣传统。自从扛起了“突击队”大旗的那天起，我们这个团队就一直在不间断地上演着为共和国担当的连续剧。也正是这个传承了中国航发黎明一丝不苟工作精神的团队，在摘取燃气轮机皇冠的路上，以科学严谨的态度和不停歇的脚步，创造了“太行 110”与时光赛跑的加速度。

在陈克杰的工作日记上，我看到了中国航发燃机在孕育“太行 110”的路上，越过的一个个奋进的里程碑。

2020 年 12 月 20 日，家乡的第一场中雪，把沈阳装扮成一片银装素裹的世界，这一天恰好是燃机公司“突击队”走过了 7 个月路程的日子。就在这一天，“‘太行 110’重型燃机总装下线”的新闻传遍大街小巷。随着飘飘洒洒的雪花纷飞，“太行 110”在沈阳“出生”了。

追求完美，让中国一流的燃气轮机与世界先进的燃气轮机比肩同行，是燃机人揣进心头的愿望。由此，陈克杰把各路专家和技术人员又一次次召集在一起，听八面来风的良策，比照四海最佳技艺，一项指标一项指标地比对验收，一项标准一项标准地对号入座，确定了符合市场需求的燃气轮机改进制造的目标。就在向这个目标冲刺的路上，燃机人揣着目标找差距，经过一次次的深耕细作，让重新改进的“太行 110”装添了新的筋骨。

2021 年 10 月 30 日，在陈克杰的工作日记上，一个三角符号下面写出了这样一行汉字：

“改进后的燃气轮机的运行试验进入了第十六天。”

就在那天晚上 10 点过后，许多参加试验的同事都有这样一个记忆，熬过了半个月不眠之夜的陈克杰，时不时走出试验台，以一根接一根的香烟，驱赶着让人昏昏沉沉的倦意，然而，当成套总师肖印波发出准备试验的口令之后，陈克杰又像换了一个人似的，三步并作两步地走进试验控制室，屏气凝神地倾听着燃机运行的效果。

腕表上的指针已经指向 10 月 31 日凌晨 2 点了，沈阳的夜空像拉起了一块硕大的黑幕，只有点点的星光，还在装扮着夜色的深浅，然而，“太行 110”的空载试车的现场依然灯火通明。

此时的陈克杰，站在控制室的一排电子屏幕前，把视线落在了项目的成套总师肖印波的脸上。

“各小组注意，空载试车开始！”

随着肖印波试验指令的下达，各个电子屏幕的数据随着时间的递进快速地切换着。

“风机启动成功！”“变频器投入成功！”“点火成功！”“变频器脱开升转正常。”“震动正常。”“温度场正常。”“运行试验成功！”

掌声、欢呼声，冲破了沈阳夜空的静寂，眨眼的星光记下了燃机公司历史上庄严的一刻。

面对成功，陈总会有什么样的举动？许多人想到也看到了。只见陈克杰嘴角上堆集起上翘的笑纹，他快速地从上衣口袋里拿出一盒香烟，抽出一支点燃后，深深地吸了一口，又接过项目助理孙剑递给他的一杯咖啡，舒展开只有在庆功宴上才能看到的笑颜，拉开喝庆功酒的架势，把手里的那杯咖啡一饮而尽。

如同登上了峰峦的攀岩者一样，成功的兴奋打开了他记忆的闸门，陈克杰清楚地记得，那天的空车运行已经是第四十三次试验了。他之所以把那杯咖啡一饮而尽，是因为他知道，这次空车试验的成功，预示着 110 兆瓦重型燃气轮机将冲向了一个新的起点。他更清楚，中海油深圳电力有限公司对“太行 110”的期待已经很长时间了。

年龄无法束缚陈克杰的向往，此时的陈克杰，抬头望了一眼天上的星光，一颗憧憬的心飞向了深圳。他明白，在这个网络飞速发展的时代，今天空车运行成功的消息，早已成了中海油和中国航发集团的头条新闻。沈阳的脉搏与深圳的心跳，正在融合成一个奋进的旋律。有所不同的是，只有中国航发燃机这个打造了“太行110”的团队，才能体会到在不到18个月的时间里，历经设计改进、生产加工、总装下线的那分独有的艰辛。

毫不夸张地说，陈克杰在18个月的时间里，是“太行110”走向成功的直接参与者和见证人。然而，陈克杰对成功的理解是呈递进状态的。在他看来，今天的成果只是运行试验成功的一个阶段性胜利，真正的成功是“太行110”落户在几千里之外，点亮万家灯火并发出悦耳的轰鸣。正是这轰鸣传导给世界一个主题词：中国的重型燃气轮机实现了从“0”到“1”的突破。

这一天来了，来得顺理成章。

2021年11月15日，重达130吨的“太行110”身披红绸、彩带，在团队所有人欢送的目光下，开启了从沈阳奔向深圳2900公里的长途跋涉。

望着首台就要走出沈阳这块热土的110兆瓦重型燃机，陈克杰的眼眶湿润了，再也抑制不住的泪水滴落下来。一种父母欢送孩子出征的心情，让他想起了近20年，为了建造这台设备而历经的风雨。

是啊！就是这台重型燃气轮机，从2002年国家科技部的立项算起，到现在已经走过了19个春冬交替的岁月，而那个时候的陈克杰，正是40岁出头的好年华；即便是从2006年他触摸到“太行110”第一张蓝图算起，陈克杰与中国航发黎明的专家、工人们，一门心思地围绕“太行110”砥砺前行的脚步，也走过了15个年头了。

收回了时光思绪的陈克杰，心里默默地念叨着一个新的愿望。

“‘太行110’啊！你今年19岁了。这个年龄正是壮士出征的好时光，准确地说，你是沈阳千百万人培育打造的东北汉子，一定不会辜负家乡人的期待。沈阳人盼望你的此次远征，也一定会填补中国110兆瓦燃气轮机的空白！”

2021年11月29日，“太行110”满载着家乡父老的希冀，以坚实的步伐走进了中海油深圳电厂的新家，让那些以往从海外走进来的重型燃机瞪大了眼睛。

“我来了！中国完全自主知识产权的重型燃气轮机，今天到这里来安家落户了。以后的日子，就是我们比拼谁的碳排放少、谁的发电量大了。等着吧！并网发电的日子，就是我们比武的开始！”

要与国外燃气轮机比拼技艺的愿望，推动“太行110”向胜利一步步迈进的坚实的脚步。

“太行110”落地深圳了。然而，落地能否生根，是燃机公司和中海油深圳大鹏电厂都在思考的问题。陈克杰的思考是一幅幅走向成功的路线图。这幅路线图就是安装、调试、满负荷运转、72小时考验、并网发电后长期的示范运行考核。

应该说，从2002年就扑在110兆瓦燃机这个项目上的陈克杰，早已经是燃气轮机方面的行家里手了，但尽管如此，陈克杰依然是严谨的，正如公司的许多人对他的评价那样，陈总是个经验丰富而又科学务实的人。

陈克杰在一遍遍地审视“太行 110”行进的路线图之后，又一次把各路专家、技术人员请到一起，来了一番广开言路的论证。而正是这次论证会上收集到的建议，让他又一次把科学可行的“太行110”前行路线图报给了董事长姚玉海、总经理卢继斌和副总经理刘松。

“严细、认真、科学、可行”是公司领导对陈克杰工作路线图中肯的评价。

2022 年 4 月 15 日，以国家能源局国产 110 兆瓦重型燃机创新示范项目为目标的设备试运行，拉开了“太行 110”一路奔跑的序幕。

奔跑的路上，陈克杰的神经绷得越来越紧了。

2023 年 9 月 4 日下午，就在我来到燃机公司的办公楼，与陈克杰核实这篇稿件故事时，陈克杰又给我讲了一则故事。

2022 年 5 月的一天，距离“太行 110”并网发电的日子越来越近了。正在中海油深圳大鹏电厂冒着 34℃的高温调试燃机设备的陈克杰，前胸后背早已被汗水打湿了，尽管这样，陈克杰的目光与听力，依然保持着足够的警惕。

也就在这个时候，陈克杰听到“砰”的一声爆响，只见在调试现场不远的地方，一团火球飞到了半空中。

陈克杰只觉得眼前发黑，一种燃机出了大问题的猜想，让他停止了行走在调试现场的脚步。在陈克杰的判断里，“太行 110”的每一个部件都是经过精挑细选才走进项目试验现场的，不可能出问题呀！

陈克杰不敢想下去了。

突然的一声爆响，对陈克杰和调试队伍的每一个人来说，竟是虚惊一场。

原来电厂附近的一个拉闸开关出了毛病，才有了前面的一声爆响，与陈克杰他们调试的设备没有一点关系。

陈克杰并没有因为不是调试现场的问题就放松丝毫的戒备。连续十几天的调试任务完成之后，他才从爆响声给他带来的精神负担中走出来。

就是这个陈克杰，以严细、认真的工作态度，一次次地按动了加速键。中国航发燃机的大事记，留下了他们一次次加速跑的脚步。

2022 年 5 月，“太行 110”完成了首次并网发电。

2022 年 8 月 30 日 17 时 29 分，无论是中国航发，还是中国海油集团，同时收到了一个让他们期待已久的消息，“太行 110”在深圳电厂的满负荷运行胜利完成。

任务快完成的时候，也是任务最艰巨的时候。

2022 年 7 月的鹏城火伞高张。二十几个坚守在“太行 110”运行现场的工程技术人员，尽管每个人上班之前都喝一瓶藿香正气水，但依然躲不开每天 34℃ ~ 36℃的酷暑。

最能读懂他们的，莫过于担起了产品线经理担子的陈克杰，还有接过了陈克杰项目经理职务的刘东南了。他们已经七八个月没回沈阳老家了，他们都在期待一个良辰吉日的到来。而这个好日子离他们越来越近了。

2023 年 6 月 4 日，一则从新华社发出的重磅新闻飞向全国各地：

“中国航发‘太行 110’重型燃气轮机，4 日在深圳通过产品验证鉴定，标志着拥有自主知识产权的 110 兆瓦级重型燃气轮机通过整机验证，填补了国内该功率等级的产品空白。”

与此同时，央视的《朝闻天下》也以“太行 110”重型燃气轮机通过产品验证鉴定的消息，介绍了“太行 110”在工业生产中不可替代的作用与研发过程。

新华社与央视《朝闻天下》发布的这条新闻，成了燃机公司上上下下收藏的“珍品”。

扬眉吐气、喜上眉梢的燃机人，一次次地将收藏的消息点击、转发，在新华社新闻稿的字里行间，寻觅着中国航发燃机 5 年里走过的历程。正是新华社这条消息对“太行 110”运行的高度评价，让燃机人的血脉中涌动着自豪和振奋。

新华社的新闻，在回顾了“太行 110”研发生产的历史后，这样说：

2016 年中国航发成立后，聚焦主责主业，打造了以中国航发燃气轮机有限公司为主体的燃气轮机产业发展平台，全面推进“太行 110”重型燃气轮机改进改型，如期实现技术升级、质量提升、周期缩短等既定目标。目前，“太行 110”重型燃气轮机已累计运行突破 14000 当量小时，其中单台运行时数超过 8000 当量小时。

许多人会问，站在成功彼岸上的陈克杰，在鲜花的簇拥中，一定是比别人多了一分发自肺腑的感念吧？

毋庸置疑，陈克杰的喜庆是从心底发出的。但在兴奋与掌声弥漫的时候，他的思考又转向了“太行 110”完美的空间——一张“太行 110”走向市场的通行证。通行证在他的眼前时不时地飘来飘去，而这张通行证的后面，是“太行 110”低排放燃烧室的试验。

低排放燃烧室是什么？

陈克杰告诉我，燃烧室是燃料或推进剂内燃烧生成高温燃气的装置，是一种用耐高温合金材料制作的燃烧设备。如果试验成功，燃气轮机就有了走向市场的“通行证”。

陈克杰又想做低排放燃烧室的实验了。

面对陈克杰的设想，从四面八方飞来的关注，敲打着他的耳膜。

“陈大哥，‘太行 110’已经成功了，你现在是产品线的经理了，虽然担负的责任更大了，但项目经理已经不是你了，进一步说，你已经成功了，何苦要再找麻烦呢？”

“陈总，低排放燃烧室的试验是有风险的，你可要想好，可别前功尽弃呀！”

“陈经理，这项试验据我所知，国内很少有人做，听我的，还是等一等，时机成熟了再说吧！”

“老陈，不能等，要干就来个完美收官，也不枉你为了重型燃气轮机奋斗了一辈子，你拿出意见吧，组织上支持你的试验。”

很显然，也看得出来，支持陈克杰把低排放燃烧室试验搞下去的，是公司的领导和接任陈克杰项目经理职务的刘东南。

陈克杰提出的低排放燃烧室试验的建议，得到了公司领导的全力支持，各项准备工作进行得有条不紊。

2023 年 7 月 17 日 5 时，台风“泰利”带来了一阵阵的暴雨，毫不留情地向深圳扑来，仅仅 5 个小时，位于深圳大鹏新区的中海油深圳大鹏电厂，周边的降雨量已达 50 毫米。大鹏湾的台风预警已经从蓝色升级为黄色。

在“太行 110”低排放燃烧室试验启动现场，无数双眼睛面对窗外肆虐的狂风暴雨，等待着项目经理刘东南的点火命令。

此时的刘东南望了一下腕表，时间指向了 9 时 28 分，他知道，他们迎战台风的场景，远在沈阳的燃机控制室都会看得清清楚楚；他明白，迎战台风是深圳每年都要遇到的“必答考题”。“太行 110”的运行，一定要交出过硬的答卷。

“点火！”

9 时 30 分，随着刘东南下达的口令，机组正常起机点火，一次成功。

“并网成功！”“切换成功！”“低排放燃烧室试验开始！”

暴雨拍打的声响犹如野马狂奔，但依然不能阻止低排放燃烧室试验的正常进行。

上午 11 时，对讲机里传来了现场总指挥肖印波对低排放燃烧室试验数据的回传：

“当前功率 95.3 兆瓦，低排放含量达标。”

试验现场顿时爆发出胜利的欢呼声、叫喊声，随即而来的是长时间的掌声雷动，这声音远远盖过了窗外台风“泰利”的嘶鸣。

击掌庆祝、欢呼胜利的画面传回沈阳、传回燃机公司，定格了“太行 110”在满负荷状态下实现国家低排放标准的历史画面。

我知道，那天的上午，陈克杰在沈阳控制室看到了“太行 110”战胜台风，实现了低排放燃烧室试验成功的壮举。也是那天上午，陈克杰的鼻子一阵阵发酸，接下来是他许久许久没有的笑声再现了。

陈克杰的笑声与现场刘东南、肖印波以及参加试验的燃机员工一样甜。因为他们都知道，低排放燃烧室试验的成功，为我们国家实现“双碳”目标，又作出燃机人的一份贡献。由此，一张硕大的通往市场的“通行证”，正在向“太行 110”不住地招手呢！

“太行 110”院士专家顾问组组长和产品验证鉴定组组长刘大响的评价，诠释了“太行 110”获得的殊荣。

“重型燃气轮机是现代工业‘皇冠上的明珠’，是一种先进而复杂的成套动力机械装备，也是 21 世纪的先导技术。成功研制集新技术、新材料、新工艺于一身的重型燃气轮机，是国家高技术水平和科技实力进步的重要标志之一。‘太行 110’经过超 14000 当量小时的试验，取得了成功，具有十分重要的战略意义。”

刘大响院士的评价显然是高屋建瓴了，是一种战略思考，那么中国航发燃机又是如何评价自己的产品的呢？

中国航发燃机的党群工作部部长杨威对我说了这么一番话：

“我们这个公司是由中国航发和沈阳市共同出资组建的，是按照战略功能单元的模式形成的专业化发展平台。”

“中国航发‘太行110’重型燃气轮机，填补了国内该功率等级产品空白，为走向商业成功奠定了坚实基础。中国航发燃气轮机有限公司作为国内燃气轮机行业的探索者，始终坚持先进燃气轮机研发理念，努力打造符合市场发展和满足客户需求的优秀产品。110兆瓦级重型燃气轮机，一年可减少碳排放超过100万吨，联合循环一小时发电量超过15万千瓦时，可以满足15000个家庭一天的用电需求。”

作为这篇文章的采写者，也作为与陈克杰一样地道的沈阳人，让我铭记于心的，还是陈克杰说给我的那句掏心窝的话语：

“‘太行110’燃气轮机最有意义的是，它给咱中国人长脸了。它以102项专利告诉国人，中国航发燃机研发制造的‘太行110’，是国内第一台完全自主知识产权的重型燃机，由此，我为我的公司骄傲，我也为我的祖国自豪。”

中国航发燃机，沈阳新企业，为共和国大工业继续奠基的生力军。

陈克杰，东北振兴大路上沈阳人的先锋、翘楚！

有人想把多余的电能储存起来，在用电高峰的时候再将它释放出来。听到这种想法，许多人会说这纯属天方夜谭，甚至还会对持有这种想法的人投去嗤之以鼻的嘲笑。

昨天，被认为是天方夜谭的神话故事，今天，居然变成了现实。而让神话走进凡尘的，是中盐江苏金坛盐化公司，而帮助中盐金坛盐化公司实现了这个梦想的是沈鼓集团。

让我认识了演绎了储能技术的主人公——沈鼓齿轮公司的牛大勇、刘小明和郑惠君的人，是沈鼓集团党委宣传部部长刘沛华。

2016 年 9 月，清爽的秋色簇拥着素有“八朝古都”的开封。沈鼓集团齿轮公司销售二部的部长郑惠君,掏出了手机放在桌子上，长长地松了一口气。嘴里不停地念叨着：“不管怎么说，还是咱沈鼓的压缩机有吸引力呀！否则，哪有会议第一天就有人要与我们的压缩机签合同呢？”

就在郑惠君准备出客房，想到街路的小店品尝一下小笼灌汤包时，桌子上的手机又响起来了。郑惠君转身关上房门，三步并作两步地走到写字桌前，看了一眼手机上并不熟悉的电话号码，沉思了片刻，马上接通了。来电话的人，是中盐江苏金坛盐化公司的副总工程师王国华，他是通过金坛金东制盐厂厂长虞金法的推荐，找到郑惠君的。

听得出来，电话中的王国华是盐业技术专家，但他说给郑惠君的电话“序曲”，却是盐穴如何利用的创意。起初，由于是金东制盐厂厂长推荐，郑惠君对于未曾谋面的王总来电，一直以礼热诚相待。但随着对方意思的表露，原本平静的郑惠君感觉到一股热血在胸腔涌动。他把电话紧紧地贴在耳边，并不时地看着手机电量，生怕王总打来的电话有哪一句被漏掉了。

“我们的想法很简单，但在有些人看来可能是千古奇观。我可以告诉你，我们的想法会变成现实的。知道为什么吗？告诉你吧，我们的身后有清华大学和华能集团的专家团队，所以我的想法绝不是空中楼阁。”

“情况是这样的，我们金坛地区有许多在盐业生产开采过程中留下的盐穴，这些盐穴大都有地表以下 800 ~ 1000 米的深度。具体说，我们想把平时多余的电能，通过空气压缩机的工作，科学地储存起来，在用电高峰时再放出来。否则，这些盐穴就得封堵起来，如果不封堵，久而久之将会发生地表塌陷。”

此时的郑惠君听着电话，有一种全身筋骨膨胀的感觉。一种发现了压缩机“新大陆”的惊喜，在他的心头快速地滋长。随着王总电话的步步深入，一种新型的储能压缩机，展开了他无限的憧憬和遐想。而随着王总电话闪出的画面，郑惠君想起了一组曾让他尴尬的镜头。

那是郑惠君刚刚顶门过日子的一个晚上，正当郑惠君要走进厨房，把妻子做好的饭菜端进餐厅的时候，家里的电灯突然变暗了，进而又变得漆黑一片，而当他要拿起手电筒查看个究竟的时候，黑暗又变成了光明，郑惠君不禁随口说道：“又是电压不稳哪！”

此时的郑惠君，从几年前那个难堪的场面中解脱出来了，也就在这个时候，电话中传来了让郑惠君一阵阵按捺不住的惊喜。

“利用盐穴储存天然气的问题，我们已经解决了，下一步，我们就是要完成利用盐穴储存电能这个项目了。”

时间一分一秒地过去，郑惠君清楚地记得，本来接电话时，宾馆窗外那座开封府有名的“樊塔”还罩在一片金色的光线之中。但随着王总话语的深入，那座宋代的“樊塔”已经被半亮半暗的暮色笼罩了。

郑惠君很清楚，王总所说的江苏金坛，是国内盐矿的聚集地，地下的盐矿是他们开采的主要产品。当然，随着盐业生产进度的提升，处于江苏风景区茅山的盐矿周围，留下了数不清的、空荡荡的盐穴。如何利用盐穴成了他们思考最多的一个问题，有什么方法能让开采过的盐矿不发生地表塌陷，同时，又让那些空旷的盐穴派上新的用场呢？

聪明的金坛人脑洞大开了。据电话中王总介绍，他们想到的第一个办法，就是把盐穴改建成储存天然气的宝地。仅此一招，金坛人的收获颇丰，但尽管如此，金坛人并未满足，他们又想到了既然盐穴可以储存天然气，那么可不可以把电能也储存起来呢？

电话那一端的王总，要把电能储存起来这句话，不由得让郑惠君堆积在胸腔的热血，快速充盈了全身的血管。

在郑惠君看来，金坛人太有想象力了。人们可以利用电池储存电能，而金坛人怎么能想到把电能储存到盐穴之中呢？而他们的这个想法为什么要说给他听呢？

王总接下来的一句话，让郑惠君明白了。原来，金坛人的想法要想实现非沈鼓不可。

由此，郑惠君立刻放大了手机的音量。顿时，一口浓重的江苏口音掺杂的普通话，敲打着郑惠君的耳膜。

王总告诉他，他们最初的这个想法一经提出，遭到了大部分人的嘲讽，以致许多专家也都纷纷提出了质疑。但他们的幻想依然没有泯灭。本着“术业有专攻”的道理，他们找到了清华大学和江苏华能公司的专家。正是在这些专家的支持下，利用压缩空气储能发电的“火苗”在他们的心头越烧越旺了。

也正是因为如此，原来那些对电能储存表示质疑的专家，沉寂的思维也重新开始复活了。

每个人都会有敏感的词汇，郑惠君最敏感的词汇当然是压缩机了。王总电话中脱口而出的“压缩空气储能”几个字，让郑惠君的大脑好像突然分泌出多巴胺一样，兴奋的心情不由自主地涌在脸上。他终于明白了，王总要表达的关键词了。

“压缩空气是我们沈鼓的绝活呀，需要什么样的压缩机，你把技术参数发过来就是了，何苦这么转弯抹角的呢？”郑惠君边听边想。

然而，郑惠君的思忖，又在王总接下来的话语中陷入了沉思。

原来，就在金坛人对电能储存的设想得到了许多专家的肯定之后，一个关键的问题摆到了他们的面前了：金坛人期待的这套压缩机组在当今世界上并没有先例，如果没有这套压缩空气的机组，储存电能仍然还是一个泡影，而国内谁能研发制造出这套机组呢？在几经辗转，苦苦地打探寻觅之后，国内另一家大型压缩机企业的专家，把他们领到了走向压缩机“王国”的路口。

“这种压缩机国内也没有先例。听说过沈鼓吗？那可是咱们压缩机行业的领军企业，带着你们的技术参数去找沈鼓吧；如果沈鼓说研发生产不出来，恐怕就没有谁能担此重任了。”

郑惠君清楚地知道，王总说的那家大型压缩机企业是谁。从那家公司对沈鼓推荐的话语中，他似乎看到了，一张金坛人在选择压缩机厂家时一路走过的路线图。而这张路线图所标定的沈鼓集团就是他们要抵达的终点了。想到这儿，一直认真接听王总电话的郑惠君，说了这么一番话：

“感谢你们的信任，我们沈鼓的压缩机发展到今天，已经快70年了。我可以自信地告诉你，研发生产先进的压缩机，我们沈鼓就是国内的‘天花板’了，而且，我们现在研究的新产品，也都不是从零开始研发的。这就是说，我们有多年的技术储备。我相信你们要的储能压缩机组会在我们沈鼓研发制造出来的。我这么说，也不是大话，因为，我们沈鼓有个特殊的偏爱，凡是国内首台套的压缩机，我们都会倾全集团之力研发的。何况你们要建设的是储能电站，也是世界上第一个呢！”

放下电话的郑惠君，轻轻地拍了拍自己的脑门儿，迅速地按动了手机上一个他最熟悉的电话号，把他与王总电话的内容毫无保留地一股脑儿说给了齿轮公司的主任设计师刘小明。

储能压缩机的形状该是什么样，它的“五脏六腑”又该是如何摆布，一时间成了郑惠君的冥想。放下电话的郑惠君，双手抱头躺在床上，任凭他勾勒的压缩机草图，一次次地碾压着他愉悦的神经。而正在这个时候，思考的长线像一条教鞭在不停地指点着郑惠君，自言自语中他显露了几分胆怯。

“咱沈鼓研发生产的各类压缩机，可大都用在石化行业了。用于储存电能的压缩机，你见过吗？别说见过，我们也从来没有研发生产过；你的胆子也太大了，上嘴唇碰下嘴唇你就答应了，研发生产不出来怎么办？你能负得起责任吗？”想到这儿的郑惠君，不由自主地打了一个寒战，他在轻声地问自己。

“前进的路会是轻舟已过，还是要在陡峭的山路上攀登？我们能行吗？”

“行，一定行，我们的10万空分压缩机、150万吨乙烯压缩机、长输管线压缩机都研发成功了，储能压缩机也一定会成功！”郑惠君一遍遍地鼓励着自己。

一个星期过后，手表的时针刚刚瞄向早晨7时，郑惠君突然一个鲤鱼打挺从床上坐了起来，拿着手机不停地滑动着。看得出来，他在等待刘小明的回话。他知道，刘小明接到他的电话后，一定会在第一时间向公司的总工程师牛大勇汇报的。

如郑惠君所想，此时此刻，在沈阳鼓风机集团齿轮公司的办公室，牛大勇和刘小明之间，关于储能压缩机的技术论证，已经在星光的见证下进行几个来回了。

尽管他们的探讨是围绕着解除一个个风险点进行的，但不同的曲线，还是在同一个认知点上交会了。

“小明，你认为金坛这台压缩机，与我们以往压缩机的不同点在哪儿？”牛大勇以犀利的眼神，看着眼前这个让他打心眼里喜欢的年轻人。

“牛总，首先，这台压缩机的设计理念，完全超出了我们的预料，它太特殊了。它对热能的损失居然可以忽略不计，但同时呢，在把空气压缩到14兆帕的条件下，又产生了对热能的需求。也就是说，它同时需要压力，也需要温度，这个条件非常苛刻。还有，这台压缩机的运行条件，完全突破了我们以往压缩机的设计路数。

咱们沈鼓以往的压缩机，通常是启动之后，可以做到连续几年不停机。这样的工作状态，对我们的压缩机来说是家常便饭，而这台压缩机的要求，却是频繁的启动、停机。还有，设备运行过程中，从高温到低温的变化，也是咱们沈鼓设计压缩机以来从没遇到过的。”

对于刘小明的回答，牛大勇并没有笑脸赞许，也没有点头应允。只见他拿起笔，在桌面上一张写满了数字的计算纸上，写了一个英文短语“OK”之后，才一字一句地把他的意见说了出来。

“小明，这台压缩机与其他压缩机最大的差异，是频繁启动和高低温度的处理；从这一点上说，它也是我们设计中最大的风险点；还有，将来一旦投产运行了，那可是3台压缩机的联动，这可不是一般的设计，可能出现的问题要充分考虑到。这方面，你要经常去找集团研究院和透平设计院请教，只要你能提出来的问题，杨树华院长那边几乎都能解决。金坛那边的技术参数，惠君也发给你了，你不要等惠君回来了，你先进入角色吧！这台压缩机设计的任务就交给你了！”

世界上许多问题的发生，对不知情的一方来说，都会产生震惊的效果。从而，让不知情的一方产生一个又一个的“没想到”。而恰恰是那些“没想到”的问题，最后也是以“没想到”的办法解决的。

让刘小明没想到的是，总工程师牛大勇提出的设计意见，直抵设计风险点的要害，特别是牛总对化解风险点的办法，是让他常去与集团研究院的专家汇报沟通。刘小明明白，牛总的这个办法，等于给他系上了齿轮公司与研究院之间联系的纽带。想到这儿的刘小明，不禁有一种师傅点化徒弟的感触跃上心头，他知道，牛总对风险点的确认，一定是与集团研究院和透平设计院的专家沟通过了的。由此，刘小明又心生一种喜悦，那就是，对风险点的确认是设计中的关键环节，而在确认风险点的认知上，他与牛总、集团研究院的专家们是一致的。有了研究院专家的参与，我们的设计很快就会步入大踏步提升的轨道。

尽管牛大勇告诉他，不要等郑惠君回来，但刘小明还是想起郑惠君了，他想把此刻的欣慰，告诉他的老同学。

郑惠君对刘小明的想法心有灵犀。就在开封的产品订货会刚刚落下帷幕，他就心急如焚地登上了返回沈阳的列车，就在他的脚步迈进刘小明办公室的时候，又一个“没想到”让他眼前为之一亮了。

原来，就在郑惠君，从开封发回了金坛储能压缩机的技术参数之后，他的心就与刘小明一样，拴在储能压缩机的设计上了。

然而，与郑惠君、刘小明的神经跳动着同一个频率的还有总工程师牛大勇。

还是从郑惠君给刘小明的第一个电话说起吧！就在牛大勇听到了郑惠君打给刘小明的电话之后，脑海中立刻涌出了储能压缩机披红戴花走出了沈鼓大门的镜头，兴奋之感油然而生。

按他的话说，“从‘储能压缩机’这几个字装进我的脑海开始，我就坚定了一种信念，这种压缩机组就该是我们沈鼓的。我们沈鼓就是首台套压缩机的诞生地。不管在研发制造中遇到什么困难，沈鼓的首台套没有不成功的”。

技术团队的方案汇报，得到了齿轮公司总经理李鹏的首肯，一声号令下，齿轮公司的压缩机设计部、制造部、采购部、工艺部、销售部，就合成了研发制造储能压缩机的一个整体。而在这个整体中，刘小明担起了主任设计师的重担。

刘小明知道郑惠君从外地赶回来急切的心情，两个人没聊上几句话，刘小明就把自己的手机递给了郑惠君。

“老同学，我知道你急匆匆回来想的是啥？”

“你让我看你的手机什么意思？我们之间都有微信哪！”

“未必吧，我们设计部组建了一个围绕金坛项目的工作群，这里面的信息对你来说可都是新东西！”

郑惠君的眼睛，游进刘小明的设计微信群了。

此时的刘小明自信地瞟了郑惠君一眼，从郑惠君眼中透视的余光里，刘小明收到一个信息，郑惠君完全被设计群同事们的设计思路征服了。

攀登路上的心往往是相通的。

此时的刘小明，像在端详一个接受了同一个剧本的搭档，看着郑惠君边划动手机边闪动笑眼的神情，刘小明充满满足感与幸福感的回忆交融到了一起。就是眼前的这个郑惠君，十几年前与他是大连理工大学同班同学，毕业时同时分到了沈鼓的齿轮公司。今天，他们又要合演一部创造沈鼓新产品的大戏，而这部大戏的导演就是牛大勇，他与郑惠君将要在这部剧中扮演不同的角色。

郑惠君看懂了刘小明注视他的眼神，就在他把手机还给刘小明的瞬间，满脸悦色尽情地释放出来了。

“小明，我有个预感，这个项目会成，应该说会成功。”

“凭什么？是感觉，还是说好话？”

“说什么好话呢？是看了你的设计群的感悟，你看哪！李鹏总经理亲自担任项目总经理，牛总牵头负责技术组，而且对集团各个专业部门的协调人也是牛总。那还有什么过不去的火焰山呢？这么说吧！如果有什么困难，集团研究院也好，透平设计院也好，牛总出头协调，肯定顺风顺水呀！这还用合计吗？再有，公司内部每个部门的头儿，又都是这个项目的第一责任人，这种布局，你想想，过去有过吗？”

“没有过，我的印象是第一次，但你知道，李鹏总与牛总为什么这么摆布吗？”

“说来听听。”

“他们的想法与你我在微信中探讨的意见是一样的，就是说，这种储能设备代表了新能源发展的趋势，对吧？”

“只有英雄才能所见略同。”

“千万别吹，低调，低调，充其量是我们沈鼓又干了一个首台套，我们就是个设计者呗！”刘小明又把目光落在了郑惠君脸上。

“要我说，咱沈鼓研发出新产品，制造出新产品的人都是英雄。但在这个项目上，我肯定当好配角，很清楚，牛总是导演，你是主角，我充其量是制片，负责跑龙套，牵线搭桥，行吧？”郑惠君的几句话说得慷慨激昂，刘小明听得热血沸腾。

刘小明从椅子上站起来，向郑惠君伸出了张开巴掌的左手，会意的郑惠君立即伸出右手，与刘小明的手掌在击打中发出了“啪”的声响。

瞬间，两双眼睛射出的光芒交织到了一起。

对于一个团队来说，击掌而歌表达的是信任和力量。而对于提出目标和完成目标的双方来说，双手握在一起的时候，已经是齐心合力奔向曙光的时候了。

随着时光的流逝，中盐金坛公司与沈鼓集团之间的通道打开了。

沈鼓人明白，联手的通道是建立在信任的基础之上的，而信任的基础是沈鼓面对新项目，拿出了相对应的技术方案。

面对从未遇到过的项目，刘小明的技术攻关团队开始排兵布阵了。二十几个技术难点一一摆在他们的面前，这一一摊开的技术难点，如同阻挡在前进路上的明碉暗堡一样，每一个技术难点的解决，都如同是一场围歼的战役。而每一场战役的胜利，都离主攻方向越来越近了。

时间像表针的运转一样，从不顾及戴在谁的手腕上。大地绿了又黄、黄了又绿的景色，在沈鼓齿轮公司每个人的眼前叠印变迁。

2018 年，沈阳的迎春花与桃花争奇斗艳的时节，牛大勇把攻关的技术团队又一次集合到一起。

“我们对问题的梳理已接近尾声，但是越是接近尾声，留下的风险点越是最难攻破的，但我相信，攻破的时间就在眼前了。刘小明近日拿出的解决风险点的意见，让我看到了风雨后的彩虹。会后，小明会和大家交流的。我认为，他的解决方案是可行的，也会得到江苏金坛方面的认可。”

“我这里要与大家说一个问题，那就是，我一次次和大家重复了多次的认识问题。今天，我还想重复一次，那就是为什么我们会动用全公司的力量，来攻克金坛这么一个压缩机项目呢？大家都明白，这个项目有重大的技术创新、应用的前景。一句话，电能的储存不只是藏在电池里，它还可以通过我们对空气的压缩，储存到我们希望储存的地方。做好了，我们不但是在为中国造福，也是在为人类造福，这是我们沈鼓人值得自豪的一件事。为此，我要告诉大家，不久前，我与刘小明已经向李鹏总、张勇总作了汇报，而且，张勇总也向马总与戴总作了专题汇报。你们知道戴总与马总对我们这个项目是什么意见吗？趁此机会我告诉大家，马总说，戴总听了这个项目的汇报很兴奋，他说，这不仅是沈鼓的又一次首台套，这台储能设备是在压缩机领域具有前瞻性的项目，它不仅能储能，它最大的作用是节能，它对实现‘双碳’目标，有着直接的意义。为此，我们全集团上上下下都要给予全力支持。大家都听明白了，进一步说，我们的项目已经在集团科研立项了。在集团立项的科研项目，会得到全线绿灯的待遇。”

牛大勇的判断是准确的，因为他了解刘小明心头的关节点。而对刘小明来说，他知道，进行了一年多的研发项目的风险点还有什么；他更明白的是，越是接近研发尾声的时候，风险点的问题越难以把握。特别是储能压缩机的频繁启动、工作状态下温度升高的处理这两个问题，已经成了他日思夜想迫切想要解决的事情。

当然，刘小明对这两个问题，已经拿出了应对的措施了；否则，牛大勇也不会给公司各技术部门的人员打气了。

而齿轮公司的许多同事并不知道，此时的刘小明有一个心结也刚刚解开，正是这个刚刚解开的心结，让他产生了加快研发速度的念头。但刘小明清楚，将来投入工作的是3台设备的同时运行，而3台设备的同时运行，不是靠他一个人能解决的。

刘小明之所以要加快研发速度，是因为郑惠君向他透露的一件金坛盐业公司内部发生的争议。

郑惠君告诉他的那件事，让刘小明顿时瞪大了眼睛，很长时间没能说出话来。

在江苏金坛高层，对于寻找合作伙伴一直有着两种不同的意见，具体说，他们在邀请沈鼓集团的齿轮公司参与对储能压缩机研发的同时，也找到了日本一家专业公司参与了储能压缩机的设计。对于这样一个突如其来问题，刘小明曾有过一些不解，甚至有一丝郁结，但细细思量过后，那曾经让他有过的不悦，又很快地飘逝而去了。

“我们如果站在金坛的角度去思考，一切都是顺理成章的事。人家中盐金坛公司也是国有企业，也要对国家负责。何况，这是在能源利用方面一个带有方向性的项目呢！”

“日本一家公司参与了储能压缩机设计这件事，就好比在此之前，储能压缩机这条跑道上只有我们沈鼓一家，如今，跑道上又有一家外国设计公司追上来了，这势必会增加我们的紧迫感，我们何不把跑道当成赛道，与那家日本公司争个雄雌呢？”

“何不把日本设计公司也在赛道上追赶我们的消息告诉大家，增加大家一起与日本那家公司竞争的信心呢？”

显然，刘小明的视野扩大了。刘小明把这一消息告知了参与设计的同事，回应给他的是设计队伍不分白天黑夜的紧迫感。

日本公司参与了设计的消息传出来之后，一种快速奔向目标的爆发力，让刘小明设计团队的步伐变得更快了。应该说，刘小明是理智的，也是聪慧的，就在他们一次次丈量着自己与目标距离的同时，刘小明研究的风险点也一次次排除了。刘小明并不满足，他在攀登的路上，又把解决的风险点瞄向了新的高峰。

牛大勇懂得刘小明的思考，他知道刘小明的设计已经达到了自己给自己挑毛病的成熟阶段了。

2018 年 12 月初的一场冬雪刚刚落地，就被早晨的太阳融化了。

正在刘小明与设计部的同事探讨提高叶轮性能的时候，牛大勇走进了刘小明的办公室。

“小明，关键的时候到了，别忘了，咱们集团的研究院哪！杨树华手下可是有 100 多人的研发专家呢。你们争论的意见我听明白了，把你需要解决的问题梳理一下，我今天就向集团的几位老总汇报。”

12 月 14 日上午，刘小明和牛大勇带着掩饰不住的喜悦走出了集团会议室。

“小明，这回有底了吧？为了咱们这个设计达到高标准，马诚总、张勇总亲自召开会议安排落实，集团研究院、透平设计院的领导也都是态度鲜明，对了，你把研究院杨树华院长的几句话重复一下。”牛大勇的话语中，透着几分对沈鼓研究院的崇拜。

“杨院长说，‘储能压缩机，是我们沈鼓来日的发展利器，设计过程中会涉及力学、材料、气动、工艺方面的问题，我们全力以赴！’还有呢！”刘小明的兴奋拉开了上翘的嘴角。

“还有什么？”牛大勇边走边问。

“马诚总说，要快速完成前期论证资料的准备，还要求我们的分析报告一定要翔实可信。”

“看来你记住的都是关键词呀！”牛大勇惬意未消地看着刘小明，“还有！”

“我知道了，你说的是马总说的那句话吧！‘只要国家需要的，我们沈鼓就会举全集团之力去支持的！’”

“现在看，从集团老总到各个技术研发部门，都是全线绿灯，我们可要抓住机会呀！”

“放心，下午我就联系研究院，先把叶轮性能的事再提高一步。”

如果说，在此之前，在储能压缩机赛道上奔跑的是沈鼓齿轮公司的话，自从牛大勇与刘小明的对话落地之后，在赛道上奔跑的就不仅仅是齿轮公司的一个方面军了，而是沈鼓集团的合成军，让储能压缩机的设计研发越来越接近理想目标了。

2019年的沈阳，新年的爆竹为新春的大地铺满了红色的屑花。郑惠君打开邮箱，映入他眼帘的，除了金坛公司发来的新年祝词之外，一则在金坛召开“盐穴压缩空气储能国家示范项目”压缩机论证评审会的通知，让郑惠君平静的心像钟表的发条一样，又绷得紧紧的了。

郑惠君的目光，在金坛发来的会议通知上定格了，他拿起手机，拨通了刘小明的电话。

“小明，你在哪儿？”

“我在研究院谭佳健主任这儿呢！”

“有个急事，金坛来通知了，评审会定在1月24日了，也就是20天之后，我马上向牛总汇报，对了，你说的那个叶轮的问题解决得怎么样了？”

“看样，你还没听明白我在哪儿，我再说一遍，我在研究院谭佳健主任这儿，明白了吧？”

“我知道，是谭佳健博士团队，看样子你闹心的问题解决了？”

“惠君，这次设计可让我明白了，咱们研究院可真是藏龙卧虎哇！我是见识了，就是我和你说过的那个如何优化叶轮的方案，谭主任已经解决了。真不愧是博士团队，还有呢！我提出的压缩机进行分段串联压缩的方案，研究院和咱们集团的工艺部也都认可了。”

“没想到哇！”

“你该想到，这就是咱沈鼓的举全集团能力之作用。”

郑惠君听明白了，刘小明在电话中传出的语音，字字句句都像带着一种强大的磁场，传递着信心和勇气。

茅山脚下的金坛，尽管进入了一月的冬季，依然不失绿叶环山的景色。从南京开往茅山的高速公路，有两台商务车，在茅山脚下一路疾驶，向金坛方向开去。

坐在车上的是沈鼓齿轮公司的总经理李鹏、总工程师牛大勇和压缩机设计部、齿轮箱设计部、销售部的几位正副部长。

如此的阵容从沈阳奔赴金坛，对于2006年成立的沈鼓齿轮公司而言，是破天荒的第一次。把手头的工作暂时放在一边，直奔储能压缩机评审会而来，足以见得评审会在他们心中的位置了。

在这支队伍中，刘小明的压力与旁人不同，了解刘小明的人莫过于牛大勇了。牛大勇知道，他与李鹏总是以双重身份来参加金坛的评审会的。一则，他们是以专家的身份，来为刘小明的发言作技术支持；二则，他们又是以领导的身份，来为评审会上遇到的问题拍板定论。即便如此，刘小明的压力也是丝毫未减。

在刘小明看来，他发言过后，会有国内顶尖的技术专家发问，而这些专家会问什么他全然不知。而让刘小明压力最大的是，面对各路专家，他是代表沈鼓坐在被评审位置上的，他回答的每一句话，甚至每句话之后的语音气息，都会与沈鼓的声誉息息相关。

除此之外，与日本一家公司同类的设计技术比拼高下的时候到了，谁是这台比武擂台的胜利者是刘小明最大的压力，也是他考虑的重点。

会议开始前一天，会议举办方明确通知他们，这次评审会上被评审的厂家，除了沈鼓集团，另一家就是日本最大的设计公司。会后，他们会根据专家团队的意见，给出一个整体的评审意见，从两家被评审的单位中选择一家参与盐穴储能压缩机的研发与制造。

时间是最公允的，时间从不留给与时间擦肩而过的人。

2019 年 1 月 24 日，压缩机技术评审会在金坛如期召开了。从会议主持人的嘴里，刘小明记下了一位位来自全国各地高校与研发机构的顶级专家的名字。此时的刘小明，环视一下坐在他身旁的沈鼓专家团队，一颗驿动的心慢慢地平静下来了。

又是时间。在这个世界上，大凡成功与胜利，时间都是忠实的见证者。

刘小明面对着坐在他对面的每一位专家，在时间的牵引下，走过了他论述中国第一台储能压缩机组原理、性能的 1 小时 30 分钟。

刘小明清楚地记得，2019 年 1 月 24 日上午 10 时，当他以平静的语言道出“谢谢”这两个字的时候，金坛的那间大会议室显得格外安静，一条条光线透过会议室的玻璃窗铺在他的脸上。此时，刘小明情不自禁地向身边的领导与同事望了一眼，而回应给他的是一个个点头赞许的眼神。尽管如此，刘小明的神经还是绷得紧紧的，他知道，凡是重头戏都在后头。

评审会上宁静的气氛，首先被华能公司专家的提问打破了：

“对压缩机，特别是你们沈鼓的离心压缩机，我们都做过整体的调研。我们知道，你们的机组从启动运行到满负荷运行，调节的时间是很长的。特别是化工机组，如果早上开车，晚上才能达到满负荷；而我们对你们设计的压缩机组的要求是快速反应、快速响应。也就是说，一旦电网调度提出电站储能的要求，时间不能超过15分钟。对这个问题，你们是如何解决的？”

华能公司的提问，让会场气氛变得更加严肃起来。

“你提到的运用在化工领域的离心压缩机，从启动到满负荷的时间的确如此。但是，我向各位专家汇报的是，我们设计的空气储能压缩机，从启动到满负荷运行，已经不是原有的离心压缩机反应时间滞后的概念了。你们提到的15分钟反应的要求，正是我们设计的关节点。为了达到用户的要求，我们不但设计了增速型的转子，而且还对最基础的设计方案进行了调整。这样，我们的机组运行起来完全可以做到一键启动。这个方案的试验结果证明，满足用户15分钟的要求没有问题。”

刘小明有板有眼的回答，似乎满足了华能专家的提问。就在刘小明端起水杯要喝一口水的当口，西安交大的一位专家的提问，让刘小明把刚刚端到嘴边的水杯，又不得不放下了：

“我知道，沈鼓的压缩机大都是按30年的设计寿命计算的，而我们要求的这种空气储能压缩机，与你们原有的压缩机在运行中最大的差别是，你们沈鼓过去的压缩机只要启动之后，一般都是三年五年才有一次启停，但我们对储能压缩机的要求是，每天一个启停，也就是说，每年至少有300个启停。进一步说，如果这台压缩机的寿命也按30年计算，我们要有9000次的启停，不知道你们对这个问题是怎么思考的？而在你回答我的这个问题之前，我想听一下压缩空气储能电站的工作过程。”

“储能电站的工作过程是在用电少的时段，把电网上多余的电力用压缩机进行空气压缩，并把它注入盐穴的储存库之中。这个原理就像我们给轮胎充气的打气筒一样，将空气从大气环境下的 1 个大气压，压缩到 140 个大气压。而当用电高峰的时候，再把压缩的空气释放出来，带动发电机发电，实现削峰填谷的效果。”

频繁启停是这种压缩机的特点，刘小明和他的团队在研发设计中，着实花费了一番时间进行对比。当西安交大的专家的问题还没画上句号的时候，如何解决频繁启停在设计过程中的画面，已经快速地在刘小明的眼前浮现了。

就在许多画面一幅幅涌现的时候，集团研究院肖忠会副院长和力学分析室孟继刚副主任、工程师于晓丹与侯秀丽，根据他的方案对此问题提出的处理意见，在刘小明耳边挥之不去。特别是他对研究院提出要求时说的那句话，又在他的耳边反复重复着。

“我认为，从常规来讲，9000 次的起起停停，就是一个设备疲劳的问题，而解决问题的办法是，让我们的设备要经受主循环往复的应力的冲击。”

刘小明的回忆从沈鼓研究院走回了会场。

当他的目光，又一次与专家团队的视线碰撞到一起时，刘小明作了这样的回答：

“西安交大专家提出的问题，恰恰是我们沈鼓在设计过程中花费时间最多的地方。首先，我要回答各位专家的是，9000 个启停没有任何问题。我之所以会这样信心满满地回答各位专家，是因为我们做过循环的疲劳应力分析；同时，我也可以告诉各位专家，尽管我们还没与金坛盐业签订合同，但我们围绕设备频繁启停，已经作了让我们非常满意的测试，测试的结果也会让你们非常满意的。”

“如果设备在运行过程中，出现了设备高温，你们有什么应对措施？”“对设备运行过程中出现的高温，你们认为选择什么材料会解决设备疲劳的问题？”“你们对压缩机的转子和定子的设计，与原有压缩机的设计有什么不同？”……

接二连三的提问，从容镇定中逻辑清晰的解答，换来了评审会主持人轻松的结束语。

轻松并没有洋溢在问答双方的脸上。

参会的双方并没有因为评审会议的结束显露出一丝轻松的神态，因为他们都知道，沈鼓集团对空气储能压缩机在技术上的解答之后，接下来的就是一家日本设计公司在同类设计上与沈鼓集团的竞争。

无论是沈鼓齿轮公司的总经理李鹏，还是总工程师牛大勇和刘小明都清楚，此时，中盐金坛公司肩上的担子是最重的。这是因为，一方是国内顶级的压缩机研发生产单位沈鼓集团，另一方是世界上压缩机设计的名牌企业。如何抉择？只有一个标准，那就是在利用空气储能上，选择世界一流的技术设计、一流的专业设备制造厂家。

然而，空气储能这朵世界上即将绽放的新蕾，究竟会花落谁家呢?

沈鼓人明白，中盐金坛盐化公司也同样清楚，在同等技术设计以及具备设备制造能力的条件下，要把祖国与人民的利益扛在肩上的这份责任感，中盐金坛公司与沈鼓集团都是一致的。

一周之后，中盐金坛公司给沈鼓集团发来通知，通知简明扼要又意味深长：

“你们中标了。”

刘小明看着电脑上的5个字，只觉得“你们中标了”这5个字，在他的眼前被无限地放大、再放大……瞬间，喜讯冲出了窗外，传遍了沈鼓70万平方米的整个厂区。

3月22日，中盐金坛盐化公司的总经理管国兴，与利用盐穴储存电能的管理技术团队，带着金坛的油菜花香，来到了柳树刚刚泛起条条鹅黄的沈阳，与沈鼓集团签订了“盐穴压缩空气储能国家示范项目”联合研发的协议。

好像有相通的认知，无论是中盐公司，还是沈鼓集团，对这次签约都十分重视。因为他们都知道，无论是金坛盐穴变成储能的电站，还是沈鼓的空气储能压缩机轰鸣起储电的引擎，都是肩负着国家级的试验示范项目，来日运行成功，将是我国节能领域的一个重大突破。

沈鼓集团党委书记、董事长戴继双，总经理马诚以及高层管理团队，一并参加了签约仪式。双方憧憬的眼神共同瞄向了盐穴压缩空气储能项目正式投产的好日子。

期待好日子的时间里，沈鼓集团与中盐金坛公司携手并肩走过了4个春秋。2022年的4月2日，距离储能电站正式运行的时间越来越近了，金坛大地上盛开的百合花也仿佛知道，世界上第一个用压缩空气储能发电的好日子就要到来了，于是越过了花期的约束，早早地在盐穴周围散发着沁人的花香。

然而，愿望在抵达彼岸的路上，又一次拉开了距离。

2022年4月2日的夜晚，正是人们在酣睡中构思美梦的时间，齿轮公司负责压缩机组试车的李德斌、中盐公司副总工程师王国华把两个相同内容的电话打给了刘小明。

“机组中的高压机振动超标，密封件损坏影响了机组的正常运行。”

刘小明失眠了，他滑动手机，找到了3天前机组运转的记录，仔细地查看过后，一切都清楚了，但如何保障转子的稳定成了他冥思苦想的问题。

他顾不上手表的时针正在向零点转动，立即把思考的问题报告给了总工程师牛大勇。

牛大勇回话了，刘小明听着牛总的回话，焦急的心慢慢地恢复了平静。

“小明，这可是中国的首台套设备呀！试验阶段出现问题很正常，认识到了问题，有了解决问题的办法就是经验，这才是最珍贵的。研究院的肖院长和力学室的胡永已经知道了试车中的问题，相信你们会拿出办法的。”

4 月 3 日的清晨来得特别早，在集团研究院的力学研究室，副院长肖中会和力学工程师胡永听了刘小明对机组试验问题原因的分析，表示了赞同。

但是，用什么办法解决压缩机振动超标的问题呢？从设计团队到集团研究院，各自展开了认真的探求。

3 天、5 天、7 天过去了，中盐金坛公司如坐针毡。10 天之后，准确的计算分析结果出来了，采用胡永 2020 年开发完成的袋式阻尼密封抑制振动的办法，成了解决问题的一致意见。

统一了解决问题办法之后的第二天，金坛试车现场的周围，无数双眼睛半信半疑地看着安装了阻尼密封件的“神器”。一键启动之后，机组在规定的时间内，振动一直在设计的最佳状态。

10 天、20 天、30 天，机组运行正常的状态没有丝毫改变。

于是，笑声、赞美声覆盖了压缩机的轰鸣，在金坛人对沈鼓的称道声中，迎来了盼望已久的“好日子”。

2022 年 5 月 26 日，茅山两侧，满山遍野的百合花花香四溢，一则“世界首个‘全国唯一’金坛盐穴压缩空气储能项目正式投产”的消息，占据了国内外媒体的版面，被誉为“中华金坛储能一号机”成功并网运行。

就是这个由沈鼓集团研发制造的 3 台压缩机组，发出了压缩空气储能的阵阵轰鸣。从这一天起，让世界各地投来声声赞许的江苏金坛储能电站释放的电能，点亮了千家万户的灯盏。

2023 年 8 月 2 日，我在与沈鼓齿轮公司的总工程师牛大勇谈起压缩空气储能项目目前运行的状况时，牛大勇告诉我，这个项目截至今年5月26日，已经完成了8500万度的调峰电量。正是由于沈鼓压缩空气储能3台机组的成功运行，金坛的盐穴储能电站就像一个巨大的空气“充电宝”，每小时可以发电6万度，足足可以供6万居民使用一天。

真心实意地想把中国最美的赞许献给储能电站的拥有者和压缩空气设备的研发制造者沈鼓集团，也由衷地折服把盐穴开发利用的梦想变成了现实的金坛人。由此，我明白了，为什么沈鼓宣传部部长刘沛华执意要推荐我采访沈鼓齿轮公司的研发制造者了，因为他们的奋斗足迹，描摹了老工业基地振兴路上的时代华章。

刘沛华告诉我，在新时代的“辽沈战役”中，沈鼓继江苏金坛的国家示范项目成功之后，落实国家“双碳”战略的项目又频传佳音。

乌兰察布“源网荷储一体化”关键技术研究与示范项目，已于2023年6月28日投产运行。

2023年7月3日，全球最大规模的液态空气储能压缩机组的研发与制造，又是沈鼓集团扛起了中标的大旗。

7月19日，省委副书记、省长李乐成把第九届省长质量奖金奖授予了沈鼓集团。由此，我的思绪浮想联翩。这个辽宁最高质量奖，授予今天的沈鼓集团实至名归。

2023年9月21日，全国机械工业产品质量创新大赛颁奖盛典在合肥举行，沈鼓齿轮公司的总工程师牛大勇，面对到会的几百双羡慕的眼睛，乐滋滋地接过了“空气储能电站用压缩机组”全国机械工业产品质量创新金奖的奖状。

2024 年 4 月 7 日上午，正当我望着窗外泛绿的柳芽自言自语说着“春天来了”，并由此而沉浸在对春光的一片遐想的时候，一阵愉悦的电话铃声让我不由得转过头，拿起了写字台上的手机。

“是惠君吗？一定又有什么好消息吧？”

“老师，您猜对了，向您报喜了！”

“报喜？我知道你荣升沈鼓集团新能源事业部的副总了，你是说这件事吧？是该祝贺你呀！”

“老师，那只不过是我工作路上的一个符号！工作调动是小事，我要告诉您的是咱沈鼓的大喜事。”

“沈鼓的大喜事”让我把手机紧紧贴在了耳朵上。

听得出来，郑惠君电话中的声音洋溢着一种乐不可支的兴奋，我顿时也呈现出一种急不可耐的神情。而我的这种神态，伴着郑惠君电话的述说，一下子融进了与他相同的心境。

“老师，还记得去年您采访我们沈鼓储能压缩机的时候说过的一句话吗？您说，‘小郑，我相信，你们沈鼓研发的储能压缩机是有前瞻性的，也一定是会有大市场的。’被您言中了。我要告诉您的是，前几天，咱们沈鼓的空气储能压缩机组在江苏淮安中标了。您能猜出我们中标了多少台套吗？”郑惠君的语气显得十分得意。

“3 台套？”我的发问，传来了“您再猜猜”的回音。

“往多说，5 台套？”我的猜想得到的是“继续猜”的回复。

“真猜不出来了。”我的回答提高了频率。

“您再把想象力放大点！”郑惠君的幽默启发透视着一种自豪。

“难道还能超过6台套吗？”我的嗓门儿不由自主地提高了。

“好了，好了！我知道您心脏有支架。还是告诉您吧，12台套！”郑惠君在说到“12台套”几个字的时候，故意提高了声调、拖起了长音。

“什么？什么？你再说一遍！”我的问话像是在对着大山呐喊。

“12台套！ 12台套！ 12台套！听清了吧？”那声音像是一阵高过一阵震撼的呼号，震动得手机发颤。

我的热血顿时沸腾了。12台套储能压缩机中标的数字，像是十二级台风发出的冲击波，在我的脑际间萦绕着。这声音伴随着按捺不住的喜悦撞击着我的心扉，直到仔细地默想之后，我才渐渐地平复了激动的心情。我不由得想起了沈鼓在储能压缩领域大踏步行进的步伐。是啊！有什么难以置信的呢？正是沈鼓集团第一套空气储能压缩机组在江苏金坛的立足，才有了连续几个储能项目在中国大地上的开花结果，也才有了今天国内第一个12台套项目的一次中标。

“惠君，作为第一个采写过你们储能压缩机的我，有一点感悟想说给你，12台套压缩机组一次中标，在国内显然是凤毛麟角，除了说明江苏国信集团‘众里寻他千百度’之后对沈鼓的信赖，从沈鼓的角度说，证明了沈鼓压缩机的研发始终是以国家的战略需求为导向的。对吧？这才有了沈鼓在长江三峡集团——乌兰察布‘源网荷储一体化’空气储能示范项目的落地，也才有了青海格尔木液态空气储能压缩机组成套设备的订单，这足以对沈鼓与用户的思考是同步的结论又一次提供了佐证。正因为如此，沈鼓的轴流、单轴离心、多轴离心、活塞压缩机等不同产品组合的最优方案走进市场的脚步才愈发快捷、稳健。一句话，今天的沈鼓就是中国压缩机领域繁花盛开的百花园。这种比喻不为过吧？还有，你们沈鼓的储能项目的研发、生产，又一次证明了沈鼓是我国‘能源革命’和‘双碳战略’实施的一面旗帜。你说对吗？惠君，你是沈鼓集团新能源事业部的副总了，在空气储能项目上你是专家，你对你们沈鼓的这 12 台套压缩机组一次中标成功，又是怎么看呢？”

此时，我递给郑惠君的这几句话，无疑是想听听这位专家的认知，也是想把沈鼓研发、生产的空气储能压缩机的解释权还给致力于新能源研发的先行者。

“您说我们沈鼓研发、生产空气储能压缩机是一种战略思考，我非常认同。我们集团有一种追求，那就是要依托国家战略研发新能源的压缩机设备，这是新时代赋予我们的责任，也是我们对辽宁、沈阳老工业基地的一种担当。您知道吧，‘新型储能’今年首次写进了国家政府工作报告，这也正是我们追求的目标，这些年沈鼓作为国有企业，一直是与国家同呼吸共命运的。如果您问我这 12 台套储能压缩机的地位，我可以告诉您，沈鼓中标江苏国信的项目，是目前国际上空气储能项目中储能规模最大、压缩机装备难度最大、储热温度最高、电转化效率最高的项目，具有世界级的装备难度和示范效应。”

郑惠君的每一句话如同在铁板上钉钢钉一样铿锵有力。我从中感悟到了，他对这个项目给予的“二大、二高”的定论，绝非他个人的认知，一定是国内空气储能专家们发自内心的评价。因为，我在以往对他几次采访之后，曾有过对他的评语：

“郑惠君每每涉及对产品的评价都显现出了非常谨慎的态度。”

还说什么呢？我脱口而出这样一句话：

“应该说，沈鼓的空气储能压缩机，为辽宁的攻坚年的攻坚战作出了表率，这是不争的事实吧？！”

我放下电话，又一次把目光投向了窗外。中午 11 时的阳光透过玻璃照在我的身上，一种掩饰不住的温暖由心里向外散发着。望着窗外春风下摇曳的柳条，想起如今沈阳新型工业汇集的铁西区的西峡湾，我禁不住喃喃自语：

“春天真的来了！这春风联袂春光簇拥着家乡振兴的脚步，一路吹响了发展新质生产力的号角，正在我们家乡的土地上与我们并肩同行！”

1948 年沈阳解放之初，沈鼓只是一个能生产矿车的企业。

70 多年一路走来，200 多个国产化的首台套压缩机，覆盖了中国石油化工的大部分领域。更让沈阳引以为豪的是，为万里云天的飞行器心脏号脉会诊的大风洞压缩机出自沈鼓；陆地上把原煤变成柴油的压缩机也出自沈鼓；大海上油气平台的大型天然气离心压缩机同样出自沈鼓；今天，地下 1000 米的用于发电的储能压缩机也出自沈鼓。从蓝天到大地、从海面到海底，这一个个中国的首台套压缩机，不都是中国工人阶级捧给祖国的“争气机”吗？

沈鼓，一个扛起了大旗不歇肩的英雄团队，用智能科技重振共和国装备雄风。

回望沈阳大工业发展的画卷，我们看见了一个个先锋队的战士，一个个劳动模范带领的英雄团队，一次次在磨砺中奋起，一次次冲破前进路上的屏蔽，才有了创新路上辉煌的业绩。

倾听振兴路上催征的战鼓，我们看见了新时代“辽沈战役”首战告捷漫舞的旌旗。

还记得 1956 年沈飞造出了中国第一架喷气式战斗机吗？

还记得 2022 年 11 月 8 日，在第十四届中国珠海航展上，沈飞公司的 FC-31、歼16D、歼16、歼15、歼11B 战机昂首问天的阵容吗？

今天，又是沈飞，让参与了国产大飞机 C919 的研制并制造了部分舱段的消息，在海内外的媒体上洋洋洒洒、铺天盖地。

还是沈飞，成为空客 A220 部分舱段全球唯一供应商的新闻，让沈阳新工业的花丛又一次绽放了扬眉吐气的姿容。

无疑，既可以让战斗机轰鸣在万米蓝天，又可以精准无误地生产出世界上大客机身段的航空工业的港湾，在中国，除了沈阳别无分店。

绝不是夸口，也绝不是自满，客观地说，航空产业是世界上高端装备制造业的战略制高点。登上这个制高点的，自然也有沈飞举起的红旗一面。如此说，正是沈阳大工业的基础和完整的航空产业链条，特别是沈阳把东北、辽宁振兴装在心头的必胜信念，才有了今天振兴发展路上实体经济竞相开放的百花园。

航空工业的关键设备是什么？航空发动机。毫不夸张地说，沈阳依然是承担国家航空发动机任务最多的地区，也是具备新能源电动飞机产量最大的城市。正是因为有了像沈飞、黎明这样航空制造业的头部企业，沈阳的航空发动机的整机、民用飞机的大部件，通用航空和无人机整机等全产业链的航空工业体系，才有了英雄用武之地。

沈阳这个老工业基地上，航空工业产业园的竞相建立，让我们在为共和国工业奠基的路上又迈出了大大的一步。

就在沈阳人为“三年行动”首战之年的战绩兴奋的同时，又有接二连三的好消息传来了——

“沈阳航空配套园项目已经在7月初正式开工，并有8家企业签约入驻。”

“沈阳航空动力园浑南片区也正式投入使用。”

正是因为航空产业链的拉长、扩容，2023年的航空产业值将突破800亿。一个世界级航空产业集群正在形成年产千亿级的航空业生产的能力。

沈阳，先进的航空新产业正在崛起。

沈阳人的笑脸，就是先从经济发展的数字中绽放的，全市地区生产总值增长了6.6%，公共预算收入增长了15.3%，固定资产投资也增加了4.1%。特别是代表了沈阳工业发展的8条重点产业生产链，完成的产值就达到了 4125.1 亿元。

看到这组数字，让我们想起了第一个五年计划之前的沈阳。那个时候，机械加工支撑了家乡重工业的发展。但今天的沈阳，科技型企业已经是支撑新型工业的大梁。市发改委的消息告诉你，全市的科技型企业已经达到了 19677 家，而在这些科技型企业中，国家科技型中小企业就排起了 13850 家坚实的方阵，数量在全东北稳居第一。

科技之花盛开的百花园，引来一只只“蜜蜂”闻香酿蜜，仅仅是 200 多个日子的检索，仅是央企来沈投资的企业就达到了 56 个，投资总额达到了 4000 亿元。

就在一个个新企业亮开沈阳户籍的时候，我们总要把关注的眼球瞄向老企业荟集的铁西。

说到铁西，许多关注铁西的国内外人士，都在怀着一种敬佩与豪气的同时，又不由得心生一种猜测。那个把第一枚金属国徽挂到天安门上的沈阳机床厂，那个在共和国前进的路上接连捧出共和国数百个第一的铁西，那片沈阳老工业的发祥地，今天又舞起了什么样的身段呢？铁西还在滚石上山的路上，一直扛着冲锋的大旗吗？

一颗颗关注与猜测的心，在我以下给你写出的文字中会轻松释怀的。

我还是想用一个设问句来抓住你的眼球，这样会让你的记忆留下深刻的印记。

“全省100个县区，在全省振兴‘三年行动’中，哪个区县领跑辽宁的振兴呢？谁扛起了新时代‘辽沈战役’攻坚的大旗呢？我可以自豪地告诉你——沈阳，铁西！”

如此的评价有出处，也有严谨的评语。2023年8月23日的省委机关报《辽宁日报》的头版发表了《沈阳市铁西区推动发展质量效益双提升》的消息。记者在消息中这样写道：

“铁西区的经济指标‘横向’跑赢全国平均水平，跑在全省前列。‘纵向’在自身大体量、大基数之上，再有新突破，再现加速度，尤为可贵，令人振奋。”

铁西区是什么样的经济指标如此让人瞩目呢？

在我2023年年初的采访记事本上，2022年，铁西区地区生产总值突破1200亿元的数字早已装进了我记忆的抽屉，在这个数字后面我还画上了大大的惊叹号。“1200亿”这个数字也时常在大家谈到铁西的发展变化时，不由自主地脱口而出，也正是这“1200亿”，让我对新的一年里铁西区的发展充满了憧憬与期待。

面对《辽宁日报》这条消息所呈现的铁西区经济发展的成果，我不由得翻开了一个多月前在采访铁西时记下的几组数据，我惊喜地发现，这是真实的大数据呀，两者不差毫厘。

乐不可支的心情，让我把这组数字又一次抄录于此了：

“2023年的1月至6月，铁西区完成地区生产总值同比增长了10.7%，是近10年来首次实现的两位数增长；规模以上工业增加值增长14.6%，增幅达到了15.2%，一般公共预算收入增长38.9%，其中税收占比86.2%。”

正是这组数字透视出来了铁西在“三年行动”中发展的后劲，而发展的后劲又不仅于此。

铁西区现有企业的实力与发展的速度，才是他们对“三年行动”胜利满怀信心的希望所在。

下面这组数字，谁见到谁都会为新铁西的“三年行动”投来信心满满的赞誉：

在铁西区488平方公里的土地上，3000余家企业星罗棋布，673家外资企业有序经营。在这些企业中，世界500强企业投资的企业就有84家。

仅仅如此吗？是什么力量支撑了铁西区急行军的速度呢？

又是一组数据，会解开一些人的疑惑：

“上半年，全区开复工亿元以上项目305个，完成全年目标的87%，项目数量较5年前翻了一番多；10个百亿元重大项目加速落地开工，占全市百亿元项目总数的三分之一。”

尽管如此，还有些人会问：辽宁三年振兴行动才刚刚开始，铁西区发展的后劲又在哪里呢？

铁西区正在形成的高质量的项目群，一定会解开一些人的心头之谜。

在上半年全区储备亿元以上重点项目中，产业项目数量达269个，占比超过85%；总投资1354亿元，占比超过74%。同时，铁西区以项目建设为抓手，着力培育壮大新能源、生物医药、集成电路、数字经济等战略性新兴产业，128个战略性新兴产业项目相继开工建设，占比突破65%，总投资达1293亿元。

就在今年“三年行动”的号角下，铁西区在建的国家重点实验室、国家工程技术中心、国家企业技术中心就有17个。

高质量的项目建设，拉动铁西区固定资产投资连续24个月正增长。今年上半年，铁西区共完成固定资产投资187.2亿元，同比增长15.2%，高于全市11.1个百分点，高于全省10.2个百分点。

就在2023年8月9日，铁西区又是在全省第一个吹响了“三年行动”秋季项目开工的冲锋号，193亿元的33个智能制造项目又一次轰鸣起生产的引擎。

如此的排兵布阵，如此的振兴发展路径，带来的必定是全省的振兴。“三年行动”中，铁西区率先登上胜利的峰峦。

一个显而易见对比鲜明的景象，开阔了我们的眼界，昨天以烟囱林立、厂房轰鸣为标志的沈阳老工业基地，早已变成了数字化领衔的智能工厂。以科学技术支撑起来的沈阳制造业，促进了生产工具与研发产品的一次次升级换代，也带来了一次次生产技术改进后的次第花开。破除了企业体制障碍的现代化工厂，以科创要素聚集效能，靠智慧能动插上了蝶变的翅膀，实现了老工业基地青春靓丽的转身。

毛主席写过一首词《水调歌头·重上井冈山》，词中说：“可上九天揽月，可下五洋捉鳖，谈笑凯歌还。世上无难事，只要肯登攀。”

今天的沈阳，把共和国工业长子创新的责任扛在肩头，在蓝天的展翅、陆地的驰骋、大海的鱼跃中，描绘着新型工业最俏最美的画卷。

今天的沈阳，以一台台大国重器亮开国家砝码的标识，靓雅的披挂展现着自我核心技术傲人的风采。

今天的沈阳，冲出产品结构粗放单一的布局，在做强制造业的大路上，点亮了制造业高端化、智能化、数字化五彩缤纷的星光，登上了重大技术创新策源地的舞台。

荣光、自信的沈阳，瞄准了辽宁全面振兴中实现高水平科技自立自强的重大机遇，正在全力攀登发展新质生产力的新高地。

奋进、攀缘的沈阳，聚焦辽宁打造新时代“六地”的目标，举起了争先锋、打头阵的旌旗。

担当、发展的沈阳，迸发着辽宁特有的志气、骨气、底气，依然行进在为共和国工业奠基的路上。

初稿完成于2023年9月26日

定稿于2024年4月

参考文献

1. 铁道部档案史志中心．抗美援朝战争铁路抢修抢运史[M]. 北京：中国铁道出版社，1999.

2. 沈阳市档案局馆．沈阳解放[M]. 沈阳：辽海出版社，2008.

3.《沈阳红色记忆》编委会．沈阳红色记忆[M]. 沈阳：沈阳出版社，2020.

4. 温晨．沈阳 1949[M]. 沈阳：万卷出版公司，2011.

5. 《机械工业战线的英雄集体马恒昌小组》编委会．机械工业战线的英雄集体：马恒昌小组[M]. 北京：机械工业出版社，1979.

6. 沈阳市总工会．沈阳劳动模范[M]. 北京：中国工人出版社，2016.

7. 沈阳铁路局工会工运史编审委员会．沈阳铁路职工抗美援朝英雄谱（内部资料）[Z].1987.

8. 航空工业沈飞集团公司科技委．星火（内部资料）[Z].

跋

我为什么写《奠基路上》

本来，我的《奠基路上》所要表达的情意，已经流露在作品的字里行间了，受到评论界与读者的赞誉。为许多作家折服的辽宁大学吴玉杰教授，为我这本书感发的序言，更是把我对沈阳大工业的情感作了深层次的评述。由此说，我已经没有对这本书补充的说明了。

11 月 3 日，沈报新媒体记者盖云飞宣传介绍这部作品的文章在《沈阳日报》和“学习强国”平台发表后，许多朋友热诚地抒发了对新书出版的希冀。

有的朋友说，如记者所言，这不但是一部报告文学作品，还是一部沈阳大工业发展的简史，更是对不同时期沈阳劳模精神的弘扬光大。

也有外地朋友发来微信，询问当年为共和国工业奠基的主力军老铁西如今怎么样了；同时，还问我这部作品为什么要取名《奠基路上》。

对我的新书即将付梓的点赞，随着我心头一时的愉悦飘然而去了，但为什么要写这部作品，仔细思忖之后，我觉得有必要利用这本书“跋”的版面，对朋友们的叩问给予回答。何况，大家关心的问题，也正是我这本书布局谋篇时的主要思考。

真诚地说，回答挚友们的所有疑惑，对我来说实在有些勉强。严格地说，我没做过经济工作，也没有探究过统计数字，思虑再三过后，我还是决定把我粗浅的认知坦露给读者。之所以如此，是因为沈阳75年为共和国工业奠基的成就，特别是东北全面振兴以来，沈阳大工业呈现的良好局面；再有，就是我在创作工业题材作品的过程中，耳濡目染了沈阳大工业的嬗变，尤其是我采访过的工业战线上的英雄人物对我心灵的熏陶和影响。

说到沈阳对共和国工业的奠基，我有一种感悟与许多人都是相通的，那就是，沈阳不仅是共和国工业的奠基地，也是实施国家重大战略的支撑地。如此的荣光，就像一首高昂的乐曲，在家乡的土地上越唱越响。也正是这种荣光爆发的力量，鼓舞着一代代的沈阳人在大工业的进程中创造了一个又一个辉煌。

以我们沈阳为例，在各种工业门类中，一个高端的制造业产品，从立项、研发、生产、销售，往往要经历几年甚至十几年的努力才能走进市场，它所投入的研发力量、试验手段、生产成本投资巨大。

说到制造业产品精湛的技术含量，不由得想起了我比较熟悉的沈鼓集团，他们每年在产品研发上投入的重金，一直让我惊慕咋舌。对这个问题，我曾问过沈鼓集团的副总裁金娜：

“据我所知，你们研发、生产的各类压缩机，占据了全国石化行业80%的市场，这样的成果每年要投入多少费用呢？又有多少研发人员，为此做着默默无闻的努力呢？”

金娜告诉我："我们的研发经费是行业平均值的2倍，而且每年全身心投入产品研发的科技人员就有1300人之多。"

可见，沈鼓之所以年年都有国内的首台套新产品问世，是靠雄厚的科技力量与资金作支撑的。当然，沈鼓的例子只是国内通用机械行业的一个缩影，如果再把我们的眼睛瞄向沈飞的歼击机，瞄向家乡的大工业中，那些为保证国家与人民"五大安全"而研发、生产的尖端产品，从资金、人力、物力上，要有多少投入就更是可想而知了。

我如此的表述，会让许多人涌出一个问号：沈阳那些担负了国家重任的制造业与科研团队，他们明知道市场上哪些产品利润丰厚，更清楚他们研发生产的尖端工业产品周期长、费用高、利润小，那他们为什么不去追逐挣钱多的产品，而是横下一条心，一切以国家的需求为第一要务，只要是国家需要，就是倾其所有也要一往无前地干下去呢?

答案最清楚不过了。

正像一个大家庭一样，长大了的兄弟姐妹都各自组成了自己的家庭，都在为自己的生存四处奔波劳作，但家中的父母总要有人伺候、服侍，那个平日里节衣缩食，甘愿奉献的人就是家庭的长子，而就是这个长子，尽管困难缠身，他依然以担当的脊梁撑起了家庭的一片天。

说到这儿，我不由得想起了让我们唱起来就热血沸腾的一首歌《把一切献给党》，这首歌中唱道："我们怀着赤诚的向往，走在你身后，为你捧出火热的青春，一路去追求，为你抛洒滚烫的热